中国智造

黄秀萍 著

中国工人出版社

_ 目录 _

第一章　提速提速

一

二〇一八年春天，中国深圳。

大雨滂沱。在地铁前海湾站，古睿，深圳振华科技股份有限公司总经理。一个瘦高个子、面貌俊秀中透着一股书卷气的中年男人，把亭亭玉立的女儿古小凡送上了开往深圳机场方向的地铁。

这是一对像朋友般平等相待的父女，一路走来，交谈甚欢。做父亲的，俨然一个搬运工，这不，女儿手上的拉杆箱、电脑包，统统都到了他的手上。女儿只管挎着个小包包，时不时从小包包里掏出手机把玩。这样，走在他们前前后后的人们，也就时不时听到他说："小凡，你一刻也离不得手机吗？出门看路，不做低头族。"女孩子就"嗯嗯嗯"地应着，极不情愿地把手机放回小包包里。但过了一小会儿，又忍不住把纤纤玉手伸进小包包里去。

女孩上车前，父女俩聊的是现代人滥用古诗词这个话题，女儿说：“爸爸，就说杜甫的《江南逢李龟年》吧，我记得写作背景好像是诗人被贬官的时候遇到了曾经的教坊红人李龟年，这时的李龟年也过得不如往日，总体就是两个落魄的人重逢，放在会客厅里是不太合适。但是，有一次，我就在我同学家的会客厅见到这个主题的字画。”

做父亲的明明心里认同女儿的观点，偏要故意提问：“这有什么不妥吗？”

女儿说：“爸爸呀！这你都不懂吗？这会客厅啊，自然是亲朋好友欢聚的地方，在这种地方出现‘落花时节又逢君’这种诗句，不就变成了诅咒吗？”

做父亲的就来了话：“对！对！对！倒不如来一首李白的《将进酒》。”

女儿拍拍他的背：“爸爸，酒不能再喝高了，烟您也该戒了。”

做父亲的迟疑了一下，可能是觉得自己目前确实做不到，于是说：“好！爸爸跟你来个君子约定，爸爸戒烟酒，你戒手机游戏，好不好？”

这下，轮到做女儿的迟疑了，女孩说：“我试试。爸爸，我妈妈说，你好像没那么爱她了。真的吗？”

他愣了愣神，张了张口，但是，时间显然不够了——车来了！做父亲的把手上的拉杆箱塞给女儿：“别听你妈妈瞎说。路上小心，出门不做低头族。”

女儿上了车，做父亲的站在原地发了一阵小呆，然后，回转身，上了跟女儿同线路，但是相反方向的车。他要到市区公司总部参加党员民主生活会，他将在领导和同事面前，开展批评与自我批评。

坐在车上，他回想起刚才跟女儿的对话，他发现自己在妻子和女儿面前，越来越不会说话了！这意味着什么呢？是不是，意味着她们都不好哄骗了？想到“哄骗”这个词，他自己吓了一跳——这哪跟哪呀？

但是，当面对妻子时，他发现，在那方面，难了！疲软了！他妈的！跟眼下做制造业一样艰难！跟眼下的股市一样疲软！最近，他的别克商务车后尾厢塞满了公司新研发的样品，七座车厢里时常坐满了他的“战友”——研发、质检、市场、生产部门各骨干，他们围绕着公司新研发的拳头产品以及其准客户 A 公司，全国各地“跑业务”——他们首先是把车开到了 A 公司珠海分公司，A 公司珠海分公司的人说，这个事啊，找我们没用，你们去株洲那边看看。但是，当他们到了株洲，株洲的人又说，关我们什么事呢？需要招标采购这个配件的，是珠海分公司！好家伙，他又让司机掉转车头，再直奔珠海。这一次，珠海这边的人显然是被他的执着感动了，他们说：这样，古总，咱们 A 公司你知道，店大、门多。这样，咱们 A 公司遍布全国各地的分公司你都别去碰运气了，你直接去青岛吧！对！青岛总部。

昨晚，当妻子涂芳芳一心腻在他身边时，他正在考虑使用什么交通工具去青岛。他知道，搭飞机，坐高铁，这两样都不现实，因为要带着沉甸甸的样品！而且，公司盈利艰难，每一分钱都不可以乱花。

他把妻子的手拿开，哄着她说：“很快，只要找到了 A 公司总部，我们振华就有希望了……”

妻子少了兴致：“你得答应我，每周至少去养生馆调理一次身体，你看你那右手，一入冬就酸痛，再不理疗，过几年，看你还动得了吗？”

他说：“听你的。”

妻子再说：“到那时候，你最好就退居二线，搁担子，陪我去旅游，去香格里拉，去白洋淀，去……”

他心里骂：“想得美！这破担子，搁谁谁要？！”

但他嘴上却说：“都可以。睡吧睡吧，明天我还要早起去集团开会呢，女儿也要赶飞机，正好也是坐 11 号线，明早，我跟女儿一起出门。”

二

史诗，苏州思凡机器人公司创始人。一个中等身材、皮肤白净、笑容可掬、看上去像个热恋中的大男孩、穿着一条黑底棕色细条纹西装裤、白衬衫，系着一条蓝色条纹领带，右肩挎一个黑色小方包，左手腕上搭着一件西装上衣的男子，在机场 52 号登机口附近转了转，想找一处充电插座。他有点失望，所有的插座都被人占用着。这时候，他才想到坐头等舱的好处，贵宾候机厅里，什么没有？但是，他曾经训斥过副总经理王小涵：坐头等舱就尊贵了吗？就能更早抵达目的地了吗？人家华为老大任正非不也是乘坐经济舱吗？人家华为老大都可以在午夜的虹桥机场排队等出租车呢！我们做这么个小工厂，摆什么谱？从那以后，王小涵不再给他订头等舱机票。既然找不到充电插座，手机又快没电了，他就越发心急火燎——原本计划好的，回去主持一季度工作总结和二季度工作安排会议，但遇上航空交通管制。没辙！

他这样想着的时候，又在候机厅转了一圈，从 62 号登机口转到了 52 号登机口。这时，52 号登机口，飞往山西武宿的航班开始登机了。

登机的人不多，几乎无须排队。也就是在这个时候，他发现一位坐在木凳子上，边给手机充电边低头玩手机的姑娘欠了欠身子。他心中一阵窃喜——很好！她应该是要登机吧？插座归我！

没错，她要登机了，她开始捡拾充电插头，她的目的地是太原——中北大学。

他侧着头看向她，却不经意地发现，这个姑娘的侧面，似曾相识！对！似曾相识，这时，姑娘抬起头来，他终于看清楚了她的整个人——这是一个身材高挑的姑娘，她穿着一件 V 领米色开襟外套，配一排黑色的大纽扣，里搭是一件高纺棉面料白衬衫，下身是一条水磨蓝牛仔裤。衣着简约时尚！她还挎着一个精巧的小包包——是 Coach1941。

他忍不住再偏着头看向她，视角里恰好是她线条流畅的侧面，她很随意地扎着一个马尾辫，裸露着饱满的天庭，高鼻梁上架着一副玳瑁眼镜，镜框微微下滑，刚刚好露出了她浑然天成的柳叶眉、长睫毛，还有长睫毛下湖蓝色的大眼睛，以及她性感迷人的欧米伽下巴、微微嘟起的樱桃小嘴，再配以她颀长端正的脖颈。从侧面看过去，眼前这个线条轮廓唯美的姑娘，给人一种几分冷艳、几分妖娆、几分任性的感觉！

李凡？怎么可能?！他愣了那么十来秒钟，只仅仅是十来秒钟！而她，已经进了安检口！

李凡？怎么可能?！他再迟疑了十来秒钟，只仅仅是十来秒钟！而她，已经在滂沱大雨中，上了机场的摆渡车！

在上车前，她蓦然回首，冲他莞尔一笑！

他傻了！

李凡，你为什么不理我？你为什么不停下来，等我！

二十五年过去了！史诗，不，那时候他叫史小山，他依然记得与她的初次相遇——是在一辆自东莞开往深圳的客运中巴上，车厢里已经挤得水泄不通，车门外的人却一个劲地往车上挤。于是，他——一个蓬头垢面、衣衫褴褛、在隆冬的季节里打着赤脚、从工地里逃出、一路狂奔并挤上那辆客运中巴车的十七岁的少年，被后面上车的乘客，像塞酸菜般，从瓦罐口，一直塞到了瓦罐底。其时，牛高马大的女售票员在吆喝：“别挤了！别挤了！你们等下一趟！行不行?！行不行?！”

中巴车终于艰难地关上了车门！女售票员开始在继续前行的中巴车上扯着嗓门喊：“后面上来的，后面没买过票的，赶紧过来买票！”

这时，一个清脆的声音在他的耳边响起，“我们挤不过去。”应答售票员的，是一个十八九岁模样儿的姑娘。她就站在他的旁边，手里拄着一根扁担，脚下是两件硕大的行李，她脚蹬一双簇新的红布鞋，下身是一条齐膝呢子红短裙，有点旧，上身是一件墨绿色紧身衫，更旧！这怪异的搭配给人的感觉难以表达！然而，再往上，是她颀长端正的脖颈、性感迷人的欧米伽下巴、微微嘟起的樱桃小嘴、高鼻梁、湖蓝色的大眼睛、长睫毛、浑然天成的柳叶眉。从他这个角度看过去，恰好是她脸部线条轮廓唯美的侧面，给人一种几分冷艳、几分妖娆、几分任性的感觉！

他也没有买票，事实上，他身无分文，被她这么回应，车上所有的目光都投向他们！他隐隐约约听到车上有人在小声议论：

你看那个男人哟！八成是准备逃票的。还有人说：你看你看，大冬天光着脚，什么人呗！人们隐隐约约的议论和猜测也让她“关注”起他来了。她湖蓝色的大眼睛充盈着温暖与怜悯，她说：“哎呀，小青年，大冷天，你为什么不穿鞋子呢？”

他小声说：“我啊，原本是要逃票的。”他答非所问。

她咯咯咯地笑了起来，她的笑声充满了穿透力，她说：“我知道了，你是盲流，对不？”

他生气了：“是又怎么样？难道你有本事把我再弄进收容所？”

她不答话，依然看着他，眼睛充盈着温暖与怜悯，看着他！

两人就这样“僵持”了十来分钟，或者更长一点时间，总之，“僵持”到了她嚷嚷着要下车；“僵持”到她握着扁担、拖着大件行李终于艰难地挤到了售票员面前；“僵持”到一个急刹车，售票员把她的两大件行李踹下车，把她的扁担踹下车；“僵持”到车门在她的身后关上。这时，售票员说：“后面那个打赤脚的，还不谢谢人家？人家帮你把票给买了，买到了终点站南头检查站！”

这时，中巴车已经提速，再提速！一路往东，往东！往南头，往深圳！往深圳经济特区！

他挤到车窗边，推开车窗，任凭凛冽的风，吹落他眼眶里的泪水，他冲她的背影喊：“神仙姐姐！神仙姐姐！我叫史小山，我叫史小山，我叫史小山……”

三

在J集团旗下的深圳总公司中层干部、党员民主生活会上，古睿就公司上周发生的员工罢工事件做自我批评。古睿说，企业就好比一个家，家穷万事衰，起因是公司迟迟未能兑现的年终双薪……

领导对他的自我批评当然是不满意，领导摆了摆手说："今年，你们必须敲开A公司的大门，项目都准备三年了，要换了私企……"

古睿不该在这个时候抢白领导，不该说："徐总，能做出A公司这个核心配件的，国内仅我们振华科技一家！只是人家始终不给我们机会。"所幸徐总是他的老领导，振华科技前任总经理，事事处处，对振华科技总是担待多于责难，因此……徐总摆了摆手说："下一位！"

J集团旗下的深圳总公司中层干部、党员民主生活会在热烈的批评与自我批评中结束后。古睿来到J集团深圳总公司大堂，他肩挎一只红蓝绿条纹相间背带的黑色方包，手里握着手机，站在大堂宽大的落地窗玻璃前，背对着大堂里来来往往的领导、同事、熟人或陌生人，旁若无人般，专注于窗外的滂沱大雨。

"我有所念人，隔在远远乡。我有所感事，结在深深肠。"是雨，勾起了他对李凡的思念。他想，如果李凡在，该多好啊！一个懂你的人，无须更多的语言，只需一个眼神，便可诠释所有，温暖彼此！但是，他们已经不可能，李凡已经去了另一个世界！李凡帮不了他！除非，在梦里！而现在是大白天，他要工作，他要思考如何解决工作中的种种难题。首先，"中华数控"项目要不要推进？如果推进，将进一步摊薄公司今年的利润。领导会不会说：等你们研发出来，会不会黄花菜都凉了？AGV车项目要不要上？从管理的角度来说，势在必行！机器当然比人更容易管理，机器不会说罢工就罢工。不就是说由于公司效益下降，可能取消半年、年终双薪吗？只仅仅是说可能，他也只仅仅是在管理层周二例会上吹了吹风，谁能料想得到，第二天，车间的机器就空转了呢？带头罢工的是那个老员工——金牌主机手，但他心里清楚背后的唆使者是谁。那天，在由辖区管委会工会主持的劳资对话协调会上，他跟工人代表们掏心掏肺：我们是人，不是机器，我们有想法，可以坐下来谈……也就是那一次让他明白，这样的突发罢工事件，公司伤不起！但是，刚才，总公司工会主席问了句：如果你们振华科技上 AGV 车项目，现有的搬运工人打算如何安置？我们是国企，国企要把社会担当放在第一位。其次，刚才从领导的口中，他知道，要继续开源节流，马上到来的“三八”妇女节，经费比往年减半。那不就意味着，例行的两天省内游要变成一天市内游吗？女人他本来就不想惹，更别说公司里的女员工。但是，今年的员工福利减半，偏就从妇女节开始。

他不可能跟李凡说。那么，他跟妻子或女儿说说心里话，总可以吧？她们是他在这个世界上最亲的人！

有那么一个时刻，他想给妻子或女儿打电话，只仅仅是打个电话！但是，他发现自己找不到理由，因为，女儿上大学后，拉了一个微信群，女儿是群主。群成员想说什么话、交流什么信息，自然是在微信群里表达、发布。眼下，女儿在微信群里留言：在滂沱大雨中登机了！

对！就这！他终于想到了给女儿打电话的理由——小凡，你乘坐的航班起飞了吗？这种天气起飞，够让人揪心的！

对，就这么跟女儿说。女儿当然感觉不出父亲这一刻的脆弱，感觉不到这一刻父亲只仅仅是想跟她讲讲话，只仅仅是想听到她的声音。

想到这里，他拨打了女儿的电话。电话果然一拨就通，听到电话那端女儿的声音，他心情大好，原来，所谓的退一步海阔天空，就是当我们在职场上疲惫不堪，以为无路可走的时候，于亲情处——靠岸！

女儿说："爸，爸，你越来越逗了！起飞了，你还能打得通我的电话啊？"

他心里想：好吧！又错了！但是这一次，他心里是乐意的，乐意女儿的插科打诨，这不正好吗？父女俩在电话里，轻松愉快地说一会儿话。但是，他又错了！他听到女儿说："爸，原本啊，我要给您打电话讲事情呢！刚才啊，登机前一刻，我遇到了一个神经病，他追着我喊：'李凡，你等一等！等我！'"

古睿听着，心头一惊，举着手机的手猛地一抖，手机"啪"的一声跌落在地板上。他赶紧弯腰抓起手机，对着手机喊："小凡，首先，这件事情你不能告诉你妈妈。"

女儿问："为什么不能告诉我妈妈？"

他说："这……省得你妈想多嘛！"

女儿说："噢……好吧。"

他说："记住了啊！不要告诉你妈妈！现在，你慢慢讲，讲具体一点，我是说，事情经过！"

四

这天夜里，古睿回来得很晚，虽然跟客户迪亚电子的老板牛根生、两个大男人对酌了 500ml 劲酒，但他知道自己那玩意依然疲软，依然“劲”不起来。而且，看见妻子已经拥枕而眠了。于是，他澡也不洗，轻手轻脚离开主卧室，一个人睡到客房里去了。

今晚跟牛根生对酌，是因为应收货款，古睿举杯：牛兄，你可不能再让老弟为难了，不能再拖……见状，牛根生连喝三杯，底气十足地说：古总一百个放心，最迟这周！别听人瞎说，迪亚不差你们那点货款！古睿：这么说，继续干？牛根生说：讲好的啊，兄弟齐心，做让祖国骄傲的企业。

古睿不会想到，半年后，两个对酌一瓶劲酒，发誓不忘初心做让祖国骄傲的企业的男人，竟然因为一笔应收货款，变成了你追我躲的债权人和负债人关系！

涂芳芳这天夜里做了一个蹊跷的梦——她和母亲睡在一所房子的客厅里，一个长得跟她一模一样的女子，从房间里出来，径直走到床前，对她说：古睿是我的。说罢，飘然离去。

涂芳芳觉得委屈，哭着喊妈妈。妈妈说：睡吧睡吧，没有的事。妈妈这么说着的时候，那女子又开门出来了，那女子说：你也别哭了，我现在又没跟你争，我呀，五百年前是古睿的，五百年后是林俊的。再过五百年呢……哎呀，不能告诉你！说罢，再一次飘然离去。林俊？林俊?！林俊在哪里？林俊在哪里?！涂芳芳哭得更伤心了。妈妈说：睡吧，睡吧，他在来的路上了。

五

千里之外的青岛，一个叫何芳洁的女作家，这天夜里也做了一个蹊跷的梦——在岭山国家森林公园，那条石板路拾级而上，旁边是茂密的树木和绿色植被，植被隐藏的浅沟上一条小溪在欢快地流淌。小鱼在透明的溪水中嬉戏，鹅卵石五彩斑斓，一对衣着得体的老年人肩并肩从山上一个欢庆活动现场出来，往山下走，而她正在往山上走。一幅巨大的海报挡住了去路，那对老年人停下脚步来，她也停下了脚步！她惊讶地发现，海报上那个女人怎么这么像一个人？她听见那对老年人很生气，男的问："谁把海报搁这儿的？"女的问："海报上那个人是谁？"这时，那老年男人的目光落在海报上，惊叫起来："李洁！"突然，从海报背后冒出一个长着一双大长腿的中年男人，他穿着一条水磨蓝牛仔裤、黑色T恤衫，显得特别精神帅气！这个男人说："不准动！海报是我摆这儿的！她是我们今天的特邀嘉宾，她在来的路上了！"

这一天，是农历二月二日，龙抬头的日子。几个月后，作家先是见到了古太太涂芳芳——一个娇俏任性而又善解人意的小女子，然后，见到东莞讯达电子科技有限公司的老板陈瀚，何芳洁惊呆了——他?！梦里的那个大长腿男人……作家惊叫起来：林俊？林俊?！林俊!！你是在涂芳芳的芳华岁月里走丢了的林俊！对不对？

第二章　另辟蹊径

一

史诗，苏州思凡机器人创始人。一个中等身材、皮肤白净、长着一张娃娃脸的男人，乍一看，像一个不经世事的大男孩。其实，他已经步入中年，作为一个草根出身的民营企业主，他在创业的路上，更是筚路蓝缕。但是，岁月似乎特别眷顾他，他有时候对着镜子审视自己，会在心里自嘲一下：我等的船还没来，我等的人她还没明白。思凡机器人的前身是忆凡模具有限公司。而忆凡模具有限公司是由地下代加工小作坊变身为工商注册私营企业的，忆凡模具有限公司成立之初，生意兴隆，仅用五年时间，忆凡模具有限公司便非常顺利地上了“新三板”，也就是在那个时候，老板史诗似乎遇见了爱情，和工厂里一位漂亮的跟单文员恋爱、结婚。然而，如咒语一样，婚后，忆凡模具有限公司的生产经营开始走下坡路。正所谓贫贱夫妻百事哀，那时候，他们已经有了两套位于苏州金鸡湖畔的房子，老板史诗决定用这两套房子做抵押拯救资金链面临断裂的忆凡模具有限公司，然而，遭到了新婚妻子的反对，新婚妻子的态度非常坚决——无论忆凡模具有限公司运作上出现何种困难，忆凡模具有限公司都不可以打这两套房子的主意！史诗一听就气炸了——这哪跟哪啊？钱是我史诗挣的，第一桶金是我史诗在潮湿的地下室，给一件件异形齿轮手工磨光挣来的。那个时候你在哪？史诗跟新婚妻子吵架的时候，李凡，他心里的神仙姐姐的影子就越发清晰，他发现，自己依然没有遇见爱情，爱情，它定格在二十五年前那个秋天，仅有的一次与他的神仙姐姐李凡单车郊游。也就是在史诗与新婚妻子“胶着”那个时期，王小涵出现了。王小涵，一个跟丈夫一同打拼，有了钱，却被小三上位了的女人，也许她那时候是真心喜欢史诗，又或者，她看中史诗跟他描绘的“忆凡模具发展愿景”——引入的战略投资资金将用于转型升级“忆凡模具产品”——私人定制小众机器人，史诗告诉王小涵——自己是地下小作坊起家，拥有一大批潜在小众机器人客户。王小涵说想想也对。事实上，王小涵那个时候想都没有想，她只是以为，被小三挤出局的她，可以从“小三”这儿上位，王小涵这个女人一向以为爱情婚姻是女人的全部，然而命运却一次次打她的脸。逼迫她成为女强人。就这样，史诗跟漂亮的跟单文员离了婚，把其中一套房子给了漂亮的跟单文员，把另一套房子抵押给了银行。史诗说：你知道我为什么愿意离婚吗？漂亮的跟单文员答：那还用问吗？为了你那个一文不值的模具厂。还有你那个小三王小涵。“啧啧，一个笨蛋女人！她尽管接盘啊，接啊！”漂亮的跟单文员哭着说。史诗没有安慰她。史诗想：你就装吧！用结婚证书当饭票的女人。你已经不劳而获了，你伤心个屁！史诗当然也不会再告诉她，他还没有跟王小涵发生那种关系，只是，他心里住着一个人，他心里一直住着一个人，她与婚姻无关。

由于飞机晚点，史诗无法及时赶到公司。公司一季度工作总结及二季度工作安排会议，临时改由副总经理王小涵主持。会议开得很沉闷，开了整个一下午。窗外，天色已经暗下来了，不远处的东太湖上，渔火点点，早春的江南甚是寒冷，风吹过来，让人的心中陡添几分怅惘。史诗赶到的时候，公司财务部部长正在汇报工作："王总，是这样的，二月是春节，开工半月较上月利润明显下降是正常……"王小涵黑着脸，把愠怒的目光投向市场部李部长："李部，你说说。"李部长淡定地答："王总，咱们是走研发路线，技术投入这块，公司是不是要加大力度？"王小涵说："这个公司有考虑。"是的。公司有考虑，作为思凡公司二股东兼副总经理，她跟大股东、创始人史诗不止一次讨论过公司的未来发展战略，他们心里比谁都更清楚，伴随着现代加工的技术革新以及劳工成本的急剧上升，大量规模化的自动化设备及机器人将渗透到几乎所有行业。如果企业要把握时代机遇加速发展，他们除了目前的主营产品小众机器人外，必须迎接新的行业需求。她提出——基于未来医患平台的需求，公司应该招兵买马，投入经费研发超智能袖珍机器人。她的想法最初得到了史诗的认同，但是，史诗认为有一个行业发展前景更加广阔，那就是快递物流行业。网上平台的销售模式和规模的不断完善已极大地冲击了传统的销售和实体店模式。而以顺丰跨越，圆通申通为代表的大批快递巨无霸加上京东邮政等物流，这些企业除了需要大量的快递员送达千家万户以外，仓储中转的包裹分拣和整理也是需要大量人力资源的。如果先把这部分工作转为自动化和机器人，一定可以带来巨大的市场效率。史诗说想研发一款机器人分拣车，类似单车带尾箱的那种。史诗甚至描绘了机器人单车的下一步是扩展到可以代替骑手送包裹到千家万户。他甚至于给王小涵描绘未来单车机器人骑手工作的情景——阳光初升的早晨，城市还在睡梦后刚刚清醒；穿行于城市大街小巷的机器人骑手已经开始了他们不知疲倦的一天。他们把牛奶送给老人小孩，把早餐送给了学生和上班族，他们把报纸送给了公园的爷爷，把爱的鲜花送到姑娘的窗台，让醒来的女孩第一眼就能看见阳光希望和玫瑰娇艳……

刚刚还想反驳史诗的王小涵此时像个小姑娘一样托住脸颊望着他，已经陷进了史诗描绘的像诗一样的画面！

“我也要！”王小涵说出这话的时候自己也吓了一跳。史诗也一愣：“你要什么？”

会议室里所有的人也都用异样的眼光看着她，异口同声地问：“王总要什么？”

王小涵心里在想：史诗！你这个可恨又可气的男人，真的像你的名字一样也是充满诗情画意的。如果我王小涵能够得到你的爱，就算一辈子只听你的话，不做什么女强人，我都心甘情愿！

史诗用眼光狠狠地扫视了一下会议室，众人都低下了头。史诗见王小涵没有回答，继续接着说：“我们思凡不要去挤有些行业的独木桥，我们拼不过人家，我们要另辟蹊径，未来缺的一定不是机器，而是机器人。是超智慧的机器人。”

二

史诗跟王小涵是商学院总裁培训班的同学。王小涵记得，她第一次听史诗在台上做案例分析和项目方案模拟推荐时，史诗滔滔不绝的样子就是像现在这样充满激情。所以，史诗第一眼就吸引了王小涵同学。那时候，史诗的公司刚刚上“新三板”，史诗踌躇满志，以为自己从此股海畅游，可以干出天大的事业；但他后来才发现，除了更规范的报税缴税，“新三板”没有带给他任何实质性的好处。在长达八个月的时间里股票零交易。这样，前期为了上“新三板”投入很多资源和资金的思凡机器人前身——忆凡模具有限公司便陷入了资金链断裂的危机。而王小涵那个时候刚刚跟背叛她的前夫离婚，王小涵不缺钱，她缺人，缺项目。于是，促成了忆凡模具有限公司上“新三板”后的第一笔也是最后一笔线上平台线下交易。随之，忆凡模具有限公司转型升级，更名为思凡机器人。“王小涵同学”变身为思凡机器人的第二大股东。互相成就的两个人，渐渐地有了男女之间暧昧的味道。然后，有一天，半醉半醒半推半就中，他们发生了性关系。但是，她隐约感觉得到——史诗的心里似乎住着一个女人！她是谁？这么多年来，情场的失意和商场的得意，到底把王小涵磨砺成了女强人，她不会在工作上，容许儿女情长分心。但是，史诗这个男人还是会让她心动。

从纷繁的儿女情长往事中“走出来”的王小涵，清了清嗓子，对大家说：“我同意史总的思路。但是，针对公司现状，刚才大家都没讲到点子上。公司亏损的源头在三车间！请看！”会议室上方的宽屏幕上，光标在三车间的监控视频上闪烁。与会者敛声屏气，对着视频足足看了二十分钟。王小涵说："你们看出问题了吗？"没有人回答。王小涵说："好吧，既然大家都没看出问题来，我们就一起找问题吧。大家都知道，这是春节前引进的生产线。四班三运转，每班五人，总共二十名作业工人。大家动动脑子算算人工成本。"大家面面相觑，没有人敢吱声。王小涵就独角戏唱到底，接着说："我为了找出公司利润下滑的源头，已经在这里观察了整整三天！现在，你们大家都看到了吗？2 号岗位的工人，在下一个流水作业标的到来前，有 59 秒的空档时间；3 号岗位是 70 秒；4 号岗位是 63 秒；5 号岗位是 65 秒……用三分之二的人力，足够！大家再算算人工成本。"大家依然不说话。史诗开口了："不可以！缩短作业间歇，就意味着增加工人安全生产风险，机器人可以，咱们工人的肉身不能！不过我们可以针对个别要求效率稳定的岗位把我们自己研发的机器人首先用到自己工厂，验证它的可行性和稳定性。"说着这话，他把本来坐在主席位置上的王小涵推开，在白板上画起了车间布局流程来。

王小涵愣愣地看着他，心里想：我越来越在意这个男人了！但是，他似乎却是越来越不待见我！

但是，王小涵可能没有注意到——在别处，有一个男人，却越来越在意她了！就在昨晚，在电脑前忙活的她，正准备关电脑时，电脑右下角，一大一小两个相互重叠的海蓝色小圆点在闪烁，她心里嘀咕：这么晚了，谁找我？她把鼠标移向这片小小的"海蓝"——是赵赫！是那个给她灌输医患平台袖珍机器人理念的赵赫，是她的中学同学赵赫。赵赫问：睡了？王小涵发给赵赫一个表情包（生气了）。赵赫：我一个人在吃早餐。王小涵：关我什么事？赵赫：这一次，我真的下决心了——回国发展。王小涵：又是为了什么呢？赵赫：我水土不服……王小涵：赵赫！你好没出息！当年，是你嚷嚷着要移民的啊！怎么？怎么到头来就你水土不服了？赵赫：你又不懂！她能端盘子洗碗，我能吗？王小涵：做人老公，你总行吧？几十岁的人了，你！赵赫：王小涵，我郑重其事地告诉你——我离了！王小涵想：离了！离了？那意味着什么呢？用时下的流行语来说，赵赫就是那种把一手好牌打成了一手烂牌的人。赵赫的前妻是当年的同事，赵赫那时候说，什么郎才女貌，两个高不成低不就的家伙缜密思考之后，去领了证，生了娃。这个年轻时口无遮拦的家伙，终于被妻子在对的时间对的地点，找到了甩他的理由，不然，好好的一家三口沾着他的光移民加拿大，怎么到头来，就他这个“人才”水土不服？而无学历无技能的妻子却如鱼得水了呢？这个问题，赵赫跟她在微信上争论过，那么，如果她见到他，又该争论什么呢？她记得，那一年，在糖果厂做工的胞妹病了，肚子时不时剧痛，显然是上班时偷吃过量的陈皮糖惹的麻烦。十六岁的妹妹说：“姐姐，我再也不要打工了！我要回家！”她说：“可以，再等半个月，等姐姐领到工资……”妹妹又说：“我不想再吃泡面了，我要吃饭堂。”她说：妹妹呀！姐也想！但是，你这一病，看了趟门诊，眼下，三角六分一包的快餐面，我们姐妹俩恐怕都挨不到发工资了！你还想吃八角钱一餐的饭堂哪！就在妹妹要求吃饭堂那天，赵赫的汇款单到了！赵赫在信里说：我妈给了我二十元加菜费，实习单位又发了五十元加菜费，这些钱，我暂时都用不上，寄给你了……捏着赵赫寄来的汇款单，读着赵赫生硬中隐藏着温柔的信，王小涵哭了！从邮局取出那七十元，她进了一个胶花店，花十二元买了一束逼真的塑胶玫瑰花，她想把它寄给赵赫。但是，再一次跨进邮局大门时，她犹豫了——我要干什么？他有这层意思吗？你是谁？你是一个前途渺茫的打工妹，而他，是可以把头昂得高高的大学生，是时代的宠儿！于是，她折回身，走到邮局门前的运河边，咬咬牙，流着泪把这束逼真的塑胶玫瑰花塞进了一个垃圾桶。她给赵赫回了信，只有三个字——谢谢你！

王小涵还在走神，会议还在继续。史诗对与会者说：下面我们继续公司一季度工作总结及二季度工作安排。史诗说：这次我去深圳、东莞，险些儿迷路！记忆中深圳宝安西乡的工业区，变成了高尚住宅小区、文化旅游创意园。而东莞，不是全球制造业大工厂嘛？然而，我从记忆中的旗峰公园往东莞人民公园走，却再也见不到昔日大片的工业厂房，见不到记忆中成群结队穿着清一色工衣的劳务工，那一张张洋溢着青春气息的脸！招人难，用工难，显然，世界工厂东莞也在且战且退！而我们，必须坚持！对！坚持！我们思凡机器人公司就是为今天城市空心化、劳动力青黄不接和最终制造业达到脱胎换骨，转型升级而准备的。虽然，前路茫茫！讲到这里，他望向王小涵，王小涵意会地点点头。于是，王小涵就接过话茬——公司正式决定投入资源研发医疗袖珍机器人和物流机器人……“物流机器人就是我刚才给大家介绍的未来智能骑手项目，这将作为我们公司未来发展的重点方向。”史诗打断王小涵的话。会场的气氛一下子活跃起来了。市场部李部长说：“以后就不用史总亲自给王总送花了，派个机器单车骑手就好了。”说完冲王小涵扮鬼脸。王小涵不自觉地把眼光投向史诗，她发现，史诗在躲闪着她投向他的、爱慕的、热烈的目光。王小涵感觉自己的心像被针扎了一下。她痴痴地想：只要是史诗送的花，派谁送给我都会接受的，但是，史诗会送吗？

史诗一手搂着市场部部长的肩，一手搂着技术部部长的肩一同走出会议室。史诗说：兄弟们哪！时代不同了！吃咱们这碗饭，会技术只是底线，能创新才是王者。“思凡”宏伟大业从今天开始。显然，史诗这话是讲给技术部部长听的。

三

散会后，公司请全体与会人员聚餐。史诗借口胃痛，不喝酒。而王小涵却是在酒桌上出尽了风头，满满一大围桌的人，她一个接一个地敬，一杯接一杯的烈酒往肚子里灌，但她唯独不敬史诗；她还跟所有的人尤其是年轻的男人们，包括但不限于打情骂俏、勾肩搭背，她甚至跟市场部负责人喝了交杯酒套近乎，说了一大堆疯癫话，说什么小李子啊！你就是愚笨！不会追女仔，喜欢我，你倒是追呀！送玫瑰花呀！凡此种种，疯癫至极！她把史诗当空气，貌似身旁这个被她冷落、滴酒不沾的男人，这个跟她在半醉半醒中曾有过肌肤之亲的男人，跟她半毛钱的关系都没有。散席后，史诗原本想送她回家，但是，她却说：不要！

不要！不要？不要?！史诗仿佛听到了一个遥远而又熟悉的声音！那声音让他痛心疾首。对！他不敢忘记，不能忘记——今天，是他的神仙姐姐李凡的忌日。于是，史诗逃也似的离开酒席——“风吹起了从前/你如水的那容颜/摇摇晃晃/像盛开的睡莲/大雨落在昨天/你回首的那瞬间/多少爱恋/想要让你看得见/

我的爱是一把剑/要为你遮挡艰险/只可惜流水/却把它卷入深渊……”史诗驾驶着白色宝马5系SUV，于苏州街头匀速前行，明亮的路灯，在转弯处、在十字路口，透过车窗，时不时折射在他的脸上、身上，他坐姿端正，身板笔挺，神情凝重。车内音乐单曲循环，反反复复播放着蒲洋原唱的《刻舟求爱》。汽车经过苏州中心东方之门，经过金鸡湖景观大桥，经过苏州文化艺术中心，到了月光码头，他缓缓减速，泊车。他来到湖边，坐在临湖的阶梯上，大口大口地吸着烟。月光如水，他孤单的背影，在月光下隐约晃动。这个四十三岁的单身男人，哭了。月光之下，恍惚中，看见他的神仙姐姐李凡，从南海之滨，坐高铁来，乘飞机来，又或者从在水一方的金鸡湖西岸，踏水而来。“李凡!”他叫道。他站起身，张开双臂，拥抱她！拥抱她！

四

第二天早上，公司市场部负责人果然给王小涵的办公室送来了捧花。而恰恰是这束捧花，见证了她的泪水——这天早上，阳光洒满卧室的时候，她终于醒了。睁开眼睛，发现自己昨夜居然没拉上窗帘睡觉。对面住户的露台上，一只鸟儿正在瞅着她“啾啾啾”地叫。二月的江南甚是寒冷，是期待温暖如期而至的那种湿漉漉的寒冷。她爬起床，拥被而坐，靠在柔软的、皮质的床头上闭上眼睛，饶有兴趣地听那只鸟儿叫，对！是一只，而不是一对！为什么非要是一对呢？世间万事万物，看似互联互通，相依相存，但归根结底，终是个体的。谁也替代不了谁，谁也分担不了谁，谁也分享不了谁。过去，现在，将来！她这么想着的时候，就觉着鸟儿不是单纯地发出“啾啾啾”的声音，而是有了另一番深意。“啾啾啾”“啾啾啾”，鸟儿到底把她叫醒了！是充足睡眠后的醒，醉酒后的醒！她开始慢慢回忆，一点一滴，昨夜，她怎么就跟一桌子人斗酒了呢？我去！还不都是因为他嘛！是他惹恼了她！那喝下去的，是一杯杯浆液吗？浓香吗？不！是她的眼泪！不敢流，不能流的眼泪呀！恰如她对爱情的期许，不敢说，不能说！她酒桌上那个能啊！一杯再一杯，貌似要让全天下的须眉汗颜！最后，叫了一滴滴车，车到前，她觉着自己整个人轻飘飘的，飘在空中，像一片必须离开枝干归宿于大地的落叶，几分悲壮，几分眷恋，但终是落下了！对，落下了！那个醉酒的女子，在初春、在深夜的江南街头，把脚上的高跟鞋一踢，一屁股坐在了地上。那地多冷呀！多脏呀！会不会弄脏了她身上这件烈焰般的红风衣？但是，当时，她顾不了那么多，她无能为力！她管控不了自己……“啾啾啾”“啾啾啾”，她就这么闭着眼睛听着、回忆着，陡然生气了：臭鸟儿！死鸟儿，你叫什么叫？“啾啾啾”？“羞羞羞”？“啾啾啾”，到底几层意思嘛？我才不羞呢！我就是喜欢他！喜欢，有错吗？而他，已经驾车在路上，在上班的路上。在一个十字路口前，遇着百秒红灯。他有点懊恼，陡然想起她昨夜的癫狂。他想，今天，该严肃认真地批评她：王小涵，你再也不能把个人的情绪，带到商务活动中来，太不像话了！

有人敲他的车窗，是一个怀抱玫瑰花的老妇人。他犹豫了一下，摇下车窗，买了两枝玫瑰花，是一枝一包装规格的那种。

五

一小时后，他和她隔着一张大班台谈工作。在他走进自己的董事长兼总经理室前，她已经坐在那里等他了！见他手里拿着两枝红玫瑰，她的脸上竟泛起了与自己的年龄和阅历极不相称的惊慌与羞涩。她欠了欠身子，心里忐忑，声音因激动而颤抖："这花，是送给我的吗？"他笑了笑，笑得很短促，他似乎是顺手般，很随意地把其中一枝玫瑰花递给了她，没有一点仪式感。而另一枝，他轻轻地插进了桌子上一个酸枝木笔筒里，而这个酸枝木笔筒的旁边，倚靠着一张照片——一个十八九岁模样儿的姑娘，身穿浅灰色劳动呢工作服，头戴浅灰色安全帽，站在偌大的机械厂车间里，站在铣床旁，冲他微笑！这张照片，是当年劳动安检部门进厂检查时，一位安检工作人员抓拍的。那个刚刚毕业的大学生跟当时的鑫源机械厂老板秦志远说："想不到，工厂里还有长得这么漂亮的姑娘！"秦志远就嘿嘿嘿地笑，秦志远说："这个姑娘啊！你不准打她的主意，她是我的小姨子。"秦志远讲这话时，意味深长地看了他一眼。当时，他心里想：你管得着吗？两年前，我跟她就结下奇缘了，她是我命里的神仙姐姐。

玫瑰花牵引着王小涵的目光发现了酸枝木笔筒旁的这张照片，王小涵的声音因激动而颤抖："她是谁？"史诗说："神仙姐姐。"他声音特别温柔，温柔到让听到的人羡慕嫉妒恨。王小涵眼中泛起了泪光，"神仙姐姐？神仙姐姐！噢！我懂了！史诗，她就是你心里一直装着的人！为什么不早跟我说？为什么……"史诗说："你看清楚，这是一张泛黄的照片。"王小涵问："那你……为什么现在把她摆出来？你是要让我看见吗？还是，要让更多的人看见？你曾经有一个美若天仙的恋人？”史诗说：“我是恋过她，她是我心里的神仙姐姐！”王小涵问：“她现在在哪里？”史诗不答话，彻底失望的王小涵这次很固执地继续问：“她在哪里？你把她找回来嘛！我可以离开公司或者退出公司。”

本来有过一次失败婚姻的王小涵嫁人的目标十分明确，必须要在四十岁之前把自己嫁出去，而且必须是要嫁给史诗。王小涵已经耐心等待了十二年，等他求婚，等他给她名分。没想到等来的结果是冒出来一个“神仙姐姐。”王小涵终于明白了自己一直走不进史诗心里的原因，她试图让自己失望的心平静下来，她故作镇定地对史诗说：“史总，我也陪你走过了十二年，不管是工作还是生活。你可不可以让我听听你的神仙姐姐的故事？”史诗说：“我会告诉你的。但不是今天。”

六

王小涵说：“好吧！史总，我是来跟你谈工作的。在表明我的态度前，我想先问你一个问题。”原来，近日，在选择客户的问题上，两个人有了矛盾与分歧。王小涵要选择那家大企业，订单量大、回款有保障。而史诗倾向于选择没有任何优势的另一家企业，只因他认为；这家小型企业更迫切地需要他们的拳头产品——工业机械手。他觉得他更应该和这类企业一起成长。

“你说。”史诗看着王小涵。

“今晚，我们可以在一起吗？”王小涵也看着他，眼里跳跃着火焰。

“今晚？不可以！”他的声音近乎决绝。王小涵心中纳闷：今晚，不可以！几层意思？难道，过了今晚，就可以了吗？今天是什么日子？今晚，为什么不可以？王小涵清楚地记得，两个人已经很长时间没有肌肤之亲了，事实上，每一次，都是他醉酒的时候，他昨晚滴酒不沾，那就意味着——他们没有睡在一起的可能。他昨晚上哪儿去了？王小涵笑了笑，她到底是女强人，好像刚才很私人的话题，压根儿就没有进行过一般，她说：“什么呀？我只是跟你开个玩笑而已！瞧你较真的！”说着，王小涵一扬手，指着桌面上的两份订货合同，“史总，我们继续吧，刚才，我们讨论到哪里了？”“挑客户。”“对！我们终于做到了挑客户的这一天！”她光泽度极好的脸庞上，难以掩饰事业带给她的骄傲与自信。他心里想：好吧！那个精明干练的合伙人又回来了！这才是最真实的王小涵！“你挑的，我原则上不同意。我们是在做企业，企业当然是以利润最大化为目的。”他没让步：“王总，我们既然打出了‘思凡，致力于智能主导安全！’这样的金字招牌，就不能被短期的利润诱惑。你的大客户订单我们量力而行，不做他们也可以找到其他供应商。但‘同兴公司’不同，他们的工位危险性极高，更需要尽快实现‘机器换人’。我们一直一起开发一起验证，价格也是早就确认了的。现在我们应该牺牲短期利润，优先满足同兴公司需要。如果不然，一旦此期间‘同兴’出了工伤事故，就算同兴人不会埋怨‘思凡’,‘思凡’也一定罪责难免……”

“史总，你也别说了，做吧，做吧，也许你们男人眼光更长远。”王小涵边说边站起身来朝门外走，快走到门口的时候，突然回转身来，对史诗说，“其实，今天一大早，李部长给我送了一大束玫瑰花。你介意吗？”史诗愣了愣，半晌，顾左右而言他：“为什么要介意？每个人都有追求爱情的权利嘛。”

“你可恨！我偏不！我非你不嫁！”她不知道自己哪来的底气，第一次这么凶他。在这之前的许多年里，她对他从没说过“不”，只说“可以”。这就是对爱情诉求的另类表白吗？就好像林徽因说的那样——忘掉腼腆，转过脸来，把一串疯话，说在你面前。他这才注意到，今天，她穿得特别隆重，身着一件剪裁得体、时尚的米色蕾丝碎花齐膝连衣裙，足蹬一双粉色银光闪耀的高跟鞋，就像传说中那个穿着水晶鞋去追寻幸福爱情的灰姑娘。她摔门而出，回到自己的办公室。接着，怀抱捧花，又从自己的办公室里出来，“啪”的一声把门关上，她妆容精致的脸上挂着霜，她踩着高跟鞋“噔噔噔”地走过董事长室，走过会客室，走过办公室、洽谈室，那气势，恨不能把脚下的一块块瓷片踩碎，不！她要踩碎的是董事长史诗的心，她更要踩醒“小李子”的桃花梦！在走廊尽头，她进了电梯，去到地下车库，她犹豫了一下，把怀里的捧花塞进垃圾桶。然后，她走向自己的座驾，上了车，脚踩刹车，手指轻触启动键，汽车音乐飘出的刹那间，她“哇”的一声哭了！“自从相思河畔见了你/就像那春风吹进心窝里/我要轻轻地告诉你/不要把我忘记/自从相思河畔别了你/无限的痛苦埋在心窝里/我要轻轻地告诉你/不要把我忘记/秋风无情/为什么吹落了丹枫/青春常在/为什么会退了残红/啊/人生本是梦……”车内歌曲循环，反反复复播放着蔡琴的《相思河畔》。

汽车经过东方之门，经过金鸡湖景观大桥，在月光码头，她缓缓减速，泊车，然后，坐在湖畔临水的台阶上哭！那正是史诗昨夜坐过的位置。

七

时光倒流，一九九三年夏天，一个十八九岁模样的女孩，脑后束着一把马尾辫，身穿长袖白衬衫、水磨蓝牛仔裤、蓝布鞋，肩挑一担北京水蜜桃，迈着一双大长腿，在宝城沿街叫卖。在经过宝城某个人车分流的高档住宅小区时，姑娘下意识地停下了脚步。她的一个同乡姐妹就住在这个小区里，这多多少少给了她在这一带做“走鬼”生意的底气。烈日当空，街上没有更多的树荫。姑娘想不明白，似乎是一夜之间，宝城的街头，那一树树一排排枝叶婆娑的细叶榕，就变成了挺拔的、枝叶疏松的大椰王。姑娘听“榕村”的人讲，这大椰王树贼贵，参天大树更是一树难求。姑娘心下不屑：有什么用？又不遮阴，晒死我了！两年前，姑娘和同乡姐妹结伴从粤西乡下出来打工，过了三水渡口，再过虎门渡口，东莞、深圳，都留下了她们的足迹，两人一起流浪、一起梦想，所不同的是，这姑娘想念书，而她的同乡姐妹想挣钱，挣更多的钱。因此，最终两人走了两条似乎不再交集的路。眼下，姑娘是城郊荒山下“榕村”的一员，白天挑着水果沿街叫卖，晚上到深圳大学宝安教学点上夜大。而她的那位同乡姐妹，在一家港资工厂上班，很快就做了香港老板的二奶，然后就买房住到了这人上人的地儿来了。姑娘栖居的“榕村”，几乎是零成本的，是老乡们在别人暂时闲置的土地上，自力更生搭建起来的棚户区。它们跟这“走鬼”生意一样，生死存亡，城管说了算。姑娘的腿很长，反应也比别的“走鬼”更敏捷，所以，这营生姑娘一干就是大半年，一次次的有惊无险！但是，今天，姑娘注定是无路可逃了！城管、工商、联防统一行动，清理城市乱摆摊情况。十五天后，她的同乡姐妹把她从收容所里领出来。其时，“榕村”和走鬼群体一样，暂时消失了。

姑娘变成了同乡姐妹“老公”厂里的一名磨工。这个姑娘就是李凡，是史小山曾经在公共汽车上偶遇过的神仙姐姐。史小山当时是这间机械厂的维修工。他正在用维修工厂设备的工具维修他不知道从哪里捡回来的一部旧单车。

史小山一直把李凡进到他工作的工厂上班当作是上天的安排。他不管这个姐姐是否比他大，也不管她会不会喜欢他这个无论体型还是外貌都还是少年的男孩，总之他发疯一样地迷上了她。哪怕工作时，他的眼光也是在满世界搜寻李凡的身影。

国庆假期，工厂组织秋游。所有男孩子都想办法买也好借也好，准备了一辆单车，而史小山准备的，是一辆他自己鼓捣好的后座有些特别的单车。

然而自由搭配的时候，竟然没有女孩愿意坐上史小山的破单车。他尴尬得想找个地洞躲起来。

突然，神仙姐姐从“拉长”的单车后座上跳了下来，坐上了史小山的这辆后座有些凹凸不平的破单车。

单车带着一阵有些秋凉的秋风开启了秋游的旅程。

郊野开着善变颜色的木芙蓉和黄灿灿的野菊花，这群年轻的打工男孩女孩像放出牢笼一样兴奋异常。不知谁喊了一句：“单车比赛开始！”没有预演的载人单车比赛开始了。

李凡没有抱着史小山的腰，只是紧紧地抓住单车后座的金属杆——是史小山自己烧电焊做出来的，有些粗糙割手。瘦小的史小山像打了鸡血一样兴奋得越踩越快，也越踩越轻松。当他终于超越所有人大喊“我们第一了”时，发现后座的李凡不见了。

再一看，李凡正坐在五百米外的地上揉搓自己的屁股。她被史小山在颠簸的路上摔下车来。所有的人都哄堂大笑。后面的路程，李凡成了骑手，史小山小鸟依人地坐在后座，双手紧紧地抱着李凡，抱着他的神仙姐姐。

时间过得真快，史小山发誓要攒钱买一部很好的新单车，等到春天再载神仙姐姐去春游。

但天有不测风云，某个残阳如血的日子，恐怖的声音从李凡工作的车间传出来。“死人了，死人了！出工伤了！”

这一天，鑫源机械厂铣床故障撞飞了正在加工的工件。飞出的铁片向着老板和一堆讨论图纸的工友们飞去，突然侧边冲出一个身影，她口里喊着“不要”，拿出一年前当街打胖子城管的霸气，扬起一块钢模坯，拦截疯狂的铁片……

结果？结果她倒在了血泊中……她倒在一个叫史小山的青年维修工的怀里，史小山抱着他的神仙姐姐哭成了泪人。

史小山说自从神仙姐姐离去后，他就死了。一个名叫史诗的青年，离开了鑫源机械厂，离开了深圳，他来到了苏州城郊木渎，在模具厂最密集的那个片区，他租下当地人的一个地下室，干起了手工打磨异形齿轮的小本生意。

史诗和王小涵说这段往事的时候，王小涵正依偎在他怀里。这次和以往任何一次都不同，史诗是清醒的，王小涵醉了，醉得死去活来。她有没有听到史诗说的神仙姐姐的故事呢？史诗发现她眼角有泪光浮现。

第三章　唯一出路

一

杨似，一个看一手漂亮的字就知道能力不错的女孩。她外形娇小，冰雪聪明，在众多明显的竞争者中，第一次和陈瀚单独见面，她接过陈瀚递过来的橘子汁咬着吸管一口而尽的单纯可爱神态一下就抓住了陈瀚的眼神，然后她旋转的舞蹈姿态吸引了陈瀚，不小心就旋开了陈瀚的心扉，让自己变成了陈太太。几十年过去了，她看着陈瀚在不断寻找心中的梦，付出了比常人要多得多的努力。她陪着陈瀚经历了这些年所有的家庭危机，市场危机乃至于国家危机，她终于明白她一个同样有着强烈事业梦想的女人只能慢慢回归家庭，把事业放手给陈瀚去闯。从陈瀚不再为外企打工后的那天起，陈瀚就变成了杨似驻守的那个家的“长工”，一个对外的“老板”——一辈子都不再有退路和退休的职业。她知道陈瀚在为他自己也在为家庭付出一切努力，身心所承受的压力是无法用一种简单的疗伤方式治愈的。杨似除了忍受陈瀚有时莫名的愤怒外，她也由着陈瀚以文字的形式、以音乐的形式，又或者以醉酒的形式追忆失去的过去。当然也包括感情！关于陈瀚过去的爱情故事，陈太太了然于心。陈太太甚至知道丈夫偶尔站在阳台上发呆，是为了眺望那个她。陈太太有时会对自己说：嗯，这太有意思了！但是，她到底是女人，女人难免就会敏感、吃醋。有一天，她忍不住在微信上给老公留言：最近呢？无意中浏览了你的朋友圈，发现你好有才哦！重生、自由、爱情、思念纷至沓来！弱弱地问你一句：你思念谁了？客户？订单？还是……心上人？半小时后，陈瀚语音回复老婆：一直在外面跑，忙得很，忙得忘记了死活，你还有心思和我扯风花雪月？

她是谁？那个皮肤像玻璃一样透明，笑容像甘蔗汁般甜蜜的女子。陈太太知道，陈瀚曾给人家寄过一款迅达公司新研发的智能手表。寄件人署名“麦当劳”，寄到了人家单位的传达室，人家当然拒收喽。如果他敢署名林俊，那将会出现怎样的一种场面？陈太太不敢往深处想，设身处地，陈太太流泪了，自言自语：唉！可惜了一段好姻缘！没有谁比陈太太更了解陈瀚，这个敢做敢为的男人，总是喜欢推倒自己辛苦建好的基业，一次次从头开始，像个疯子一样折腾！从打工皇帝似的外企高管到艰难的智能制造业老板，从春风得意到输得一塌糊涂，险些儿从泥岗立交桥跳下去。嗯，他到底没跳，没跳，是因为他觉得自己还欠着家人的吗？还欠着员工的吗？又或者，因为惦念着那个她？陈太太想：他跟人家越来越解释不清楚了，就这么一直辜负下去吧！他没跳，后来居然又东山再起了。伴随着国际品牌大鳄摩托罗拉、诺基亚、三星的浮浮沉沉，从做普通手机零件起，到做奢侈品牌的手机，再到研发生产出自己的智能手表，这个过程有些血腥。死而后生的感觉让陈瀚不敢有丝毫放松。他一直在捕捉市场的变化和企业的机遇，期望搭上5G智能互联的车轮，寻找自己梦想的结局。陈太太在心里嗔怪：这头犟驴，你就继续捣鼓吧！离开了事业，你会像失去发动机的摩托，就算还有电瓶维持，却再也没有迎风的可能！

陈太太越来越发觉，这正是自己奋不顾身爱这个男人的根源。对！爱他，不仅仅是因为他帅、有才华，更主要的原因是他意志坚定，不会轻言放弃。他固执己见，但却懂得反思，更重要的是他有情怀，不止是对妻子女儿，长辈兄弟，更把责任给了很多人。陈瀚常说的那句话是：我已经不是在为我自己活了！他真的太忙了，太不容易了，每次陈瀚喝醉了酒回来，杨似都想抱着他"表白"一下："老公，你是最棒的，你行，你一定行。"不知道酒醉的陈瀚有没有听到。但她听到了："老婆我爱你！"她知道，这可是清醒时陈瀚打死也不会说的话。所以杨似也不敢多夸老公，她怕本就自信的陈瀚更加骄傲！

二

时光倒流回六年前，陈瀚的工厂同时是三家诺基亚手机主力组装厂富士康、比亚迪和贝尔诺斯的金属零件供应商，可以说风头强劲，一时无两。陈瀚还经常被一些品牌厂家请去讲一些专业的金属工艺如何在智能手机等3G行业运用的课程。那时候陈瀚的雄心壮志是提前走向国际。

可惜天有不测风云，诺基亚手机的溃败不只是"塞班系统"的没落，也是"安卓系统"大量被三星和国内手机品牌采用以及苹果智能手机一家独大后的必然结果。摩托罗拉，爱立信，西门子等手机也同样没有逃脱退出市场的命运。而陈瀚的企业恰恰在这个节点上从云端跌落谷底。

三家组装厂同时停单，仓库里堆积如山再也没有机会交出去的库存带给迅达的伤害，让迅达濒临破产。为了支付工人工资和供应商货款，陈瀚卖掉了很多买回来还不到两年的冲压机器。他一直在反思是自己的冒进还是天意如此导致现在的结局，还是说这只是企业发展中的一次打击一次挫折？他知道生存下去就是希望，但此刻怎样生存呢？望着不能回头的铁轨上从绿皮火车进化成的高速列车，陈瀚不知道前行的路在哪里！而他又不想回头，于是，他伸开双臂想像鸟一样自由飞翔，差点从泥岗桥上跳了下去。

“陈总，你怎么在这里？”

是朴光春的声音惊醒了陈瀚。他有些生硬的中文在那次与“贝尔诺斯”的台湾人一起喝酒时就让他印象深刻。喝完酒后在KTV唱歌时，这个韩国人一直在唱周杰伦的歌。当他唱起那首《青花瓷》，陈瀚不知道是因为原唱就是那个味还是朴光春的中文特色，音调很准，吐词不清。

天青色等烟雨，而我在等你
炊烟袅袅升起，隔江千万里
在瓶底书汉隶仿前朝的飘逸
就当我为遇见你伏笔，
天青色等烟雨，而我在等你

月色被打捞起，晕开了结局……

陈瀚掩饰不了自己的失落情绪，只能用有些虚假的久别重逢的热情握住朴春光的手说：

“没有什么，心情不好，出来走走。”

“太高兴见到你了，有什么不开心我们聊聊。你酒量不错，我们去喝一个。”

朴光春是真的热情，他不像是搞采购的，像是搞业务的。陈瀚那一次见他时还有些看不顺眼。心想韩国人工作时装得很严肃死板，喝了酒啥事都可以干。台湾庄总说过的那个斗酒故事让陈瀚想起来现在还在作呕。

庄总说，因为业务的原因，一个大陆的老板和一个台湾的老板，还有一个韩国公司的部长聚在一起喝酒，气氛搞起来，都喝得很嗨！大陆老板端了一大杯啤酒过去敬韩国部长酒，那韩国部长把两杯啤酒都放下，脱下自己的一双皮鞋，把两杯啤酒分别倒入臭烘烘的皮鞋中，然后在每只鞋子的啤酒中又倒入一杯洋酒，他举起一只鞋子，把另一只鞋子递给大陆老板，说，一起干杯！大陆老板傻眼了，脸上开始发青。韩国部长眼睛盯着大陆老板，高声叫着：“干啊！干了这筒酒！”

气氛紧张，空气凝固。“战争”似乎马上要爆发了。这个时候，台湾老板走过去，抢过了大陆老板的“鞋酒杯”，和韩国人撞了一下，说，来，干杯！

酒一饮而尽，两个男人抱在一起哭了，一起叫着：“兄弟！兄弟！我们是真兄弟。”第二天，本来准备给大陆老板的订单给了台湾人的公司。台湾老板的公司并不具备生产能力，订单又转给了大陆老板，对于大陆老板来说，等于中间损失了20%的毛利润。

台湾老板对大陆老板说，这20%算学费吧！你要的是做人的尊严，他要的是情感认同。韩国人认为，生死兄弟，死都不怕，还留面子？鞋子臭是臭了点，你可以找10个美女桑拿技师把你从里到外再洗干净啊！

桑拿的“莞式疗法”其实是大量的东莞台商通过亲身体会潜心研究和制定标准才弄出来的男人疗伤武器。这个陈瀚都懂。

庄总曾对陈瀚说：“不是我们台湾人不要面子，是我们太了解做生意的难和做老板的苦。为什么日本人训练业务人员要让他们在公共场合喊叫呢？如果你羞于启齿，怎么推销自己？尊严是给有钱人的，做老板，首先要出卖掉自己的面子和尊严！等你有了足够的钱，再找回你的尊严！”

企业破产了，还有什么面子可言？陈瀚此时的心里明白。又遇见朴光春，他不是怕朴光春会找他喝臭鞋酒，他是没有喝酒的心情。

三

陈瀚还是小看了朴光春。小看了他的酒量和业务能力。一支700ml的XO没有把朴光春喝倒，又开了一支500ml的。朴光春很会安慰人，陈瀚也没有了防备的心态。话有点多，很多是从来没有对人说过的委屈和牢骚。朴光春中文不好，不知道他是听懂了还是没听懂，他总是在陈瀚一通酒话之后举起酒杯：“怎么这样？不应该啊？来，再喝一杯，先忘了这些！”杯子碰得越来越响，男人的那种胆气好像又回到了陈瀚的身体里。

陈瀚醒来的时候是在自己的车里。没有司机，没有其他人，电话上有无数未接电话，当然最多的是杨似的。他没想到自己喝醉了，而且醉在车里睡了一晚。

自己不想让人知道的失败故事和迅达的窘境肯定已经告诉了朴光春，陈瀚现在已经想起来他们两人喝了几个小时的酒，该说的和不该说的都说给了朴光春，后悔已经来不及了。只怕很快迅达要倒闭的消息就要通过朴光春那张“业务”的嘴传遍整个行业圈子。陈瀚此时不知道哪里有地方可以把自己藏起来。

朴光春有没有醉不知道，但中午时候他打过来的电话让陈瀚非常非常意外。

“陈总，我已经帮你和我们金社长说好了，你现在全力做我们三星的3G手机零件供应商。我和我们社长打了保证，说迅达过去是诺基亚和苹果的优质供应商，你现在的处境我也告诉了他。我们社长答应帮你。我们三星智能手机可是全球销量第一的品牌，你所有的设备产能我们都要。包了！”

陈瀚听到这个消息，还真以为自己在做梦。抽了自己几耳光，头痛脸也痛，不是在做梦。这么多年，无论是作为被供应商求单的客户方还是自己去应酬客户，陈瀚都很少喝醉。这次一醉竟然就峰回路转、柳暗花明了？如果朴光春的消息真的能够拯救讯达，那让他再醉几次，哪怕喝“臭鞋酒”也在所不惜！

“第二营业部”——韩国事业部是朴光春说要建立起来的。五个韩国人也是朴光春介绍过来的，都有“三星”或是“LG”等韩国大公司的工作经历背景。平均每人4万~5万元人民币的工资和补助开支，这个薪酬对平均只有一万元左右工资的国内管理人员可以说是一个冲击。陈瀚心里很不踏实，可是他知道他没有选择，就算是赌吧！诺基亚没了，如果三星都靠不住，也许就真是迅达命中该绝了。

陈瀚把自己的奥迪车给韩国人做公务车了，自己住进了工厂门口的酒店，不再回深圳家。他对老婆说，搞迅达，把几套房子都抵押给了银行，迅达活了他才能活，才有资格回家。

韩国人的敬业拼命精神让日企出来的陈瀚也佩服得五体投地。虽说公司给韩国事业部的韩国员工都租了条件优越的小区套间，但是为了马上导入三星 S4 的案子生产，他们几乎 24 小时奔波在工厂和去惠州三星送样的路上。卢理事是事业部的老总，他 260 斤的身躯肚子挺得很大，见到陈瀚打招呼的时候腰都无法弯下身。陈瀚和他说以后不要鞠躬了，可他还是坚持这样。

为了尽快确认样板，卢理事竟然在车间的不锈钢条椅上睡了三个晚上。朴光春也经常半夜两三点带着他们金社长到工厂实地清点正在开工的机台。而只要金社长问到“陈社长呢？”的时候，陈瀚都会马上出现到他们面前。正因如此，朴光春在他们金社长面前听到了对迅达的赞美。

“讯达的设备不是最好的，规模也不大，但工作态度很好！责任心很好！今后所有外协加工订单优先给迅达。”

这个指示可以说给陈瀚和迅达的韩国事业部同事打了一剂强心针。迅达收到了超过工厂产能三倍以上的订单。除了自己工厂满负荷运转外，还把分厂的牌子挂到了供应商的工厂。

四

扩产和建新的工业园在半年后就提上了议事日程。迅达完全走出了诺基亚带来的阴影。陈瀚开始筹建“迅达工业园”。

工业园完全按照三星和苹果客户要求的流程、环保和安全标准，加上产业配套，产能扩充的方向来建造。工厂建设的过程当中，迅达也在不断地增加设备，在得到市政府“机器换人补贴”支持下，“迅达工业园”在圣诞节前开园了。

彩旗飘飘，鼓声阵阵。威武的金狮跳动着欢庆的舞蹈把工业区的每个角落都舞到。工业园旗杆前的广场上，100 张铺了红色桌布的餐台就在广场上排满。红色的舞台、红色的背景以及开场红红火火的舞蹈把“迅达工业园”开园和“迅达六周年庆”一起燃到高潮。

陈瀚在开场讲话中感谢了许多人，有朋友有客户有家人，在最后感谢完“三星”和朴光春后，陈瀚说出了一句豪言壮语：“事实已经证明，只要坚定信心，付出努力，我们迅达人可以用国产的设备做出只有日本和欧美设备才能做出的产品和零件！”

所有迅达管理团队的人，包括“第二营业部”——韩国事业部的韩国同事都信心满满地涌上舞台，一起扬起右臂高呼：“迅达迅达，无往不达！”

园区的开园让迅达的设备产能扩大了三倍，生产制程也由来料加工进入全制程零件加工配套的行业，产值迅速翻番。

每天走进公司，工厂机器隆隆唱着欢歌，广播里播着由陈瀚和他弹得一首好吉他的英文助理小燕共同创作的《迅达之歌》。

一切都充满激情生机和斗志，所有员工对公司都是充满希望。

韩国事业部的韩国人每天见到陈瀚，都远远地弯腰鞠躬打招呼：“老板好！”虽说知道那是他们从韩国公司就养成的习惯，但陈瀚心里也很感动。迅达能够顺利进入三星供应链及在很短的时间取得成功，和这几个韩国人的努力是分不开的。没有这几个韩国同事的配合，光是品质沟通这一项可能就无法做到。陈瀚一高兴，把惠州几个高尔夫球会的年会票都买来送给他们做业务交际。而且，在韩国事业部的楼层装上了进口的日本马桶。因为巨胖的卢理事没有办法用蹲厕，他蹲下去后就无法自己起来。也没有处罚把奥迪车后座烧了一个大洞的金部长，因为他不知疲劳地奔波，也许只能靠不断抽烟才能支撑。

企业文化的认同是多么重要。人手一份的《迅达文化》试图传递的是一种共同的目标。无论打工者还是老板，都是讯达人，没有大陆人外国人之分了。陈瀚此时想起喝“臭鞋酒”的恶作剧，好像也没有那么恶心了。

迅达的五年规划、十年纲要提到了陈瀚的办公桌面上。

五

园区外河堤上种的榕树刚刚发绿，单薄的躯干被台风刮过几次，有些侧枝已经折断。迅达的紫色厂旗和国旗仍在空中飘扬，一个令人震惊的消息传遍了手机行业。因为劳工工资和其他工厂成本的急剧上升，三星在越南投资了大型的手机金属零件配套工厂，所有订单都会转移到越南去。这无异于晴天霹雳！新增的设备还在源源不断进厂，新车间还有部分在装修，但三星的业务不但没有像朴光春说的那样只要迅达建好工业园，所有的产能都用得上，相反还在不断减少。朴光春虽说升职做“理事”了，但却不是“中国三星”工厂的“理事”，他也很快被调去了越南。

这个时候陈瀚才发现自己又犯了一个战略性的错误，因为把所有的业务都赌在三星上面，这几年迅达已经失去了其他客户市场。包括苹果、索尼，还包括发展越来越快的国内手机客户，如华为、OPPO 和小米。而“萨德风波”让三星无论是供应链还是市场都彻底失去了回归中国的可能。

风雨又来，骨牌效应是如此的残酷。珠三角首先倒闭了一家又一家韩资背景的供应商，随后惠州三星没了，天津三星撤了，迅达韩国事业部的韩国人也一个一个辞职走了。

最后一个离开的韩国人金部长向陈瀚和迅达管理层的同事深深地鞠了一躬，说了最后一句话：

“对不起老板！对不起迅达。现在的局面我没有能力再为迅达服务了，祝迅达好运！”

陈瀚抓住金部长的肩膀：“关你什么事？你是迅达的好员工！是迅达现在失去了你。”

陈瀚把自己关在办公室里，这次他没有想着去跳桥或者跳楼，他打电话到越南给朴光春，说：“你奶奶的，你一跑，我他妈的这次连跳楼的权利也没有了！”

和那次诺基亚危机比，这次的危机要严重得多，因为扩张后的迅达负债已经翻了几倍！但陈瀚这次异常冷静，他这几年已经经历了太多想不到的事情，他知道，靠给别的品牌做最底层供应商的日子注定是看天吃饭没有未来的道路。再大的品牌也有衰落的过程，再好的客户也不能保你一直发展顺利！

这个世界你不能把希望寄托在任何人任何公司身上。走自己的道路，让迅达成为创新和智能领先的公司，也许才是迅达唯一的出路。

第四章　往昔追忆

一

作家何芳洁与李凡的母亲马欣欣的缘分，始于二〇一七年的五一黄金周，那段时期，何芳洁的丈夫忙于事业，女儿忙于学业，而何芳洁在一家半死不活的晚报待着。于是，她特别渴望一个人去旅行，去一处想都没想过要去的地方。于是，她自青岛飞往深圳，然后，上了一辆开往粤西的长途汽车。

由于假期交通拥堵，车到的时候，比平常迟了好几个小时，其时，已经是午夜时分，人们下车后纷纷散去，车站广播一遍遍温馨提示车站要关门打烊。却见一个年逾六旬的妇人，肩背双肩包，在车站里神经质般转来转去，东张西望。车站工作人员走近她，和颜悦色地问："大姐，您找什么呢？见您找了一晚上。"

这位妇人可怜兮兮地说："我在这儿弄丢了宝贝，我以为还可以找回来。"

车站工作人员不无同情地劝说："明天再来找吧，这不，都大半夜了。”

很巧，半小时后，在桥头旅店前台办理入住登记手续时，何芳洁再一次碰到了这位神经质的老妇人。

第二天，在大地母亲景区，何芳洁流连于山上的一处世外桃源——这里，山泉从花海深处流出，逢着一处小小的草坪。何芳洁坐下、躺下、趴下、侧卧、仰卧，变换着各种姿势，恨不能将自己与天、与地、与山泉、与草地、与大自然融为一体！心境，是前所未有的宁静！

“你是否要去斯卡布罗集市/我的花儿百里香/别忘了代我告诉他/他曾是我最爱的人……”然而，远处飘来的歌声惊扰了这份宁静。歌声由远而近，只见那个老妇人也来到了这里。她依然背着双肩包，从花海深处走进这片小小的草坪，走进何芳洁的视线。她在这片小草坪上久久徘徊，像是在寻找什么东西，又像是在等人。

何芳洁发现，歌声是从老妇人的双肩包里飘出来的。

何芳洁站起身来，走近那妇人，关切地问：“大姐，您找什么呢？”

这个妇人瞪了何芳洁一眼：“你能不能不叫我大姐，叫我一声同志？”

何芳洁一阵惊讶，赶紧改口：“同志，你在找什么呢？”

这个妇人听着何芳洁的问话，却是旁若无人般左顾右盼。

何芳洁想，她似乎在寻找什么，又似乎在等什么。对！她应该是在寻找一个人，在等一个人！

这时，何芳洁听见那妇人说：“嗯！你就叫我马同志吧。年轻的时候，这里的人们都这么叫。”

“这里?”何芳洁问。

女人貌似是生气了，又貌似是对她警惕起来，用广州白话说：“响边度（在哪里）? 广州吖! 我系广州老西关仁黎架（我是广州老西关人）!”

何芳洁想，好吧，这是一个古怪的老太太，我别指望与她有更深的缘分。

果然，马同志离开小草坪时，懒得跟何芳洁说一声再见。然而，她走了一小段路，却突然折转身来，一路小跑到何芳洁的身边，突然发问：“你! 为什么也一个人跑到这里来?”

何芳洁说：“我嘛，小任性，小浪漫，享受一个人的旅行，跟陌生人说说话，敞开心扉说话。”

马同志心里嘟囔了一下：跟陌生人说说话? 敞开心扉说说话? 我这个陌生人可以吗? 如果可以，为什么不?

良久，她终于下定了决心似的，说：“我心里堵哇! 陌生人，你愿意听我诉说吗?”

何芳洁用鼓励的目光看着她：“为什么不?”

二

“我越来越想念他们了!”才开口，泪光已经在马同志的眼眶里旋转。

那一年的春天，山花开得特别艳，就是在我们脚下这片草坪上，我遇见了他! 那时，这里有一间草屋，他在这里养蜜蜂。你去过成都的杜甫草堂吗? 你喜欢杜甫的《茅屋为秋风所破歌》

吗？又或者，你知道高阳公主与辩机和尚的爱情故事吗？如果你去过杜甫草堂、你喜欢杜甫的《茅屋为秋风所破歌》，又或者你听过高阳公主与辩机和尚的爱情故事，你就会理解我对他的疯狂与迷茫！你就能够理解：一九七一年，一个来历不明的养蜂人和一个广州女知青的爱情故事，那一年，他四十六岁，我二十二岁。

那天，我是一个人悄悄离开知青连队，跑到这山上赏花的。那时候，这里是人迹罕至的荒野。我喜欢大自然，我想一个人饱餐大自然的馈赠——这山泉、这花海、这离天更近的地方。

在广州西关，我的学者父亲被打成了右派，我的母亲忧郁而终，我的哥哥参加了工宣队。我没有了家！最初，山下的知青连队就是我的家，然后，也记不起从哪一天开始，我把他的草屋当成了我的家。其实他在山下的义成村也有住处，在一座大屋里拥有三间厢房，但他不常下山。听当地人讲，他那三间厢房，是他来到义成村后，花一根金条买下的。

他身高一米九〇，英气逼人！即便是席地而坐，他的腰板也挺得特别直。他做事一丝不苟，任何时候，他的白衬衫，总是把每一颗纽扣都扣整齐。他还是一个通天文、晓地理、懂乐理的人，他给我唱《黄河大合唱》，直让我听得热血沸腾！

他像一块磁铁，他的茅屋就像一个强大的磁场，深深地吸引着我。有一天，我又来了，他正在生火做饭，我就走过去对他说：我来吧。他惊喜地看着我，一副受宠若惊的样子，他看着我，结结巴巴地说：“你是说……你给我做饭？”

等到我为他做的那顿饭吃完，我们已经难舍难分了。

告别前，他突然把我往他怀里一拽，说：“我舍不得你走！”

就这样，他抱起我，走到床边，把我放在他那张简易木床上，他像一座大山朝我压下来，慢慢地压下来，他问："可以吗？"

我哭着说："为什么不？"

于是，他把我压在他的身下，他坏坏地问："我四十六岁才碰着女人的身子，是不是要隆重一点点？"

马欣欣讲到这里时，脸上竟飞起了两朵红云，眼睛里春水荡漾。那一瞬间，她似乎忘记了自己是在跟一个陌生人讲话，她沉醉在巫山云雨里，她自说自话："我忘不了，他的力、他的温柔、他的……"

她接着说。

很快，我怀孕了，那时候，我真心实意要跟他好，跟他好一辈子，一辈子给他烧火做饭生娃。当我把我怀孕的消息告诉他时，我以为他会兴奋地对着大山喊：我要当爸爸了！我李儒要当爸爸了！然而，他却说，对不起！我没有一点点心理准备，这小家伙，是不是来得太快了？我就说：李儒，你都已经四十六岁了。他说，是！我的意思是，我还没有准备好……不……也不是我，是现在这环境……我说，我不怕穷！他说，我不是这个意思，我是说，政治环境，我怕……万一……我会连累你们母子俩！欣欣，你不知道，我来到义成村已经二十五年了，这么多年来，也不是没有人看上我，想跟我成为一家人，但是，要成为一家人，就要以诚相待，而我的历史，是别人无法承受之重！所以，我一直不敢走进婚姻。而现在，你既然都已经是我的人了，我们也都快要有孩子了，我们从此就是一家人！我的真实历史，你愿不愿意跟我一起去面对？

我说，我愿意！

他就说，我并不是你以为的那样——是一个看破红尘的世外高人。红尘滚滚，谁可幸免？也不是我跟红卫兵们反复交代的那样——战乱逃荒、失忆、记不起来到榕镇前的所有事情了。我原名叫李锐，一九二三年出生于上海，十七岁那年，满怀科技救国的梦想，跟几位同学一起赴法国勤工俭学。两年后，我瞒着家里人，和同学们一起满腔热血回国参加抗日战争。我是神枪手，在战场上，我的机关枪干掉了数以百计的侵略者。在常德大会战中，我所在的那个师几乎全军覆没，我的战友们为了民族的独立而抛头颅洒热血，我们那时候喊出的口号是——成则以忠贞报国，死则以长沙为坟墓！有一次，在战场上，一颗子弹直冲我而来，我的战友陈德全兄弟看到了，他喊一声：李锐，趴下！说时迟，那时快，他一脚踹开我，抢过我手中的机关枪继续打日本鬼子。这时，那颗原本长了眼睛的子弹，从我的肩头擦过，紧接着又是几颗。这时，机关枪的子弹扫完了，敌人对我方的打击却越来越猛烈，陈德全边给机关枪上子弹边把他的步枪踢给我，他说：李锐！拿上！伏下！你已经暴露了，敌方的意图很明确，盯上了你这个神枪手，要置你于死地，现在，我来！就这样，在枪林弹雨中，我和陈德全结下了深厚的兄弟情谊。然而，抗日战争结束后，解放战争打响了。这意味着，我们的枪口，别无选择地要对准我们的同胞。这时，接连发生了两件事，促使我最终下了决心——放下手中的枪……

我惊叫起来：我的天！你原来是……

他扑上来，一只大手轻轻用力，就像抓小鸡一样轻轻松松地抓住了我，另一只大手略略用力，便牢牢地捂住了我的嘴巴。

他命令道：听我讲完！第一件事是——陈德全原来是地下共产党员。有一天，陈德全仗着与我在战场上结下的生死交情，居然向我自暴身份，并策动我揭竿起义。我当时严肃地批评了陈德全，我说：你敢？你敢老子就一枪毙了你！我李锐选择的路，跪着也要走完！但是，事实上我非但没有毙了他，而且利用自己的身份，把他带到军纪监控盲区，我指着对面那个山头说：你快跑吧，趁着天黑，翻过前面这个山头，就是苏区了！你能不能逃过去，就看你的了！第二件事是——半年后，在一次围剿共产党游击队的军事行动中，我打伤了陈德全。当时，我端起枪朝对方一枪打过去。对方一个闪身，却是打中了胳膊。但是，对方一转身，我一看，傻眼了——眼前这个用左手捂着右臂上的伤口、脸上表情因疼痛而扭曲的人，是如此的熟悉！我已经看出来了——是他！是陈德全！是曾经与我在抗日战场上并肩作战、有过命恩情的战友！原来，那天晚上，陈德全果然到达了苏区，他现在是这支游击队的指战员。这一幕，让我一直心怀愧疚，我觉得像陈德全这种恩人，在战场上竟变成了敌人，我险些要了自己恩人的命！我深刻地意识到了战争的残酷。有一个声音在反复对我说：我不要打自己的兄弟！我不要打自己的同胞！我要以自己的实际行动抵制内战！于是，我赶紧躺下，大声命令道：全体趴下，谨防敌军有诈！陈德全在回首的瞬间，显然也看清楚了我，那一刻，我们似乎形成了一种默契，都暂时停止了攻击对方的行动……

听着他的叙述，我的心险些儿蹦到了嗓子眼，我问：那后来呢？

他却是淡淡地说：后来，我就瞄准时机，逃出了军营。我悄悄潜回上海，然而，我上海的家，已经不复存在了……

我问：为什么？

他说：说来话长，我回到上海才知道——我的家已经被国民党权贵所占用，纱厂也没了。听说，起因是姐姐的保镖是地下党，我姐姐在他的影响下，也参加了革命。后来，由于叛徒的出卖，他们遭到了日本人和国民党军统的双重追捕，从此与家中失去了联系。而我姐姐身份暴露后，我的父母也就受到日本人和国民党军统的双重胁迫，他们不堪凌辱，最终以死明志！我就这样选择了流浪、隐居……新中国成立前夕，我其实也可以有机会借道香港到海外去，但我想留下来，我要看看，兄弟们用鲜血换来的民族独立的祖国，将带给人民怎样的福祉！但是后来，我这曾经的国民党军官，成了被怀疑的对象，我想说我不是国民党潜伏下来的特务，但没人信。你信吗？

我已经听得瞠目结舌，我说我一点心理准备都没有，你让我想想。

我后来告诉他——我信！但是，我懦弱，我没有勇气跟你一起去面对。当时，我只想逃离。然而，我怀孕了，没有堕胎的途径，我只好躲在山上生下了孩子。然后，我把孩子遗弃在榕镇汽车站，一个人回了广州……

何芳洁说："马同志，你的意思是，直到这个弃婴同母异父的妹妹把男朋友领到家里来，你才知道，李锐，噢，不！他应该叫李儒，李儒，他抱走了那个弃婴？"

马同志说："是的！那时候，我女儿的心上人不明不白地人间蒸发了，我女儿就天天掉了魂似的。后来，单位委派她去参加一个什么笔会，遇到一个男人，不由分说地缠着她。”

何芳洁问：“那个男人后来做你女婿了？”

“那还用问吗？”马同志边说边走，“我不跟你多说了，我要赶班车回广州了！”

何芳洁问：“他们……我是说，李儒和那个被你遗弃的孩子，他们现在在哪里？”

马同志抬起右手，往东边的山坡上一指。何芳洁顺着马同志指引的方向看过去，那东边的山坡上，是两座并排的土坟！

何芳洁愣住了。等她反应过来，马同志已经一路小跑到了半山腰，她这才想起，听马同志讲那么多的话，问了马同志那么多问题，竟然忘了关键——李儒，不，他应该叫李锐，李锐的姐姐叫什么名字？是李芳菲吗？是那个跟着保镖“私奔”到皖南黄沙涌村的大资本家小姐李芳菲吗？如果是，那么，李儒、李凡就是她母亲心心念念的“源”！而那两座并列的土坟，却在无声地诉说——“源”早已干涸！

但是，她已经来不及了，她追不上马同志了。马同志显然也不会停下脚步来等她，她隐约觉得，马同志恨不得迅速“摆脱”她这个知道了她太多秘密的“陌生人”。

何芳洁决定到山下的义成村探个究竟。在村口，一位老者给她建议——找荷花。

三

荷花正坐在家门前院子里的瓜棚下，安详地择着菜。这是一个身材高大、五官端正的女人，是当年村上数一数二的俏媳妇。

她梳着一丝不苟的髻，显得尤为古典端庄。

这时，她的儿子李木旺从深圳回来了。这个孝顺的中年男人，还来不及认真地泊好车，就从车窗里探出头来，冲母亲喊："妈，妈，我回来了！古睿、大凯、二胡他们也跟过来了！"

荷花不理他们，让他们到屋里去，就好像当年儿子把一众同学带到家里来，她不管他们的事，只顾着为他们张罗饭菜一样。

从车上下来的这几个大男人，一个比一个帅，一个比一个有精气神。这帮大男人果然听话，都不吱声，只是冲荷花笑笑，便跟着李木旺进屋里去了。

荷花抬起头来，喃喃自语：还笑？阿姨恨不能宰了你们！

在漆黑的大风大雨的夜里，
你是驰过长空迅疾的闪电。
啊，多么勇猛！
多么神奇！
你高高地照亮了我生命的道路，
我是你催生下来的一滴细雨。
如今，你奔向何处？
你去了哪里？……
我们没有倾谈，
我们没有默许，
你在哪里？
能否知道有一个人正凝眸等待着你……
她用着美丽的青春，
用着深藏在心底的不变的热爱，

永远、永远地等待着你……

那一年，在榕镇中学，一个叫李凡的女生惊讶地发现——自己收藏在女生集体宿舍枕头底下的情书不翼而飞！她的第一个反应是：还好！情书没有抬头，祸害不到他！

那是一张粉色的信笺，情窦初开的姑娘，借用《青春之歌》中林道静写给心上人卢嘉川的情诗，委婉而又热烈地告诉自己的心上人——倘若你远走高飞，那我就站在原地，等你！心灵手巧的姑娘，把这张写满了情思的纸，折叠成了一只展翅飞翔的鹰。

连续数日，这只“鹰”在中学同学间飞来转去，最后落到了班主任李周全手里，进而落到了校长手里。校长放出话来，一定要把那个“诱惑”女生早恋的坏男孩揪出来。

谁呢？谁那么坏？竟敢诱惑校花？高三（1）班的男生们个个胆战心惊，即使和自己无关，保不住被人陷害。这在当时，早恋的后果不是一般的严重。

然而，女生一口咬定，没有任何男生诱惑她，是单恋。

在当时，这种违反校规的事情，没有人敢包庇，也包庇不了。可不，就连饭堂大妈、门岗大叔都知道了的事情，谁又能包庇？

每张嘴，都是一把刀子；每道目光，都是一支飞镖。几乎还没等到班主任和校长分别找谈话，劝退学，这个女生就没有勇气在校园里待下去了。而那个曾经站在栀子花开的池塘边冲她傻笑的少年，却跟随工作调动的父母，转学了。

李凡，这个原本很有可能考上大学，成为“人才”的漂亮女生，变成了没有文凭、没有技能的深圳农民工。

三年后，当那个曾经站在栀子花开的池塘边冲她傻笑的少年变成中山大学大一新生的时候，她却回来了——她的父亲把她从特区接了回来！

义成村的山山水水可以见证——当年，临走时还双手搭上父亲的脖颈、跟父亲撒娇的那个姑娘，变成了一盒骨灰，父亲把她捧在手心里，带她回家！

义成村的山山水水，见证了李儒三年前与女儿李凡的依依惜别——那是在一九八九年的初夏，李凡，这个因为早恋事发，而且坚决拒绝揭发早恋对象的女生，退学了。她收拾行李，准备跟随同乡姐妹李丽丽出远门打工。临走前，她的父亲站在家门口问："毛毛呀，东西都捡拾整齐了吗？"

她说："整齐了。"

她的父亲又说："很好！不要恋家，好儿女志在四方。"

她说："嗯……"

有那么一个时刻，她站住了，想听父亲再吩咐点什么。而做父亲的，似乎也想听女儿再说点什么。父女俩似乎都在等着对方先开口。做父亲的是那种从来不多话的人，是那种十句话可以省略成一句话来表达的男人。

许多年前，他就是用"胡扯"两个字，回答了女儿的一大堆问题。大概是在女儿上小学二年级的时候，听到村里人说——她是李儒从汽车站上捡回来的弃婴——那是一个暮色渐浓的黄昏，这些围在晒场上有一搭没一搭讲闲话的村民，完全忽略了一个坐在稻草堆旁想妈妈的小女孩儿的存在。这个叫李凡的漂亮小女孩儿一路小跑着回家，看见父亲李儒正在生火做饭。她问："爸爸，我有妈妈吗？他们说我有妈妈，我的妈妈是广州女知青……"

“胡扯！”父亲说。

女儿放下书本，坐到灶前的小板凳上。女儿说：“爸爸，我来帮你烧火。”女儿说着往灶里塞稻草，塞了一把又一把，稻草把灶口都堵死了，这样，灶里的火不仅没有烧起来，反而从灶里，蹿出一股浓烟来。浓烟呛着了父亲的眼睛，他咳了一阵子，捡起一条烧火棍，装腔作势要打女儿，“忒大！稻草闷烟哪！”

女儿看到，烟熏哭了父亲，他泪流满面！

那晚的米饭是夹生的，青菜没有放盐，南瓜放的盐又太多。父女俩都不说话，埋着头吃饭，闷着头想心事。

第二天早上，阳光洒满了大地，李儒站在门前的院子里，叫住了拿着书包准备去上学的女儿，他仰视着屋背岭，对女儿说：“毛毛呀！你看，山上仰卧着的那个，就是你妈妈！”

小女孩顺着父亲的手指看过去，在父女俩目光所及之处，是群山连绵的后龚山，在东边的山顶上，突兀起两个小山包，恰似女人饱满的乳房，与周边错落有致的沟沟壑壑浑然天成——一位少妇仰卧于天地之间！

李儒说：“那一年的冬天特别冷，大雪封山，你的母亲就来了，来了！躺在那儿，喏！你看到了吗？她就是大地母亲！第二年，山花开得特别艳，她生下了你，你当然不是什么弃婴，你是她的孩子，你是大地母亲的孩子。这山上孕育了百花，百花又引来了蜜蜂。毛毛呀，你喝蜂蜜长大，蜂蜜就是她的乳汁。你以后记住了，你与什么广州女知青无关，与弃婴无关。你是她的孩子，你是大地母亲的孩子。关于你的来处，爸爸就跟你讲这么多了。你记住了吗？从此，你不许再问！问了，爸爸也不再跟你说。”

没有谁比李凡更了解相依为命的父亲，他粗犷而又细腻，他冷硬而又温暖。但是，她要出远门了，在出远门前，她还是想跟父亲再说点什么，父亲的话太少了，越来越少，少到有时候直接用动作替代语言。

李凡背着行李走到了村口，李儒也跟到了村口。

李凡壮着胆子问父亲："爸爸，我答应您，我十八岁之前再问您一次——您爱她吗？我是说，我妈妈……还有，您为什么来到义成村？您真的是战乱逃难时头部受了重伤？什么都想不起来了？"

父亲愣住了。他犹豫片刻，对女儿说："毛毛呀，那时，确实有广州女知青，响应国家号召上山下乡，但是，这跟咱们有什么关系呢？爸爸确实是战乱逃难时头部受了重伤，失忆了，只记得后来的人和事。咱们爱义成村，义成村也接纳了咱们，这还不够吗？更何况，你看这山上，还有大地母亲呢。"

李凡点点头，泪水在眼眶里打转。

"女儿，家里什么也不缺，爸爸会养蜜蜂，蜜蜂跟着你爸爸走，饿不死。"

李凡说："嗯嗯，知道的，爸爸保重！"

"女儿，"李儒的声音温柔起来，"爸爸想知道，你后悔过吗？我是说——早恋，弄到今天这地步。"

女儿停下脚步，有那么一刻，父女俩相对无言。突然，女儿扔下行李，回转身，上前一步，双手绕上父亲的肩膀，亭亭玉立的姑娘，几乎整个人挂在了身材魁梧的父亲身上，她对着父亲的耳朵说了句悄悄话。

女儿这句悄悄话，让李儒的表情丰富起来，他先是欣喜，欣喜在他的脸上弥漫开来，像春天里的花儿般绽放，绽放出父亲心底里对女儿所有的爱怜、骄傲与幸福！紧接着他生气了，他痛心疾首，他说："李凡，他到底是谁？他有什么好呀？值得你自始至终包庇着，若不然，退学的，该是他而不是你哪！你这个傻孩子！"

李凡是跟同村姐妹李丽丽一同出去打工的。李丽丽比李凡大两岁，是荷花丈夫的侄女。准确来说是李丽丽把李凡带出去的。因为李丽丽已经有了近两年的打工经历，李丽丽直接把李凡带进了深圳华生电子厂。李丽丽是那里的老员工。

两个同村姐妹过了三水渡口，再过虎门渡口。过虎门渡口的时候，李丽丽说："喏，这是珠江口；那边，就是伶仃洋。"

第一次出这么远的门，第一次看到大海，李凡既好奇又兴奋，她双手在脸上搭起一个喇叭口，对着伶仃洋的方向喊："大海，我来了！"

夹杂着海腥味儿的风，吹乱了李凡的长发。李丽丽说："嗯，傻得还有点可爱！"

那一次，她们差点被落在了虎门渡口——虎门渡口的长途汽车太多，那些从大船开上来的长途客运汽车，外形大同小异，当她们从中找到她们坐的那辆客运汽车时，那辆车已经徐徐开动了，她们追着车的尾巴喊："等等我们！"

李丽丽把李凡带进了华生电子厂。李丽丽是工厂管理人员，住的是四人一间，带卫生间、厨房还有专供热水的宿舍，工资是普通员工的三倍多一点，大概是四千元。而同样在这家工厂的普通工人月收入只有一千三百元左右，住的是没有卫生间没有热水的大宿舍。

但是，两个半月后，她们都被工厂开除了！

起因是李凡住的那间大宿舍里失窃，厂长认定偷盗的人是李凡。

那个操一口本地白话的厂长说：“李凡！你还抵赖！不是你还有谁？这间宿舍之前没有发生过失窃的事，怎么你一住进来，人家就丢钱了？”

李凡说：“我没有！”

那个本地人说：“就是你！”

李凡当时正靠在床头上看书，是从家里带出来的课本——高一年级《数学》下册。李凡觉得自己争不过人家，情急之下，把手上的书朝那个本地人扔过去，“你这厂长，是这么当的吗？我叫你学会明辨是非！”

李丽丽后来又领着李凡跑过很多地方，进过很多工厂。有一次她们进了沙湾一家制衣厂，进去后听那里的工人们讲工厂拖欠了工人大半年的工资。天！这不是出了狼窝又入虎口吗？上一家工厂，是因为持续加通宵。又听那里的工人说，进了就不能出，出去要被门岗打人。那家工厂围墙很高，但是，为了“自由”，两个女孩子愣是半夜三更从工厂里面翻墙出来。那时正是隆冬时节，这两个身在异地他乡举目无亲的姑娘，在一家电子厂的围墙下蜷缩了一夜。

……

那天，李儒送走女儿后，也不知道为什么，他心里竟生出一种不祥预感——他跟女儿，这不是再见，而是永别。

他越想心里越害怕，越想心里越难受。所以，当李三万的手扶拖拉机再折回载客时，他爬上了车，追到了墟镇上来。他想再好好看看女儿，或者，就不让她出去打工了。他当时是这么想的，但是，仅仅是慢了那么一小步，女儿搭乘的长途汽车开动了。他看到了自己的女儿，也不知道为什么，女儿坐在靠窗的位置上，正在抱头哭泣呢。他心痛得不得了，恨不得马上跑上车，问问女儿：毛毛，是舍不得爸爸吗？如果是，咱也不出去打工了，跟着爸爸，养蜂种田，相依为命。如果是别人欺负了她呢？那还用说吗？他的拳头就对着谁。但是，汽车开动了，汽车不管不顾一个做父亲的人对女儿的不舍与爱怜。汽车跑得飞快，但同样跑得飞快的他追不上汽车。于是，这个追着汽车跑了千米的铁汉子，一屁股坐在马路边上抱头痛哭起来！

哭够了之后。他去了镇供销饭堂，一个人要了两斤玛皮、一碟煎豆饼，就着一斤土炮（当地的自酿米酒）独酌。然后拎着个空酒瓶，摇摇晃晃穿过镇中心双榕树头，穿过双榕桥，来到榕镇中学大门口，嚷嚷着要进去找李周全，找周大山。却在校门口被门岗拦住了，门岗说："学校还没开学呢，人都不在。"

他就说："还没开学啊！我女儿都上学去了！"

门岗简直是哪壶不开提哪壶，"你醉了吧？你女儿都被学校开除了，去哪上学？"

他就像一头被激怒了的雄狮，把空酒瓶往地上一摔，挥舞着拳头，"谁敢开除我李副官的女儿，我毙了谁！"

就在这关键时刻，村妇女主任荷花和邻居李三万闻讯开着一辆手扶拖拉机赶来了，荷花指挥几个青壮年把他控制住，扔上了李三万家的手扶拖拉机，把这个酗酒闹事的铁汉子拉回了义成村。等他酒醒之后，李三万说："兄弟，不是我说你，你咋就这么犟呢？你那胡话说的，若是换了十多年前，你小命都没了！"

他嘴硬："不是还有雷公吗？"

李三万说："救你的，还是我李三万！"

荷花说："还有我荷花啊！李副官，你喝粥吧。"荷花说着把一碗白粥送到他面前。

……

荷花没想到，三年后，李凡"回来"了，而李儒却要走了。

李儒，这个老帅的男人，对于她荷花，就如天上挂着的那颗星，即便永远也够不到，只要挂在那里，她就觉得生活有了无穷无尽的情趣！可是，他却走了，一点预兆都没有！

那天，李儒起得特别早，他煎了两个女儿李凡生前最喜欢吃的荷包蛋，做了一碗女儿最喜欢吃的云吞面，加上香蕉、桃子等女儿喜欢的水果。他把这些女儿喜欢吃的东西小心翼翼地装进一只篮子里，装了满满当当的一篮子。

他提着篮子，出门。站在院子里，抬头看了看冬天的苍穹。天边，两块紫色的云朵，就好像两块被人打成重伤的皮肤，两块瘀血伤口。

这时，他觉得少带了点什么，少带了什么呢？他一时又想不起来。他站在院子里努力地想着。这时，邻居李三万恰好扛着一把锄头从他身边经过。李三万停下脚步，看了看李儒手里拎着的篮子，就明白他要去干什么了。李三万无话找话："今儿，头七？"

李儒答："是，头七。"

李三万把扛在肩上的锄头往地上一放，气恨恨地说："我明儿去趟学校，把李周全那浑小子给锄了。"

李儒说："别！这事怨不得你儿子。"

李三万想想也是，本来，他也只是想对年轻生命的突然消逝深表痛惜，没有更多的意思。于是，李三万讲了一番“想开些”之类的宽慰话后，就扛着锄头走开了。

被李三万这么一说，李儒倒是想起来了，对！忘了带上女儿写给古睿那个浑小子的十封信。于是他又折回家，从一只破旧的木柜里拿出一沓浅蓝色的信封。

他再次走到院子里的时候，又抬头看了看冬天的苍穹。天边，那两块紫色的云朵，那像是被人打成重伤的皮肤，两块伤痕，还在！

李儒觉得今天这天象非常奇怪，为什么会出现这种天象？

他又觉得还是少带了点什么，但一时又想不起来。

这时，他看到荷花从村前的小河那边冒出头来，她手里挽着一只篮子，他猜想她的篮子里，装满了各种刚刚从自家责任田里摘下的，还带着露水珠儿的瓜果蔬菜，这个村上最漂亮、能干的女人，偏就有一颗玻璃心，这点，李儒心里清楚。李儒想：我得躲开她！

荷花的出现，让他联想到了李丽丽。李儒想：对！当年，是荷花让侄女李丽丽领着李凡出远门的……

李儒这么深想下去，终于，想起来了——忘了将自己一直不舍得花的、劳动站责令厂方支付的三千元工伤死亡补偿金带上。于是，他走进自己的卧室，从枕头底下摸出一沓百元面值的钞票，放进裤兜里。他喃喃自语：这钱，我一分也没花，我今天要烧给我女儿。

他来到后龚山下，远远地，就看见了女儿的那座新坟，就好像女儿扎着两条小羊角辫、倚门而立，远远看着父亲扛着锄头收工回来的情景，女儿童年时扎着两个小羊角辫，欢欣雀跃的小模样儿在他眼前浮现。他越走越没了力气，越走双腿就越感觉到酸软。

老半天，他终于来到了女儿的坟前。他在女儿的坟前坐下来，伤心地哭泣！这个铁汉子，曾经在一次又一次的枪林弹雨中，痛失战友，他没有哭泣过！当子弹穿过自己胳膊的时候，他也没有哭过！他不轻易流一滴眼泪，但是，今天，他哭了！不！应该说是今天他又一次哭了。因为，女儿死后，他已经哭了无数次。几个日日夜夜，断断续续地哭泣。今天，他再次哭了。

他说："女儿呀！爸爸今天来，是来看你的，不是送别。爸爸将来死了，就葬在你旁边。女儿呀！你是爸爸在这个世界上唯一的一块骨肉，唯一的亲人哪！"

李儒边说边哭。这时，山风有一阵没一阵地吹过来，李儒双手颤抖，艰难地、十分艰难地划着火柴，划着了，被风一吹，灭了；再划着，又被风一吹，再灭了。好不容易，他终于点着了香、点着了蜡烛，插到女儿的坟堆上，接着焚烧纸钱，摆上水果，女儿爱吃的面和香煎荷包蛋。

当蜡烛蹿出小小的火苗的时候，他感觉到心尖上有一种灼痛感，就好像这蜡烛的火烧在自己的心口，在自己的心口上焚烧。他又从篮子里拿出那沓浅蓝色的信封。他说："女儿呀！这些信，你咋就没有寄出去呢？爸爸今天也烧了给你？"这时，一阵山风刮过，李儒似乎突然悟到了什么，他把这沓浅蓝色的信封放回篮子里。然后，他从篮子里拿出冥币，一张一张地焚烧着。接着，他欠了欠身子，把手伸进裤兜里，掏出一沓钱来，这是三十张百元面值的钞票，这是用女儿的生命换来的三千元工伤死亡补偿金。他还是一张一张地烧，边烧边说：“女儿呀，爸爸把你这三千块钱的补偿金也拿来了，烧给你吧，你带着，好好用吧。”说到伤心处……他又号啕大哭起来，边哭边说，“你留下一点点给我买酒就行了。”

一阵山风轻轻拂过，他只觉得——这山风恰如女儿李凡的手，轻轻地、轻轻地擦去他脸上的泪水。他忆起了女儿四年前初出远门时的情景，忆起了那天女儿跟他讲的悄悄话：“爸爸，我爱你！”这句悄悄话，若换了平时说，他一定会用百倍的疼爱来与女儿互动，一定会说：“女儿，爸爸也爱你！”

但是，那次他却是生气了，他痛心疾首，他说：“李凡，他到底是谁？他有什么好呀？值得你自始至终替他瞒着吗？若不然，退学的，该是他而不是你哪！你这个傻孩子！”

山风突然改变了方向，折回到这座新坟前，卷起了坟前的一坨纸灰，纸灰在坟头上空打了几个转，跳舞似的一上一下，又一阵山风吹过来，把这卷起的纸灰吹到他的脸上，瞬间，他的脸上就沾满了纸灰，斑斑点点，于是，他这张古铜色的、俊朗的脸，就变成了一张麻子脸。这时，他反而不哭了，他看着坟头，甚是欣喜地说：“毛毛呀！你到底是显灵了！显灵了！爸爸知道了，爸爸知道了，你回来了！爸爸真的把你从深圳接回来了！”

蜡烛上的小火苗也在风中跳跃起来，风吹得越猛，火苗就跳得越欢畅。李儒又说：“毛毛，爸爸看到了，爸爸看到你笑了，我的女儿，你终于笑了！”

李儒说：“女儿呀，你之前一直想知道——你的母亲在哪里？爸爸又是来自哪里？咱们家的祖上在哪里？爸爸一直都没有告诉你。爸爸那时候是想：还没有到要告诉你的时候。女儿呀！爸爸的经历，讲来话长，但有一点爸爸可以骄傲地告诉你——爸爸是军人，爸爸参加了常德大会战，在战场上，与战友们并肩作战，狠狠地打击日本侵略者！女儿，你的心真大啊！怎么就舍得丢下爸爸一个人了哪！女儿……”

旷野无人，李儒越说越激动，越哭越没了节制，他开始感觉到胸口刺痛，就像是一颗子弹击中了自己的心脏。他双手紧紧捂着自己的胸口，试图减轻疼痛，但是，他失败了。疼痛越来越剧烈，他慢慢松开了捂住胸口的手，他先是蹲在地上，然后，又由蹲变成跪，再往后，他瘫软了，他躺在地上了。这时，他感觉到天空中那两块紫色的云朵——那两块被人打成重伤的皮肤，那两块瘀血的伤痕，慢慢地、慢慢地散去了，褪去了它让人扎心的颜色。太阳渐渐地露出来了！他看到了光芒，他看到了这光芒的深处，一个扎着两条小羊角辫子的小女孩儿，在田野上奔跑！她奔跑着，奔跑着，向着他奔跑着，越跑越近，最后，他的整个视野，被这个小女孩儿的笑脸所占据……

李儒的瞳仁开始慢慢放大，放大，再放大——他死了！

此时，天空中光芒万丈，而光芒万丈的深处，突兀地冒出一片云雨来，顷刻，下起了太阳雨，雨丝飘飘洒洒，恰如女儿李凡的纤纤玉手，抚摩着父亲李儒仰望苍穹的脸。雨丝温柔地、十分温柔地抹去了沾在李儒脸上的黑色纸灰，还原了他那张古铜色的、俊朗的脸。

……

李木旺的喊叫打断了荷花对往事的回忆。

李木旺冲荷花喊道：“妈，妈，我爸呢？”

荷花抬起头来，李木旺这才发现，母亲哭了！

“妈、妈，好好的，你怎么哭了？”李木旺挨着母亲蹲下来，“我来帮您择菜。”

荷花用手打了一下儿子的手，“不要你帮忙！我问你，今儿什么日子？他们怎么都来了？”

李木旺说：“校庆。妈，我们一会儿去看看李伯伯和毛毛。”

那天，在义成村口的榕树下，何芳洁与这几个上山给李儒、李凡父女俩上坟的大男人擦肩而过。

四

等到何芳洁在村民的指引下见到荷花时，荷花正站在瓜棚下，向缓缓驶出村口的宝马车挥手，她告诉不速之客何芳洁：“喏！我儿子跟他的同学，满满一车人！回来参加榕镇中学校庆。”

荷花当了小半辈子义成村妇女主任，毁誉参半。荷花身材高挑清瘦，年近七旬的她，属于这个年龄段的皱纹、白发一样没少，而她却毫不恐慌、毫不在意、毫不掩饰，坦然面对这个年龄的女性该有的样貌，她不染发、不施粉黛，她梳着一丝不苟的髻，穿着一件左襟蓝布衣、同色长裤。而正是她这不动声色的返璞归真，给何芳洁留下了深刻的印象。何芳洁在心中暗暗感慨——女人，原来可以如此优雅地老去！

荷花对何芳洁说——李儒在汽车站捡到“弃婴”的事，是邻居胡涂的媳妇跑过来告诉我的。那时候，胡涂的媳妇刚刚坐完月子，生的是大儿子胡二胡。而我那时候正在坐月子，我生的是大儿子李木旺。

何芳洁插进话来——大姐，我一路上打听到你这里来，对你们家也有了个大概了解，听说，你儿子李木旺现在是这村上的首富，斥资百万建造了这村上最漂亮的别墅。

荷花摆摆手，她不想停下对往昔的追忆——“哎呀！荷花，你说李儒那光棍奇怪不？不娶媳妇也就罢了，今儿竟然从外头抱了个孩子回来。这不！说当爹就当爹了！”人比声音到得快，正在织布机前飞梭的我听到胡涂媳妇这么说，心里像被飞梭刺中了般疼痛难忍。手中的飞梭也就偏了方向，从布面上滑过，掉进了盛着麻丝的篮子里。这时，胡涂媳妇已经走到我跟前了，胡涂媳妇见此情景，一语双关地说：“一团乱麻！捡来的？谁信！”我当时想：我心里喜欢他！他跟村上别的男人不一样！他就是天上的一颗星，这颗星星不属于任何人，包括我荷花。而我，已经很受用，就那样让他一直挂在天边，由着我仰视、喜欢，而他也就那样既远又近地照耀着我、温暖着我。我努力让自己平静下来。我平静下来后想：既然孩子都抱回来了，还能怎么着？我得替他着想！我得把那孩子抱过来。对！我可以帮他奶孩子！我想到这儿，内心一阵激动：对！我能帮到他！帮他奶孩子，这样……这样，我可以比别的女人更方便接近他了！然而，胡涂媳妇抢先说：“可怜见的孩子，要不？咱们这就去看看，把孩子抱过来一块儿奶着吧！”我当时愣了愣，我没想到胡涂媳妇跟我想到一块去了。我只好说：“好啊！”就这样，我们两个哺乳期的妇女，就这么兴冲冲地结伴去了李儒家。我们绝对想不到，李儒这个笨手笨脚怀抱初生婴儿的大男人，居然把两个热心人堵在了门外，连个谢字都没有！他说：“我的孩子我自己会带！”这样，我和胡涂媳妇，两个热情高涨、乳房鼓胀的女人只好悻悻地走了。一路上，胡涂媳妇反复唠叨："我的孩子我自己会带？荷花，你听出来了没？还弃婴呢？谁信？"

何芳洁打断荷花的话："荷花大姐，我想知道，李儒，他如何跟村上别的男人不一样呢？"

荷花说："他帅！我没见过长得比他更高大更俊朗的男人！还有，农闲或农忙间隙的时候，别的男人聚在一起玩牌，讲吃讲喝讲女人，他嘛，就坐在院子的橄榄树下看书，我原来以为，真如他讲的那样，读书识字学文化，谁知道，他原来是喝过洋墨水的人！"

何芳洁问："橄榄树？"

荷花说："是的，橄榄树！他一九四六年来到这里时种下的。妹子，你且听我慢慢讲。我年岁大了，脑子有点乱，我讲到哪算哪吧。"

是山上放牛的狗蛋第一个发现了"哭死"在李凡坟前的李儒。狗蛋被吓得"哇哇哇"叫，一路"哇哇哇"叫着跑回村里来。村民们就报了警。半小时后，警察来了，法医也来了，李儒的死亡鉴定结论很快也出来了——由于连日来悲伤过度，心脏病发作，心脏骤停死亡。李儒的邻居李三万问：就是活活哭死了个人？法医说：可以这么说。李三万老泪纵横：我的李儒好兄弟，你心里苦哇！眼见着满头银发的李三万哭得像个孩子似的，围观的村民们也跟着抹起眼泪。唯独我没有哭。我知道自己此时此刻不能哭，要哭，我就会哭得比李三万更没了个样子。

我当时想：他有心脏病？我怎么就没发觉呢？他怎么从来就

没跟我说过呢？想到这，我问李三万：伯，他有心脏病？他有跟你讲过吗？李三万摇摇头：没有。兴许，他自己都不知道呢。于是就有人说：真心看不出来！他平时壮得像头牛。又有人说：都是大家忽略了！我也才想起来，一九五八年兴修水利时，李大伯专拣最大的石头往筐里装，二百多斤都不在话下，他那个干劲啊，村上无人能及！挑着二百多斤的担子拼命地奔跑，结果呢，有一回，他跑着跑着就摔倒了。讲这话的人当时正好挑着一担番薯，为了还原当时的情景，他比画起来：这样，这样头先着地，趴下的。他当场就晕厥过去了，但是，正在大家围着他不知所措时，他自己又苏醒过来了，没事人似的，继续挑担子，只是跑得没先前快了，重量也减了不少。我就在心里想：李儒，你看你，就是不知道疼惜自己。被这个人一说，李三万就想起了从前。李三万说：对！那一次，我也记起来了！还有呢，是水利修好后，我掐算一下，没有错！是一九六二年，天气预报说要刮台风下大雨，这么着，谷子都要烂在地里了，大家在抢收。他力气大，腿又长，挑着满满当当刚打下的谷子，一趟趟从田里往生产队仓库里跑，结果，他无来由地倒在地上，这不，也是头先着地，担子一边搁着，谷子撒了一地。社员们七手八脚地把他抬到仓库里，让他平躺在仓库的地板上。地板是石灰、黄泥、河沙混凝土铺就的，是那种透着温润的凉。李儒就这样在温润中渗透着凉的生产队仓库地板上平躺着，慢慢地苏醒过来，慢慢地回过劲来，待他回过劲来明白刚才发生过什么事情后，他又抓起了扁担，挑起箩筐，往田里赶。等到赤脚医生闻讯赶来时，他已经又挑着满满的一担稻谷从田里回来了。李三万跟在他后头使劲地喊：兄弟，你走慢点，走稳点，可别又摔跤了！赤脚医生背着药箱站在生产队仓库门口，见此情景，就对身边的社员们说：没事了吧？刚才八成是中暑了，多喝水。讲到这里，李三万十分惋惜地说：哎！都没多个想法，咋知他有心脏病呢？

又有人说：还有一次我见到他……

大家就这样七嘴八舌地议论开了。李三万就问法医：怎么先前这么着都没事，这回却要了他的命呢？法医说：这不奇怪，他那时候多少岁？现在多少岁？老年人能跟青壮年人比吗？再说，你刚才不也说了吗？他是活活给哭死了的。

讲到这里，荷花抹了一把眼泪，在何芳洁面前，她毫不掩饰自己对李儒的倾慕与思念，她继续追忆。

李儒是一九四六年春天来到这里的。那一年他二十二岁，李三万也只是二十三岁。李三万是与李儒这个外地人结缘的第二个人，第一个是他的胞弟李四万。李三万后来跟李儒做了几十年的好邻居，也认了李儒这个自称是战乱中逃难到来的本家人做兄弟。

何作家，你现在也看到了，咱们这里三面环山，一面环水，人间仙境般。我们这个义成村呢，是一个有着千年历史的古村落，村上住着三百多户人家。李三万李四万兄弟是大户，那时候啊，他们的父亲李米铺刚刚去世，两个儿子合谋着当家。那时候啊，李米铺家多有“米”呢？就是他在镇上开了一个米铺，过往的人问：李米铺，店里有新打的晚稻米吗？李米铺答：有！路人再问：有陈年的早稻米吗？李米铺还答：有！来人就说：什么米都有，谁信？李米铺就说：信不信由你！愁义成河无水出，愁我李米铺无米卖吧！

既然像李米铺这样的大户人家都接纳了李儒这个外地人，义成村的李姓人还有什么好说的呢？因此，义成村李贵才、李火生等众多李姓兄弟也都认了李儒这个外地人做兄弟。

但是，李三万家的长工李不才不这么认为，他觉得，这个外地人来得不明不白，肯定有问题。所以，后来，当“文化大革命”开始后，他第一时间向工宣队揭发了李儒这个来历不明的外地人。这是后话。

当时，李儒肩挑一担蜂箱，人走到哪儿，蜜蜂就跟到哪儿。当他转悠到榕镇上的李氏粮铺时，就被闲散在那儿的李家四少爷李四万盯上了。李四万走上前去主动跟这个外地人搭讪：先生，看你不是寻常人，来此地有何贵干？李儒说：求两餐、一宿。李四万就说：了解，了解。要说，咱这儿就是风水宝地，台风刮不到，洪水淹不了，就说那日本鬼子吧，去年，不是眼看着就要打到这里来了吗？却就宣布投降了，是不？李四万说这话时，李儒瞪了他一下。李四万权当这个外地人不服气，就说：不信？你住下来就知道了，这里有多好。李四万继续说：之所以能够世代安宁，是因为有大地母亲的庇护。李儒就说：那是因为有数以万计的热血男儿，在抗日救亡的战场上洒热血抛头颅。李四万就悻悻地说：说得就好像你自己打过小日本似的！李儒就赶紧说：没有，没有。

后来，李儒就在义成村置业安家了，李儒买下的，是李三万、李四万兄弟共同持有的物业。一手交钱一手交契约的时候，李四万用舌头舔了舔墙面，并示意李儒也舔一舔，然后说：妥妥的糖墙，要不是我在外头赌博输了钱，哪会贱卖这祖上留下来的家业。这是义成村最显赫的大屋，一进三间三座，带天井、东西厢房。李三万、李四万兄弟俩合谋着将这大屋一分为六，除了东厢房留给哥哥李三万之外，余下的，卖给了战乱逃难来到义成村的外地人。于是，一时间，这大户人家的宅邸，就变成了大杂院，李儒是最后入住的，却是唯一把根扎下来了的外地人，另外四户外地人，来自广东台山，新中国成立后纷纷回了原籍。李儒买下的是西厢房，一进三间。

在哥哥李三万的“纵容”下，李四万就这样陆陆续续地“败光”了祖上的所有家产，等到一九五〇年土改工作队进村的时候，李四万名义上已经是无田地无房屋的佃农。这样，李四万因为出身好，加上本身又读了几年私塾，愣是被选中参加了土改工作，再后来还当上了国家干部。李三万因为名下还有三间东厢房、几亩薄田，土改工作队给他家定了个中农成分。

李儒一年当中有三分之一的时间待在山上养蜜蜂，三分之二的时间在山下参加生产队的劳动。大家都叫他蜜蜂李。他的蜂蜜是出了名的好。所以，在生产队年代，他的一斤蜂蜜被折算为六十工分，从而享受生产队社员待遇，分谷子、分番薯、分木薯，当然，也分李儒以蜂蜜抵工分上交集体的顶级蜂蜜。

何芳洁再一次打断荷花的话：“荷花大姐，李儒的蜂蜜到底有多稀罕呢？”

荷花答：“传说是这蜜蜂李出品的蜂蜜，包治百病。”

“真的吗？”

“其实，没有那么神。只是当时，蜂蜜原本就是稀罕物。”

荷花继续讲述。

“战乱让我家破人亡，一九四六年我来到这里，从此，这里就是我李儒的家乡，没有别处。”义成村人都知道，这话，李儒讲过不下上百次，土改的时候、四清的时候、“文革”的时候，少不了对他的来历进行问讯盘查，他从不改口。“文革”初期，因为他来历不明，曾被当作可疑反革命分子。李三万记得，一九六七年夏至前后，李儒就开始无法“安居乐业”了。那时候，我还没有嫁到这村上来，马欣欣也还没有来上山下乡接受再教育。据李三万说，那一天，晴空万里，村民们审讯“牛鬼蛇神”的活动在村前的七星河边进行，领头的是原来李三万家的长工李不才，李三万家因为弟弟李四万在外头欠下了太多“赌债”，于一九四七年彻底“破产”了，所以，李不才就跟了新东家，新东家没有老东家厚道，所以李不才记恨于心。

轮到审讯李儒的时候，天空突然电闪雷鸣。李不才走到李儒身边，他比李儒足足矮了一头，李不才就踮起脚尖，伸出手，试图够着李儒的头，把李儒高仰的头颅压低。李不才说：“李特务，我看你低不低头认罪！”

李儒用标准的普通话说：“我没有罪，何来认罪一说？战乱让我家破人亡，一九四六年我来到这里，从此，这里就是我李儒的家乡，没有别处。”

李不才就抡起棒子说：“我最讨厌你这种不会讲义成话，还自称是我们义成人的北佬！”

这时，李三万及时赶到了，李三万喝令：“李不才！这个人你们不能打！放下你们手中的凶器！”

听到李三万的喝令，李不才迟疑了一下。

这时，就有人高呼：“打倒牛鬼蛇神，打倒特务！”

然后，众人跟着高呼，群情激昂。

群情激昂中，李不才再次抡起棒子。

就在棒子快要落到李儒头上的时候，突然，一道闪电从后垄山那边划过，李不才感觉着手中的棒子不听使唤，硬生生地僵在了半空。紧接着，乌云密布，雷声滚滚，雷声由小而大，由远而近，最后一声轰鸣，感觉就是在七星河的水面上炸裂，雷电像一只无形的手，把这个扬起铁棒正准备往李儒头上砸下去的佃农推到了百米以外的水中。紧接着，又是一声闷雷，天地间仿佛要炸开了似的，瞬间，大雨倾盆。

这事后来被义成村人传得神乎其神。李三万却说："是雷公救了李儒，又或者，是人们心底里尚存的一点信仰、一点善良、一点敬畏救了李儒。"李三万以此事件警告当时的造反派头头李四万：天地之间有杆秤，你们不要做得太绝了！

荷花说她曾经悄悄问过李三万。

"三万伯，那依你看，他是啥呢？"

"他是抗日英雄。"李三万说。

"您怎么知道的？"

"他刚住进来时，有一晚他跟我对饮时说的。"

"酒后的话不可信。"

"酒后吐真言。"

"那他为什么不跟政府讲明？"

"他能讲得清吗？没错，他是抗日英雄，但他还是国民党军官，官至师级。"

“师级！”

“副官。”

“那他为什么跑到咱义成村来呢？”

“他当逃兵吧。”

“又是为了什么？”

“他不想打内战。”

荷花接着讲述。

论辈分，我喊李三万“三万伯”，这样，李儒的“来处”，变成了李三万和我自觉保守的秘密，哪怕是在对李儒来说最困难的一九六九年，李三万和我也守口如瓶。直至一九九三年李儒哭死在女儿李凡坟前，我才豁出去了——李儒落葬那天，天空中飘着若有若无的雨，村民们七手八脚，用李儒生前用过的那张破凉席，将他的尸体一卷，用几条麻绳一绑，两根竹子一横，再用两根木杠子一竖，扎成一个长条形的担架，前后各两个男人，抬着李儒的尸体往后龚山走去。坑已经挖好了，正准备将李儒的尸体扔下去的那一刻，我一路小跑着赶来了。这时，村民们叫着“一、二、三……”将李儒的尸体扔进了坑里。

“咚”的一声闷响，这个闷响是坑洞里面的回响。这个时候，我的心就像被锥子扎了一下似的难受。

“住手！”我断喝。我这带着哭腔的断喝，在山谷中久久回荡。大家都愣住了，齐刷刷地看着我。

“你想干吗？这人都死了，人死不能复生，你还能怎么样？”

说这话的，是我的老公。我的老公在村子里是出了名的“怕老婆”的人，但是，那天，他斗胆说出了这么一句话，这换了以前，是想都不敢想的，以前我说一，从来轮不到他说二。

我不理会老公的醋意，我说：“把他拉上来！”

结果大家又都迟疑了：拉上来干吗？

我说：“怎么样也得给他做一副棺材送他走！这可是一个抗日英雄啊！打过日本鬼子的！”

“你哪里知道的？”发难的还是我老公。

我说：“不信，你问三万伯去。”

站在一旁的李三万就说：“他刚来那年，跟我对饮时，喝高了，讲过。现在……这不都改革开放了吗，我也就不怕讲出来了！李儒兄弟，他是个人物，他祖籍上海，留过洋，扛过枪，参加过常德大会战……”

听我和李三万这么一说，大家都认为：是啊！他是个民族英雄啊！他是个抗日英雄啊！就这么走了，就这么把他埋掉，就这样赤条条地埋进土里，也确实是太说不过去了！

但是，问题又来了——这年头，哪有钱给他去买木材呀？打副棺材不容易，谁给钱呢？

我说：“别着急，我妈的那个棺木，我已经用牛车拖到村里来了，我也请来了木匠。大家把他抬起来吧，大家把他抬回去，给他举行一个像样的葬礼吧！人活着就这么走了，而且走得无声无息，就像一头牲口一样地埋掉，太说不过去了。”于是，大家就把李儒的尸体从坑里拉上来，抬回村里。

那天，李儒家门前的院子里，一片忙碌景象——木匠在给李儒打棺材——裁木头、刨木头、装卯榫，不出半日，就给李儒做成了一副棺材；我呢？我坐在橄榄树下，一针一线为李儒做寿衣。做寿衣的白麻布，原本是我为母亲准备的，两块七尺七寸的布料，原本是标准的两套寿衣料子。但李儒的个头太过高大，我想了想，就用这两块布料做了一套右襟长袖长裤寿衣，又做了一件漂亮的马甲。我把做好的寿衣往脸上贴了贴，小声问："李儒，你看，大小合适吗？喜欢不？"

这时，李三万问："李儒无后，谁来帮其沐浴？"

我把做好的寿衣抱在胸前，我的胸鼓胀鼓胀的。我从小板凳上站起身，对李三万说："三伯，我来吧！"

按照当地的习俗，给死者沐浴是外人不可涉足围观的，我就一个人，很淡定的，把做好的寿衣搭在肩上，双手端着盛满水的木盆，从院子里往李儒家门口走去。

李三万实在看不下去了，冲站在院子里的男女老少一众人说："去个人给搭把手不行吗？"

于是，胡涂媳妇、李三万媳妇等人就都犹豫了一下，壮着胆子往大门口这边走。这时，我已经跨进门里，我把盛满河水的木盆往地上一搁，回转身来，把双开的木大门往外一关，把自己一个人关在屋子里了。

院子的一个角落里，我老公直愣愣地看着这一切，见我把大门一关，把自己关到摆放着尸体而且是一具男性尸体的屋子里，既生气又着急，更有说不出口的嫉妒，我老公一跺脚，气急败坏地说："臭婆娘！瞧把你能的！"

下葬的那天，李三万从一大堆丧礼什物中，找出一块红布，往棺材上一铺，面朝后垄山上李凡的新坟，双手合十："毛毛呀！你都看到了，你爹的丧事，挺体面的。"

这块红布，是我起了个大早，亲自到镇上扯回来的。

谁也猜不出我是怎么给李儒这个大男人沐浴的，人们充满了好奇，各种臆想，尤其是狗蛋，狗蛋流着口水说：“能让荷花搓身子，死也值了！就是不知道，洗到那鸟仔时，有无感应。”

李三万刚好从狗蛋身边走过，李三万二话不说，抬脚往狗蛋裤裆处踢去，“看你个鸟仔反应不？”

讲到这里，荷花停了下来，她看着何芳洁，良久，她说：“那天，我一遍又一遍地给他搓身子，每一块肌肤，我都没有错过！我从他大腿内侧、肩胛、臂三处，分别发现了大小不一的伤疤。后来，我悄悄查过资料，是枪伤，口径大小不一的三次枪伤！我说呢，他为啥大热天也不穿短袖衫……”

第五章 振华科技

一

深圳振华科技股份有限公司的前身是兴华光电，厂址位于昔日宝安县城某条街，数栋四层围合式工业厂房。

今日的深圳振华科技股份有限公司，位于深圳西部。二〇一九年春天的某一个上午，何芳洁从地铁 11 号线福田南站上车，往西，11 号线一路风景，经过前海自贸区，经过那一字排开的、白色外墙的人才小区，经过深圳西部明珠宝安中心，经过大海、经过机场、经过高尚住宅区，就到了深圳振华科技园。

时光倒流二十年，那时候的古睿风华正茂，那时候的振华科技像夏天南方河岸的树木，蓬勃生长，又如南方海湾的红树木，因“独特”而珍稀。振华科技作为央企 J 集团对标国际制造业技术、管理水平的国有控股外向型企业，在相当长的一段时间里，不仅是集制造业、期货、地产、国际贸易为一体的央企 J 集团深圳总公司的标杆，甚至是全球五百强J集团的标杆。同行业的专才和能人，纷纷“加盟”振华科技，时任总经理的徐总，更是在董事会的支持下，广纳贤才。

利润，是企业的胆，那时候的振华科技，产品合格率达到了98.95%。毛利率一度摸高至148.88%，而在此前提下，徐总决定振华科技产品价格高于同类产品的20%。但是，振华科技的主要客户春兰空调、戴尔电脑、四川长虹、美的等赫赫有名的家电巨头似乎并不介意，他们依然选择振华科技。在经济效益和社会效应的双重驱使下，徐忘踌躇满志，放言：振华科技是企业家的摇篮，每一个有梦想的中层干部都应该是优秀的企业家，不想当老板的工人不是好工人。公司大手笔投入资金全方位培训培养未来的“企业家”“老板”，小到定置管理，大到业务谈判接入、财会基本知识与应用、产品研发与生产。徐总没有意识到，振华科技的危机，伴随着这批有梦想的“振华人”的成长，近了！

没错！这批人翅膀硬了之后纷纷离开振华科技，当起了企业家、老板。这些企业家、老板们开始跟老东家抢市场，抢饭碗。而也不知具体从哪一天开始，振华科技的大客户们开始介意振华科技虽然品质保证但价格高高在上的报价了！他们在评估，在考虑重新选择供应商。

徐总明白：他们的日子难了！振华科技岂能幸免。

最终，面对不再亮眼的成绩单，在股东代表会议上，徐总说：趋势！

没有仕途野心，没有老板梦想，一心钻研技术业务的古睿，就在这个特殊时期被重用，从总技术部长起步，到副总，再到掌门人。一晃又是十年，当妻子期许他放下重担疼惜一下自己的时候，他才发现——这破担子，搁谁谁要！

当然，这十年间，振华科技也曾有过“灿烂”，众所周知的2008年金融危机过后，同行业一地鸡毛，这时，J集团像当年救振华科技的前身兴华光电一样，所不同的是，这次彰显的是央企的财大气粗，它指向那些“退潮后裸游的民营企业”一一收购、兼并。

那时候，马书记已退休，他拍一拍古睿日渐厚实的肩膀，鼓励他：乖外甥女婿，好好干！看你的了！

涂芳芳悄悄告诉丈夫：为了当年的兴华光电，我舅舅险些儿跟一个香港女人闹出绯闻。

不料这话偏让马书记听到了，马书记哈哈大笑：不是绯闻，是真的！

是啊！真的。如果时光倒流，多少往事可以重来？

时代选择了振华科技，但岁月不会忘记兴华光电——一九八九年春天，马书记准备在那份《关于成立兴华光电股份有限公司的报告》上签字的时候，远处传来一阵开山破土的轰鸣声，马书记竖起耳朵听了听，判断声源的方向，没错！声音是从西北方向传过来的，那个地方叫宝城。

特区与宝城，原本没有距离，如果非要说有，那就是，铁丝网边防线的距离，就是边防检查站的距离——它们区分了“关内”与“关外”！

在南头边防检查站往西，再往西，特区给“关外”留了一个不起眼的耕作口。当然不能太起眼，否则，边防线不就形同虚设？

阳光太好，好到马书记略略抬头，就能看到玻璃窗外推土机扬起的尘埃。马书记嘟哝了一声：有完没完。

但是，发泄完之后，马书记就后悔了。好在，办公室里没有别的人，没有人觉察得到他这位来自省直机关的“特区开荒牛”稍纵即逝的纠结与惆怅。

总投资70万美元当然不是一个小数目，国投占总股份的百分之五十五，也就是38.5万美元，这也不是个小数目；国家拿出这么一大笔外汇，将来国投能为国家创造多少外汇？这也不是马书记惆怅的理由，他还没有高尚到那个境界。马书记惆怅的是：这个合伙人毛小姐，靠谱吗？别弄不好，一不小心，丢了自己的乌纱帽。

眼下这个项目，立项报告中已经明确约定，毛小姐负责给项目带来技术、市场；国投方负责提供生产场地，并组织生产。但是，马书记想：技术和市场我方都没有，显然，我方不就是砧板上的肉吗？任人宰割？

想到这里，马书记抓起办公桌上的555香烟，划着一根火柴，猛吸了一口闷烟。心里对自己说：赌一把！

“赌一把”这个念头让马书记惆怅了一下，但他很快就想到了改革开放总设计师邓小平的“白猫黑猫论”——不管白猫黑猫，捉到老鼠就是好猫。想到中央对中国南方海边这块改革开放试验田的期许——大胆地试，先不要下结论，干了再说。

想到这，马书记摁灭了香烟，抓起办公桌上的派克钢笔，在报告单上签了字。

这支派克钢笔是毛小姐送给他的见面礼，当时，马书记是婉拒的，但是，毛小姐当着招商引资小组全体同志的面说：不要客气嘛，送这支派克钢笔给你的意思是——希望我们有实质性的合作，你用它，签下我们合作的项目。马书记想想也对，就收下了，后来，再次见到马小姐，他以个人的名义，送了毛小姐深圳特产——两斤生晒沙井蚝。马书记说：礼尚往来，你不能让我犯错误。

毛小姐哈哈大笑，笑得花枝乱颤的那种，她装作漫不经心地往马书记面前蹭了蹭，饱满而又坚挺的乳房，险些儿碰到马书记的身体，一股浓烈得让人欲罢不能的香水味儿直钻鼻孔，刺激得马书记险些儿生理反应起来。这事，让马书记对这个性感、神秘、气势逼人的香港女人，从内心更多了几分戒备。那一刻，马书记想起自己到特区任职前，妻子忧心忡忡的眼神，想起妹妹马欣欣说："好好干，将来，把你外甥女也带过去。"

马书记告诫自己：坚决抵制色诱、抵制资本主义的奢靡之风。

马书记只有一个宝贝外甥女，这一年，马书记这个叫涂芳芳的宝贝外甥女才刚刚上初中。

毛小姐这个女人，既让马书记心猿意马，更让马书记受伤。心猿意马的是她总是在马书记的面前花枝招展，马书记那时候想不明白，一个四十开外的女人，可以有少妇般鼓胀、少女般坚挺的双峰！他那时候不知道，界河那边，隆胸已经是妇女们趋之若鹜的时尚，他当然想不到毛小姐那一次次惹得他生理反应的酥胸，包含了太多硅胶的成分。如果他那时候知道了，又将如何呢？他会不会想：这个女人，还有什么不能假？

让马书记觉得受伤的是，毛小姐这个香港女人的气势和优越感，她表面上客客气气或妖媚热烈，但骨子里瞧不起界河这边的人，哪怕是马书记这个级别的国家干部。有一次，宴席间餐厅服务生上菜时不小心，一滴油溅到了毛小姐的真皮高跟鞋上，毛小姐短促地“啊”了一声，看似没有更多的责备。马书记心里感动了一下，心想：嗯，界河那边的女人就是不一样，要是换了我家那位，保准责备——你！不长眼睛啊！正在马书记这么想着的时候，餐厅部部长闻讯拿了一块湿毛巾、一路小跑着过来了。顾客就是上帝，餐厅部部长岂敢怠慢，餐厅部部长说：“对不起，我帮您擦擦。”毛小姐一把推开餐厅部部长拿着湿毛巾的手，冷冷地说：“不要不要，必须回香港处理。”马书记注意到，青春靓丽的餐厅部部长在这个优越感爆棚的女性同胞面前尴尬了几秒钟，然后脸上堆着笑容，用生硬的粤语说：“唔好意思，唔好意思。”为了表示歉意，餐厅给他们送了一份招牌菜——两只红烧光明乳鸽。

马书记心里想：这个界河那边的女人，莫不是把我们深圳人当成了远离文明的印第安土著？这事让马书记的自尊心受伤。马书记当然无法预见得到，这个有着国际视野、国际市场、国际资源的女人，对他本人，对兴华光电的伤害，那才是出其不意的。

毛小姐这一年四十三岁，出生于香港，老公是台湾人。

毛小姐可不是厉书记、马书记这么想的。毛小姐才没有耐心、更没有义务跟在国资的屁股后面，充当一双市场有形的手，必要的时候，引导光电行业良性竞争健康发展。市场嘛。将来爱怎么着怎么着，她只是想利用自身“外商”的优势，在珠三角这块改革开放的热土上，挣快钱，越快越好！毛小姐也知道，国投公司真正看中的，是她即将带来的工艺与技术，而她也已经预见到，不出三年，这工艺与技术，将在珠三角甚至整个内地遍地开花！而那些当前在日企和台企、港企的内地管理人员，将成长为内地第一代光电企业私营老板，带着他们从老板那里学来的技术，在粗放型市场经济下的内地遍地开花。

这个时候的光电行业市场，是严重的求大于供的市场，百分之四十五以上的毛利，足以抵消毛小姐手下的工程技术人员从日本人那里学来的半桶水技术。

项目上马前，毛小姐向合伙人——国投公司方坦承：“我们只做得到百分之六十五的合格率。”

马书记问：“国际标准呢？”

毛小姐嗤之以鼻：“没有国际标准，只有日企标准。日企标准是百分之九十五以上。”

马书记气得只差没把恭恭敬敬放到毛小姐面前的那杯冰镇可口可乐往毛小姐傲慢的脸上一泼：这臭娘儿们！

基于N城建缺乏人才考量，成立之初的兴华光电，不得不放手由毛小姐全盘操控。作为大股东的N城建方由马书记兼任法人代表、董事长。

马书记代表深圳经济特区某国投公司在那份《关于成立兴华光电股份有限公司的报告》上签字的那一天，那个叫古睿的少年，那个“诱惑”女同学早恋的少年，没事人似的，正在备战高考。他跟这个在纠结中签下“振华科技”项目的马书记，一毛钱的关系都没有。然而，多年以后，一纸调令让他变成了振华科技（前身兴华光电）大股东J集团驻厂干部，再后来变成了马书记的外甥女婿……

毛小姐是国投公司本轮招商引资的重要对象，引进的不仅仅是项目，更是技术空白，至少，对于国投公司是这样，甚至，对于后来为了响应国家号召，代表某行业龙头来到南方这块改革开放的试验田上试水的央企J集团亦是如此。

本着这个思路，国投领导层与港商毛小姐展开了积极的洽谈与磋商，最后达成合作共识——合资办厂。大股东方由马书记兼任董事长，实际掌门人却是二股东毛小姐。城建派出了两位驻厂干部，一是会计姜先生，二是出纳欧阳小姐。

马书记月前向上头汇报情况时说："由毛小姐负责生产线设备采购以及投入生产后企业的生产技术、市场经营；财务权掌握在国投人手里，理论上风险可控，但是……"

上级领导厉书记打断他的话："我们没有生产技术、市场经营方面的人才吗？"

马书记说："您知道，搞这个，我们两眼一抹黑，如果有，我们还能这般迁就？"

马书记讲的是大实话。一九八八年，改革开放已经进行了十个年头，包括这个叫宝安县在内的整个大深圳，已经有数十家大大小小的相关光电企业，而整个珠三角，那就更不在话下了。但是，国投没有这方面的人才，一时半刻也培养不出来。

中国正在改革开放，电话、彩电、冰箱、空调、电饭煲，所有这些与光电相关的商品，正在走进中国寻常百姓的生活。领导在一次干部谈话中对马书记说："想想看，光电，这是一个怎样空前庞大的市场？一个朝阳产业！"

马书记说："是！我们国投下属有三家……"

领导打断马书记的话，更正道："是有三家，租赁了国投的厂房！"

马书记小心翼翼地问："厉书记，您的意思是？"

厉书记拿起桌子上的电话，胡乱地按了几个键，马书记数了数，五个，心里暗暗想了：装！

厉书记对着话筒说：“嗯！明白！杀出一条血路。”

转而，他搁下话筒：“抓紧市场调研，最迟，年内拥有一家国资控股的光电企业。”

上级的意思再明白不过了——在充分的市场经济环境下，需要培植至少一家国字头光电企业，必要的时候，用这只有形的手，去引导行业良性竞争健康发展。

四十九岁的马书记，原本无意与毛小姐这个香水、卷发、短裙、紧身衫、高跟鞋，浑身散发着雌性激素，眼神、微笑、夹杂着英文单词、时不时彰显着界河那边人的见多识广、隐晦着对界河这边人的轻视的女人，工作之余有更多的交集。

但是，关于他与毛小姐的绯闻，却变成了 N 城建公开的秘密。

在董事长的“支持”下，毛小姐从商圈中，以低廉的价格买来了二手生产设备，然后卖给筹建中的兴华光电，光这一笔自卖自买生意，毛小姐就净赚了 35 万美元，也就是说，1988 年 3 月，注册资本 70 万美元，由 N 城建出资 38. 5 万美元，由外资自然人毛小姐出资 31. 5 万美元成立的兴华光电股份有限公司，尚未投产，二股东毛小姐已经把自己的所有投资妥妥地收回来了！这当然不是毛小姐那些年在内地掘得的第一桶金，这种挣“快钱”的好事，用毛小姐的话来说是：Copy 了 N 次！还有一句话毛小姐只会对她那个喝饱了洋墨水的台湾老公说：这些土包子哪，一要一个准！还开荒牛呢？就他们？设备的英文说明书他们能看得懂吗？

那些年，毛小姐放一炮换一个地方，“耍死了”若干“土包子”。但是，这一次，马书记差点儿没有放过她！然而，基于毛小姐的身份，基于格局，马书记到底没有把这个连乳房都敢假的女人“剥光”。这要从光华光电成立两年后，面临经营陷入瘫痪的局面，马书记不得不向上级领导做出深刻检讨、寻求出路说起。

“你跟这个女人，几层关系？说！老老实实跟我说！”厉书记摁灭了一支红塔山烟，再点燃一支，但却没有把烟往嘴边送！

室内长时间的沉默，当坐在沙发上的马书记发出牛嚎般的叹息时，站在窗前的厉书记回转身，这时，刚刚好，烟烧着了厉书记的手。手足连心，他突然意识到了什么。他走到马书记身边，挨着这位跟随了自己多年的老部下坐下，他说：“几年前，我就听到风言风语，说你只差没弯下身子给那个香港女人擦皮鞋了，说你……”

马书记说：“一点也没冤枉我！但是，人家说，不要！我回香港处理。在一次商务活动中，我无意中碰到了她的乳房，生硬！我的酒劲，一下子就过去了！心想：这女人，还有什么不能假！”

厉书记拍手叫好，半晌，再次发难：“既然这样，为什么你还放手让她管公司，以至，在同行业暴富的这些年，你们 70 万美元的注册资本，每年账面上仅有区区几万元人民币的利润！竟然发展到，这个女人携数百万元货款失踪！”厉书记把烟往马书记的手背上一摁，“回答我！”

马书记答非所问：“我们也不是一无所获，她确确实实带来了项目，带来了生产工艺……”

厉书记的气突然消了一半，“说说看，要我怎么帮你擦屁股？”

马书记刚想说：“利用各方面力量，把人间蒸发的那个臭娘儿们掘地三尺也要找出来。”话才到嘴边，厉书记办公桌上的电话响了！

这个电话厉书记接得甚是喜出望外——电话是他的大学同学打来的。厉书记的这位大学同学是央企J集团的中层干部，来电的大意是：J集团响应国家号召，拟成立J集团深圳分公司，资本进入深圳证券、贸易、制造业各领域。

厉书记挂断同学的电话后，用力拍了一下马书记的肩，“回去吧！救你的人，噢，不！兴华光电的资金、人才，都在南下的路上了！”

如果马书记知道——若干年后，古睿，那个“诱惑”女同学早恋，却没事人似的备战高考的少年，将代表大股东J集团，成为振华科技（兴华光电因为股东变更而更名为振华科技）的掌门人，并将它带向远方，其主营产品以品质取胜，率先在同行业中拿到系列国际质量、管理体系认证，以高出市场百分之二十的价格，将振华科技产品销往欧美，更在风能、光伏行业方兴未艾的二十一世纪之初，掌握了这两大行业的核心技术，并以产品质量取胜，后来居上，成为行业翘楚，再后来……

如果马书记当时能预见，那还犯得着在那个傲慢的外商毛小姐面前恭敬或动肝火吗？

就在马书记差点儿往毛小姐那妆容精致的瓜子脸上泼可乐时，在粤西，李周全老师正在他的三尺讲台上给学生们上政治课。他声情并茂，讲到核心处，转身，在黑板上写下一行遒劲的粉笔字——我和我的祖国。

二

时光不会倒流，时光一直在向前，向前！而处于改革开放最前沿的深圳，给人的感觉是时光跑得更快一些！

二〇一九年春天的某一个上午，何芳洁从地铁 11 号线福田南站上车，往西，11 号线一路风景，经过前海自贸区，经过那一字排开的、白色外墙的人才小区，经过深圳西部明珠宝安中心，经过大海、经过机场、经过高尚住宅区，就到了深圳振华科技园。

在登门采访深圳振华科技股份有限公司总经理古睿前，何芳洁通过朋友的朋友牵线搭桥见过了古太太涂芳芳。而在见到涂芳芳前，作家何芳洁的脑子里一直回响着在粤西榕镇大地母亲景区与马欣欣的对话——

何芳洁说："马同志，你的意思是，直到这个弃婴同母异父的妹妹把男朋友领到家里来，你才知道，李锐，噢，不！他应该叫李儒，李儒，他抱走了那个弃婴？"

马同志说："是的！那时候，我女儿的心上人不明不白地人间蒸发了，我女儿就天天掉了魂似的。后来，单位委派她去参加一个什么笔会，遇到一个男人，不由分说地缠着她。"

何芳洁问："那个男人后来做你女婿了？"

马欣欣："那还用问吗？我跟你这么说吧，如果不是那小子把我女儿的肚子搞大了，我不会让女儿嫁给他！"

早早约好的日子，却遇上了强台风正面袭击深圳前夕。何芳洁试探着问要不要改期，但是，涂芳芳却让人传话——如约。牵线的人就苦笑着说：也罢，那是一个痛恨爽约的女子。

那天，夕阳染红了深圳湾，台风，就要来了。何芳洁与古太太相对而坐，古太太看上去比实际年龄更年轻，是一个“徐娘不老”的曼妙女子。

得知何芳洁想去振华股份公司体验生活。涂芳芳说：“这样啊！我还以为什么天大的事呢！不用预约，你到了之后，给我打电话，我让古睿下楼接你就是了。”想了想，又半开玩笑半认真地补充了一句：“顺便帮我查岗啊！”

何芳洁哈哈：“查岗？可以呀。”

古太太一低头、一抿嘴、一跺脚，几分娇俏、几分任性、几分懊恼的小女人模样儿，只听见她说：“何作家，你能帮我打听两个人吗？”

何芳洁说：“可以呀。”

古太太说：“一是，你这不是要到振华科技采访吗？帮我悄悄打听一下，有没有一个叫毛毛的女人。”

毛毛？毛毛是谁？是她吗？想到“她”，何芳洁的心痛了一下。但她努力让自己平静下来，显得若无其事般，故意打趣：“怎么？古太太你还真让我去查岗啊？”

古太太苦笑了一下：“你可以这么理解。”

何芳洁点点头，“那么，第二件事呢？”

古太太似乎有点小纠结，她端起玻璃杯子，喝了一口柠檬水，又胡乱地往口里塞了几样点心，再捧起杯子，小口小口地喝着水。何芳洁注意到她捧着透明玻璃杯的手在颤抖。半晌，只听她说：“林俊！”

她的声音特别压抑，貌似“林俊”这两个字在她的生命里，分量特别的重，重到她无法举起，无力承担。作家的敏感已经让何芳洁猜测得到“他”是谁了，但是，何芳洁却故作愕然：“他是谁？”

古太太说：“一位二十二年前在人间蒸发了的人。他特别帅、特别有才华。我想，你帮我留意一下，在你们作家圈子里，有没有这个人。”

何芳洁说：“可以呀。”

后来的话题，是由古太太牵扯到了彼此的孩子，这再正常不过，两个努力想熟悉起来，建立起信任关系的女人，既然都不想谈老公，那就谈孩子呗。

讲到女儿古小凡，古太太立即眉开眼笑起来，眼里口里尽是满满的宠溺。她打开宽屏手机微信群聊“一家人”界面，把手机放到何芳洁眼前：“喏！我家宝贝。”

手机屏幕上，一个身材窈窕的女孩儿，光脚站在卡通拼图的地板上，背景是上下铺床、暖气片、书本、电脑、箱包、女孩儿的吊挂小饰品、衣挂、酸奶、面包……总之，家居的、日用的、学习的、吃喝的，应有尽有，随意般，散落各处，却又各安其所。

古太太说：“丫头在北方一所大学里念书。”

“太像了！”何芳洁说。

古太太说：“可不是吗？我像妈，我女儿也像妈。”

何芳洁说：“对！一家三代强大的美人基因！”

古太太说：“哎呀，被她爸爸和外婆宠的，太幸福了！还不想长大。马上就大二了，室友们谈了一轮又一轮恋爱，她的初恋都还没开始呢。”

“他也许正在来的路上了。”何芳洁笑道。

几个月后，在苏州，在思凡机器人公司董事长史诗的办公室里，何芳洁也听到了这么一句话，只是，“他”变成了“她”，“她”指向了某个人！由此揭开了那段尘封的往事——关于爱情、关于信念、关于守望。

古太太说：“可不是！有一个男孩子，追到了家门口。是小学同学，人家聪明着呢，跳级，马上硕士研究生毕业了。但我家小凡呀，说是对人家‘无感’！”

而此时此刻，那个让古小凡“无感”的男孩子叫肖峰昊，正往东莞迅达公司的邮箱投递求职简历。他信心满满，那家潜心于精工制造的民营企业求贤若渴，而他，恰好是这方面不可多得的人才！他将给这家公司带去他的发明专利——No. 1 硅智能手表。

不久，这份简历最终到了东莞迅达电子有限公司董事长陈瀚的手里，他决定亲自面试这位天才少年。

三

古睿正在主持一个工作会议，议题是投标。

古睿说：“怎么形容我们振华科技人对A公司这次招标的心情呢？就好比一位少年，苦苦追求心仪已久的姑娘，当她终于答应做他新娘的时候，他却发现，她心里，没有他！”

总经办主任说：“我们古总，太有才了！”

古睿却是黑着脸说：“别恭维我！我现在，想骂人！卧槽！A公司给出的最低限价，就如同一块鸡肋，扔之可惜，留之无用。

我们振华，被他妈的 A 公司给要了！”

他这么说的时候，不笑，但在座的人都笑出声来了。总经办主任又说：“我们古总，绝对是儒商！”

古睿依然是黑着脸说：“别恭维我！我现在，想骂人！”

这时，作家何芳洁已经来到了振华科技园大门口。她拨通了古太太涂芳芳的电话：“涂姐姐，我到了。”

涂芳芳答：“好！我让古睿马上下楼接你。”

果然，几分钟后，一位书卷气极浓的中年男人从办公楼里出来，走到何芳洁的面前，甚是客气地说：“您好！我就是古睿，欢迎您来到我们深圳振华科技园！”

古睿边说边握了握何芳洁的手，何芳洁感觉得到，这双像女孩子般纤秀的手，有种别样的凉，是如和田玉般温润的那种凉！

在一楼大堂等电梯的时候，何作家说：“振华，一直在领跑？振华科技的企业文化写在办公大楼前的 LED 电子屏幕上、写在大堂的文化墙上，我想……”

“作家，请！”古睿伸出一只手，挡住刚刚打开的电梯门。

“是古总您，带领振华一直在领跑，对不对？”何作家说。

何作家以为，眼前这个振华科技股份有限公司的掌门人会说：“作家，你言过其实了，我个人的能力是有限的，靠组织、靠大家，我们是在集团公司的领导下，领跑同行业。”又或者是说，“国企，这是使命与担当，必需的。”

然而，他不接何作家的话茬儿，他不置可否地笑笑。他直接把何作家领到了总经理办公室，却是站着跟何作家说话：“我正在开会，很重要的一个工作会议。这样，我先让办公室的人带你到车间各处转转，会议结束后，我到车间找你。”

对于像何芳洁之类跟企业经营没有半毛钱关系的不速之客，要是换了别的时候来，古睿可能会生气，会冲电话那端的人说：“胡闹！什么人？也不预约，说来就来！我有那么闲吗？”

但是今天他不敢这么牛，妻子正跟他闹别扭呢。

毛毛，我要！这话，他有没有说？这讲得清楚吗？梦呓，真麻烦！刚才，他这么想的时候，就强忍住了心中的恼火，冲电话里那个任性的女人“嗯”了一声。离座，到门岗接人去了。

现在，古睿又回到了会议室。“我刚才讲到哪了？”他问。人们面面相觑，都觉着不好意思重复他刚才说的“脏话”。这时，偏就有一位刚毕业的理工男，站起来说：“古总，您刚才说——我们振华，被他妈的A公司耍了！”

人们哄堂大笑。古睿铁青着脸说：“对！我们振华，被他妈的A公司给耍了！这很可笑吗？我倒觉得，哭都来不及了！”

笑声戛然而止，全场鸦雀无声。

A公司目前有三个项目面向符合条件的厂商公开邀标。A公司在招标书中已经注明了最高限价和最低限价。在A公司招标书出来前，古睿原本想好了——报最低限价！即便是零利润，也要中标，也要进军该行业。但是，A公司的招标书出来以后，古睿傻眼了——即使是报最高限价，也几乎没有利润空间！而且，更虐心的是——那个振华科技在国内企业中唯一可与外企PK的核心元器件项目，A公司依然没有向国内企业敞开大门。那可是肥块呀！肥块外企专属，扔了几块骨头给国内厂商。

古睿知道，敲开A公司大门这一步，必须走，而且，A公司规定，首次投标最多只能投其总量的百分之三十，这就意味着，量也有限。微乎其微的利润空间再加上有限的量，这就好比一个小脚女人偏要跋山涉水去牵心上人的手，卑微而又艰难。但是，古睿想：谁让她爱他呢！

想到这儿，古睿清了清嗓音说："为了公司可持续发展，为了优化公司的产品结构，为了优化公司的客户结构，从现状出发，我决定，我们公司按最低限价报价。先抢占市场，利润的问题，下一步再考虑！"

四

在见到古睿前，何芳洁在心里想：古睿，当年那个致使榕镇中学校花李凡"早恋"的少年，他到底有多坏呢？

何芳洁更想知道：李儒，不！李锐，会不会是外婆家的亲人！

何芳洁的母亲一直固执地认为——母是"源"、父是"根"，没有源，根终将枯竭，何芳洁的母亲希望女儿能寻找到外婆失散了大半个世纪的娘家人，为子孙后代找到"源"，从此，为有源头活水来，子孙后代繁衍生息。

现在，总经办的小梅把何芳洁领进了深圳振华科技园的生产车间。小梅是一个漂亮的"90后"姑娘。一路上，何芳洁问了许多让小梅这个"90后"听起来匪夷所思的问题。

何芳洁问："公司有为工人安排住宿吗？"

小梅答："有啊！"

何芳洁问："几人一间？"

小梅答：“工人六人一间，工程技术人员和管理人员是四人或二人一间。很多人都选择不住宿舍，自己出去租房住。”

何芳洁再问：“为什么要自己出去租房住？”

小梅答：“自由啊！咱们又不是木头人，为什么要二十四小时待在厂区里？”

何芳洁越问越不着边际：“你们可以用发热管吗？我是说，你们，有热水冲凉吗？”

小梅茫然地摇摇头，“何老师，发热管是什么东西呢？我们怎么会没有热水冲凉？”

这时，一位工人从她们身边走过，笑着说：“有的啊！热水器、空调、洗衣机，是宿舍标配。”

这是一个全自动生产车间，数千平方米的车间里，几乎见不着一个人，而生产却在有序进行中。

小梅把何芳洁领到一台押出机前，跟她讲解裸铜、胶粒合二为一，一次成型电源线的原理。

“这就是工业智造？”何芳洁好像是在问小梅，又像是在自言自语。

“这是从德国引进的全自动生产线。”小梅更是答非所问。

“嘿嘿，看来何作家是内行人！”是古睿的声音，不知什么时候，他已经站在她们身后了。

何芳洁摆摆手，“不敢不敢！古总，我想听您谈谈当前企业在自主研发、创新方面遇到的困难与问题。譬如：你们这个车间，这条德国引进的全自动生产线，它所带来的经济效益、市场竞争力……”

古睿说：“这个啊？市场已经严重饱和了！看上去很高大上、

很智能，没错，你大概也看出来了，你大概也在感慨——高大上的是人家德国人的设备，我们用已经失去了市场竞争力的产品，为外国企业昂贵的工业全自动生产线买单！你是不是也跟我一样惶恐：这种拿来的生产工艺，是温水煮青蛙？”

何芳洁笑笑，“我一知半解。请问古总，这是你们振华科技的主业吗？”

古睿张了张嘴，他听出了何芳洁语气里的担忧。这是外行人对内行人的担忧，他的心头升腾起一阵感动。他有话想好好对这位不速之客说，尽管今天这个老婆介绍来的不速之客，跟他们振华科技半毛钱的关系都没有。他原本想说：这不，你进门的时候也都看到了，公司院子里停了一溜儿的私家车，而这些私家车的背后呢？是一个个家庭的车贷、房贷、个人信用贷；是一个个要生活得好，想生活得更好的家庭。这还不包括那些没买车没买房，等着拿钱回乡下还建房欠款，等着供养老人小孩的外来工呢！收入预期，不都被老百姓们以各种方式，不约而同地透支了吗？而这些钱从何而来？从市场中来。作家呀！既然你都想好要写我们了，要关心我们了，就要写好、写透！我们也想通过你们作家生花的笔，传递我们的声音：物价涨、涨、涨何时了？订单毛利降、降、降何时休？对于我们这种经营管理上既受体制的条条框框约束，又要向市场讨生活的国有企业，比民企、外企更困难！

但是，他今天的心情实在糟透了，他想到了A公司，更联想到了主管A公司的那帮“官僚”，想到自己带领团队努力了这么多年，却被“官僚”所忽悠，话到嘴边，就变了味儿：“市场，都让龟孙子们给做坏了！就譬如，A公司今天网上面向全球招标，最高限价都没有利润，还要不要产业链中端的企业存活下去？”

何芳洁说：“古总，你的意思是——赫赫有名的 A 公司，也来挤压产业链中端的市场利润吗？我听你太太说，古总你为了拿到 A 公司的优质订单，早在三年前，就已经与清华、北大、浙大、中科大、哈工大等一流大学开展‘产学研’合作，公司不惜重金挖掘和培养研发人才。眼下，你们已研发出达到国际顶尖水平的、可以应用到 A 公司核心技术上的元器件。你跟妻子说你们振华是国内唯一可生产 A 公司该高端配件的企业，目前该产品供应商是美国某大牌企业，毛利率是百分之六十，如果振华能取代这家公司，别说百分之六十的毛利率了，就算是百分之二十的毛利率，都不得了，到那时……”

古睿的远山眉挑了挑，“这娘们！啥都跟你说了？好吧，我承诺了到那时候，就去理疗身体——”他艰难地往上抬了抬手臂，自言自语地说，“这手，真不行了！”

被古睿这么一说，何芳洁的心柔软了一下。但是，她想到了李凡，那个很有可能是她亲表姑的姑娘，想到了母亲心心念念的“源”！于是，她狠了狠心，对眼前这个敬业的男人说：“古总，我想知道，李凡为什么会给你写信？为什么那封信全校女生都知道是为你而写的，而你却蒙在鼓里？你有那么迟钝吗？”

古睿愣住了，良久，他才吐出三个字：“你是谁？”

何芳洁说：“我很有可能是李凡的表侄女！李儒，义成村那个不知来自何方、老帅的男人，那个身板铁塔般的男人，很有可能是我外婆的亲弟弟！”

古睿问：“你……”

何芳洁说：“我是那个心比天高命比纸薄的大资本家小姐的

女儿的女儿。李凡，她很有可能是那个大资本家唯一的嫡亲孙女！她的父亲，那个老帅的男人，对！他是国民党的逃兵。但他还有一个更重要的身份——他是抗日英雄！”

这时，古睿的手机响了，他接完电话后对何芳洁说：“对不起，我要走了——集团来人了。约个时间，我来回答你的所有问题，好吗?”

“古总，我还有个问题：A 公司百分之六十毛利率的业务呢?”

“那个啊？还是……依然是外企专属！”古睿说着朝车间门口走去。

这时，两人已经走到了车间门口，他们的头顶，是公司的 LED 电子屏幕广告牌，它正在推出字幕——热烈欢迎集团公司领导莅临我司指导工作!!

古睿瞥一眼知趣地跟他们保持一定距离的小梅姑娘，压低了声音说:“说来话长，这样，另约时间，我回答关于李凡的问题。”

这时，公司的 LED 电子屏幕广告定格在——振华，一直在领跑!

五

古睿走进自己办公室的时候，徐总已经站在落地窗前等他了。这个落地窗正对着一车间大门口。

徐总问：“小古，还扛得住吗?”

古睿答：“越来越难，死扛。”

徐总说：“小古呀！记得我把这副担子交给你的时候，我怎么说的？”

古睿说：“您那时候说，企业盈利能力决定企业家的地位。”

“对！做企业没有利润，球都不是！”罕见徐总讲粗话。这种粗话他也只敢跟古睿这种最放心的下属讲，在上级领导国资委那儿，他屁都不敢放一个。

古睿说：“老领导，既然您都这么说了，我也就不怕跟你吐槽了，我们的创新有用吗？我们历尽千辛万苦研发出新产品，我们是唯一达标 A 公司的顶级配件的中国企业，但是人家 A 公司就是不给我们机会。肥块，依然是外企专属。且不说什么支持民族工业吧，讲现实一点，他们 A 公司就不怕人家外企继‘中兴芯’之后，再来一拨‘A 元器件’骚操作吗？到那时，最先死火的是谁？”

徐总拍拍古睿的肩，“小古呀！你还真不把我当领导了？也不怕我撤了你的职，什么话都敢讲？！”

古睿心里想：撤职，撤职我老婆就高兴了。但他嘴上却说：“徐总，我盼您来，盼星星盼月亮般哇！你可别……”

徐总严肃起来，“小古，我这次来，带来两个消息，一个好消息，一个坏消息，你想先听哪一个？”

古睿说：“先听坏消息吧。”

徐总就说：“坏消息是，集团决定，如果今年你们振华还是不能完成利润指标，董事会将由股东们投票决定你的去留问题。”

古睿说：“我准备好了。好消息呢？”

“好消息是——A 公司现在有意与我们集团战略合作。也就是说，振华可望全面敲开 A 公司的大门了！但这需要时间，也许很快，也许要等到明年。”

古睿说："我明白了，如果很慢，我就准备走人了。"

徐总说："小古呀！难道没有 A 公司恩赐增长极，我们就不活了吗？1995 年我们是怎么过来的？那时，对了，我那时还给你下了个死任务，暂时放下工作，去追女孩子，去谈恋爱。结果，不就爱情事业双丰收了吗？对了，小涂现在还好吧？十多年没见过她了，你这果然是珍藏版！"

这时电话响了，古睿犹豫了一下，选择了"拒绝"。

电话再来，古睿再犹豫了一下，又选择了"拒绝"。

徐总笑意盈盈地看着他，"谁啊？"

古睿说："还有谁，小涂呗。"

徐总说："小涂，多好的一个媳妇儿，永远默默地站在丈夫背后。"

古睿说："还好吧，这娘们儿小事糊涂，大事还算拎得清。"

六

何芳洁望着古睿远去的背影，心里打鼓：这个男人，他对妻子的爱，几分是真？几分是假？

"何姐，我们去二车间吧，然后去三车间。您刚才说，想看铣床和火花机。铣床有很多种，有全自动一次成型的，也有半自动的，不知您要看哪一种……"

何芳洁发现小梅讲话时没有看着她，而是看着古睿离去的背影。也不知为什么，何芳洁联想起当年榕镇中学那个被爱情耽误了大好前程的女孩，脱口而出来了一句："小梅，你认识毛毛吗？"

小梅愣了愣："毛毛？毛毛是谁？"

何芳洁意识到了自己的唐突，但又不甘心，于是，换了一种方式来试探：“小梅，你有男朋友吗？”

小梅说：“没有啊！”

何芳洁说：“没有呀！大姐给你介绍一个好不好？你要什么样的？”

小梅说：“我要找古总那样的，又高，又帅，又儒雅，而且，还要像他那样，特别爱老婆。”

真是说曹操，曹操就到，何芳洁的手机响了，是涂芳芳，涂芳芳问：“见到我家老古了吗？他是不是跟你在一起？”

何芳洁说：“刚刚在一起的，听说是集团公司领导来了，才离开。”

涂芳芳说：“我说呢，又是工作，电话都不接！他女儿找他。”

何芳洁就哈哈哈了一下，把电话挂了。转而，她对小梅说：“小梅，你们古总这种男人，可遇，不可求！再说，每个款款深情的背后，必定有他不为人知的心酸。你看你们这厂区小花园里，开满了栀子花，爱情，如果可以，谁不希望，它如栀子花般芳香美丽又纯洁！”

七

等到送走了徐总，古睿可以闲下来浏览一下手机微信短信息，并打算回拨妻子涂芳芳的电话时，发觉已经是多此一举了！原来，一大早，古小凡已经在微信“群聊一家人”中冒泡：爸爸，我想请教您一个问题。

大约半小时后，涂芳芳在群聊中@古小凡：女儿，什么事啊？找爸爸？妈妈可以帮到你吗？

古小凡：很重要的啦！我要找爸爸。

涂芳芳：我打过两次你爸爸的电话了，不接！急死人了！听说是公司领导来了。

古小凡：哈哈哈，好委屈。妈妈别急。其实啊，也没什么大事情，就是学校要发展我为入党积极分子，我爸爸不是优秀共产党员吗？我想跟我爸聊聊，加深对党的认识。

看到这，古睿的心里乐开了花。他给女儿语音留言：小凡呀！爸爸祝贺你！前些天，爸爸正好有感而发写了一篇悼念你爷爷的文章，爸爸现在就发给你，算作爸爸回答你为什么要入党这个问题，好吗？

旋即，古睿往“群聊一家人”发来一个 Word 文档——《活着》。

涂芳芳紧跟着发上来一个微笑的表情包，然后，也发上来一个微信电脑版文件。

涂芳芳：女儿，这是你填报高考志愿时，你父亲写给你的《成长》，你也再读一遍。

成　长

小凡：

这几天，我们几个人（我和你、你妈妈）心中，想必都有一番挣扎、翻腾。仔细思量，十八年来，我和你谈心交流确实太少，心实惭愧，这与我的智商、情商不高有关，也与我的性格养成、人生经历有关。为此，我们确不应该苛求于你。今天和你谈谈成长，算是一次交流探讨。从你出生开始至今，我和你妈，还有爷爷奶奶外公外婆家的亲人，都对你关怀呵护有加，这是你令人羡慕的幸福，若以今日之话题——成长来看，对你的人格锻造、性情修炼，又是一种缺憾。当然，在中国这种传统伦理社会，又是必然，是非曲直俱已过去，如今你已经成年。回想起你那句“除了新疆西藏，其他地方都能接受”，以及在包括“一本”选择等其他一些事情上的坚决态度，细想之下，我觉得，确实该放开对你的束缚，让你去体会展翅的惬意了。在大力支持和鼓励的同时，又不得不提醒你，决心后面一定要有毅力、耐心，不沮丧、不后悔，迎接风雨洗礼的准备，这尽管很难，我们很多人都做不到，但你选择了，就要一点一点去改变、去积累。其中，最最重要的是信心，信心就是心态，要不遗余力地去调整心态，你心里坚持了，就一定会有回馈，而信心是拼搏的强大动力。这些话听起来是说教的大道理，但确实是真理！

话说回来，这次补录时，你既然有决心自己去选择，就不用考虑太多，去内蒙古都可以，兰州为什么不行，那也是省会城市，中国科学院的许多研究所都在那里，而兰州大学是响当当的名牌大学，我支持你去报，还有其他西北地区的重点大学也要去搏，农林大学可作为保底。其中，西北农林科技大学最有名，中南农业大学次之，东北林业大学也是林业大学中的翘楚，平行志愿完全可以由高到低填报，要知道，补录时，大家的分数都不高，你的分数没有劣势。把你的信心填进去，把你的成长填进去，把你的未来填进去，用你的智慧，为你的成长，任性活一回！

活　着

女儿在一周前，就跟我说起父亲节，过后并没有在意。父亲节到了，女儿的祝福、电视、微信里的信息，让我的胸腔，似乎被撞击了一下，已在天国的父亲面孔，在脑海里浮现出来，尽管父亲去世时已过九十高龄，尽管父亲在病痛期间，对人们“这么大年纪了，还有什么看不开”诸如此类的劝慰，表现得很洒脱，但是，在父亲的脸上，我真切地看到了他对人世的留恋。在父亲的弥留之际，我赶到父亲的床头，他抱着我语焉不详地哭诉着一些“后话”，我真切地感到了生命的无奈。

新中国成立前，父亲是要饭的，是共产党、毛主席让他这样的文盲、穷苦人翻了身，当上了新政权的公社书记，日子一天天好起来。因此，“布尔什维克味”倔强地浸淫了父亲的身心，无论何人，在父亲面前诋毁共产党、毛主席，那是绝对要受到父亲的反击的。父亲读书不多，说话有点结巴，争辩不过时，父亲的结巴就更重了：“你、你、你、你们这是忘本。”父亲梗着脖子，面红耳赤。父亲的心地单纯得像一块铁板。那年，带父亲去香港，一生节俭的父亲，不肯坐的士，让我无意中熟悉了香港的每一条地铁线路。在“回归纪念碑”下、在“紫荆花”前，父亲出乎寻常地换了多个角度照相。回到深圳后，父亲一个人在外转悠了一整天，我们既着急，又奇怪，这个城市他不熟悉，且年纪大了，怕他走失，但又不知到何处去找他。晚饭时，他却安然无恙地回来了，询问过后，才知道他找照相馆，洗相片去了，为了价格便宜，居然找了六七家比较。我对父亲说，要洗相片，我帮你呀。“你、你、你不懂怎么洗。”父亲支支吾吾。等相片洗好拿回来后，我似乎懂了，又不太明白，两大包相片，有回归纪念意义的两个地方，分别加洗了几十张，而有的风景照，压根就没洗。第二天，父亲改变计划，提前回了老家。后来，我听说，父亲给每一位熟悉的人都送了一张照片，仍是没有送完，就给一些本不熟悉的人也送了。我终于明白，这是父亲，一个“老布尔什维克的荣耀”，尽管有点“孩子气”，可叫人莞尔不禁、唏嘘不已。

那次，看到父亲日渐苍老的容颜，我问他：“还有什么心愿吗?”“想去看毛主席。”父亲毫不迟疑，“去毛主席纪念堂!”“好，我们去。”这样，在父亲八十四岁之时，我们到了北京。在毛主席纪念堂外，在斜风细雨里，父亲买来了两束鲜花，以他病弱的身体与我们一起排了两个小时队。在经过毛主席遗体前时，我瞄了一眼父亲脸上的虔诚。

随着年龄增长，我逐渐理解了父亲，父亲最喜欢我陪他去公园散步，父亲喜欢听我讲一些长中国人志气的国内外大事，每到这时，父亲晃晃肩，总是一句：“中国人，不嗦！（方言：不差的意思）”那神气，好像事件发生在他身上。

2015年9月，父亲已经到了生命的最后时期，趁着纪念抗日战争胜利七十周年放假，我回到父亲身边，第一件要紧事是把“9·3阅兵”的录像视频放给他看，不无炫耀地讲解：“这个导弹，世界上独一无二，可以打四千多公里，是航空母舰的克星……”父亲的脸上已看不出表情，但眼睛，在闪烁，在附和：“中国人，不嗦。”

父亲的一生，没有轰轰烈烈，但我相信，父亲一定明白活着的意义，听着儿女的祝福，看着孩童的嬉戏，我看到父亲雨中门前的翘首盼望，看到父亲送我们上了公交车后迟迟不肯下车离开的情景，看到新闻里这个世界不断离去的逝者，在天堂里踽踽独行，前贤对那个“背影”早有定义——“父亲”，他一直在儿女的祝福里活着。

这天晚上，一家人视频聊天后，古睿就早早地睡下了，他太累了，为这么个期待已久的A公司招投标项目，他身心疲惫。睡前，他想起了上午自己在会上把A公司比喻成“一个少年追求到心仪已久姑娘而心上人却已心有所属”时，他苦笑了一下。然后，他又想起老领导的话：没有A公司的增长极，我们就不活了吗？这话听着解气、打气。这么想着的时候，他把手搭在妻子平坦的小腹上，暗示自己今晚依然是力不从心，然后沉沉地睡着了。

小凡的手，拉着他的手，来到了美丽的大学校园，穿过大学主楼前方的将军林，穿过丁香花园，走过学术成就展示区，小凡说：“爸爸，我带您去迎泽公园吧！那里，有两株网红西府海棠！花期正旺呢，您来得果然是时候……”

叮咚、叮咚……床头柜上QQ短信持续提示的声音，惊扰了他的梦，他醒了，妻子涂芳芳也醒了。

他问：“什么声音？”

古太太答：“是女儿，一份份资料甩到我QQ上来。”

他半嗔半怒：“深更半夜的，小凡还在玩游戏？又是开心消消乐？”

古太太说：“你……武断！”

古太太在QQ会话框中输入温馨的文字：“女儿，还不休息呀?!”

千里之外，小凡在电脑键盘上输入了如下文字：妈妈，我在做实验报告，你不用管我发的东西。

古太太心领神会，常常，女儿为了提高收集整理学习资料的效率，电脑手机双运转……

古睿问："搞什么鬼？我好不容易睡着，我还梦见丫头领我去了迎泽公园，好好个梦，给吵醒啦。"他这么说的时候，伸出左手要拿手机，但他发现右手扬不起来了。他喃喃自语："唉！这手，用鼠标用得，不行了！"

涂芳芳说："麻木了吧？看你再拼命！"

第二天是周六，晌午时分，古睿难得在微信朋友圈中冒泡，转发了一个搞笑抖音，画面上，一条卡通龙肢体语言丰富，画外音：突然好想去放牛，没有压力，没有江湖套路，以我的智商，只放一头，多了我也数不过来。它吃草，我在它身上睡觉，它丢了，我也就丢了。

半小时后，女儿在抖音下方发问：爸！啥情况？

他回复女儿：小凡，没事，爸爸只是偶尔负能量一下。

陈大凯也注意到了这个搞笑抖音，陈大凯打来电话，关切地问："遇到了什么困难？"

古睿说："没事，就是太累了，想歇一歇。"

许多年前，因为官场上有陈大凯这样的好同学，而古睿本人恰好又是综合型人才，因此，在古睿面前，原本有千条万条路可走，他可以到政府部门去，也可以到金融、证券、地产等行业里去，但是，他一次次婉拒了大凯为他提供的再择业机会。他义无反顾地坚守着工业制造。

第六章　风起迅达

一

何芳洁从振华科技园采访出来后，又上了地铁 11 号线。这一次，是福田方向。在深圳机场，她犹豫了一下，她想下车。她发觉自己现在最想干的事情不是去珠海找秦志远和李丽丽，不是去苏州找史小山，不是帮助古太太找到“毛毛”和林俊，而是，要飞青岛，要采访 A 公司掌门人！她想问问 A 公司掌门人：为什么不是振华科技？为什么依然是外企专属？

坐在车上，一站一站地过，她纠结了，犹豫了：A 公司的门，古睿都还“摸不着”，你一个小作家跑去质问？屁话！

地铁车厢的门，在她的犹豫中，关上了！她最终还是按原计划，合理安排时间，碧海湾站下车。她的目的地是西乡。

自从接受涂芳芳的委托后，连续数日，何芳洁以各种方式在作家圈子里找林俊，但终是没有收获。然而，有一天，她在整理陈年报刊时，无意中在多本杂志上发现——作者：林俊。

何作家惊讶而又兴奋。她想：得！会不会就是这个林俊啊！她赶紧给涂芳芳打电话。

涂芳芳俏皮地说："这个啊，没有用！这都能找到，我还跟你说吗？嗯，对的！那时候啊，他写的小说呀，多了去了。他还会写诗，都很好。读者来信、约稿雪片般纷至沓来，堪比现在的网红。我啊，我呀，他雇了我帮忙誊抄稿件！"

何芳洁听着，出了一小会儿神，她似乎懂了。因此，她半开玩笑半认真地说："哈哈哈，他雇你帮忙誊抄稿件啊？简直是一拨骚操作！"

对方沉默着，何芳洁觉得，丝丝忧伤的气息又或者是无从表达的思念，就从这沉默中，炸裂开来。何芳洁仿佛看到，那个叫涂芳芳的女子，那个皮肤像玻璃一样通透明亮，笑容像甘蔗汁般甜蜜的女子，哭了！她哭的样子越发的楚楚动人。何芳洁甚是好奇——她那双湖蓝色的大眼睛，为什么迷不住那个林俊？林俊，终是在她的芳华岁月里走丢了！

想到这里，何芳洁便对着手机说："可以问你一个很私人的问题吗？"

涂芳芳："你说。"

何芳洁："为什么找他？"

涂芳芳："他欠我人工。"

何芳洁越发感兴趣了："他是谁？"

涂芳芳："一个人间蒸发了的家伙。"

何芳洁："很帅，很有才华，对吗？"

涂芳芳："嗯，他长着一双大长腿，喝酒时写诗，喝茶时写小说。文科思维理科专业。”

何芳洁：“嗯，我似乎懂了——他是在你的芳华岁月里走丢了的心上人，对不对？”

涂芳芳沉默良久，然后挂断了电话。

二

林俊其实不叫林俊，他的名字应该是陈瀚。林俊这个名字是他在南头检查站花三百块钱连同边防证和身份证一起买的。

陈瀚那时候是洞庭湖边那座城市一家工厂的技术骨干，是未来副厂长的人选，他二十三岁那年，认识了一个经营服装的女个体户李蓉。那女人比陈瀚年纪大，不过那女人充满精明强干的活力，不用打扮也是个像模像样的人儿，所以大男孩陈瀚便倾慕上了她。

爱情的蓝图是和经济的梦想构筑在一起的。已成小富的女人不断地给陈瀚上发财致富的哲理课，终于让他某一天同意了她的想法：去广州做一笔大的生意。资本两人各出一半。女人的资本是现成的，陈瀚的资本却要冒险去筹得。他向厂里要求去河南催收贷款，厂里正有无数的销货款难以收回急需人员催讨，于是同意了他的要求。陈瀚去了河南将近半个月，他将收回的货款没有转到厂里的银行账户上，而是转到了那个女人的私人账户上，总共将近两万块。他不敢回厂，而是直接与那女人带着总共四万块钱的资本南下广州。他们计划进一批时装然后进一些进口的旧衣服运回去。旧货虽然冒险，但是转手就利润很高。李蓉打听到批发旧货的地方是一个很隐秘和偏僻的地方，他们揣着钱提心吊胆地绕过许多小巷，又横过铁路进入一间阴暗潮湿的地下仓库，里面堆满了各种走私货，包括按重量一堆一堆计价的廉价电子手表、打火机和成包成包的春夏秋冬、红蓝绿黄不知是活人穿过还是死人穿过的旧衣裤。陈瀚正想问怎么一个人也见不到，就见一块东西向自己兜头罩来，他刚想挣扎叫喊就感觉到挨了一闷棍失去了知觉。

醒来时的陈瀚发现自己倒在一段铁路的路基下，他第一反应是摸腰里装有几万块钱的腰包，空空如也，他顿时吓得魂飞魄散。他跌跌撞撞才走了几步就发现李蓉那女人也倒在不远的地方，衣衫不整。他急忙跑过去摇醒她，关切地问："他们把你怎样了？"李蓉一个劲地流泪。

"我挪用了厂里两万块钱，现在全部没有了，按我的工资再挣十年也还不了，怎么办？"他说。

"我的本钱也全贴上了，回去说不定连服装店也要卖掉。"女人说。

去报案？那帮兔崽子一定早跑了，还会等着你去抓他吗？怪谁呢？女人还在嘤嘤地哭。陈瀚心乱如麻。四万块钱可不是小数目，如果厂里追究他挪用与盗用之罪，坐几年牢已经够格了。

"我根本回不去了，回去就会坐牢。"

"那怎么好？我又没有力量帮你还钱。"

只是一闪的幻想破灭了。

"我送你上火车去。"

"那你去哪里？"

"你别管，如果别人问起你只说没有见过我。"

"如果我要找你呢？"

“你不用找我，也找不到我。等我有能力还掉厂里那笔债时，我自己会回来的……”

陈瀚来到南头关口。他知道深圳这个地方是个奇迹，是很多人白手起家的地方，所以他决定闯进深圳搏一搏。

他的所有证件已随那装钱的腰包一起消失了。不过即使没有消失，他也不敢用陈瀚这个名字，他担心被追查。他在南头检查站徘徊的时候买了套连同边防证一起的身份证，花去了他手中仅有的钱。也就从那个时刻起他变成了林俊。

林俊系着领结穿着马甲立在这面墙镜前。他感谢中餐部的女经理没有审查他的证件却仔细审查了他的容貌，对于他如饥似渴的求职申请她很爽快地告诉他，酒店可以给他一个职位：侍者。

林俊把马甲的下摆扯平力图使自己保持精神，但是他一低头看到手中正在摆弄的面巾纸就变得心灰意懒。

“请洗手。”他拧开温水龙头，水哗哗流在客人的手上，像林俊心头的泪滴落。

“请用纸巾。”那男人接过纸巾，粗略地擦了一下双手把已揉成一团的东西又丢给了林俊。林俊捧着这堆东西望着那人推门走去，说：“请走好。”

准确地说林俊是卫生间里的侍者。当然，酒店的洗手间不会像大街上的公共厕所那样臭气熏天，这个侍者也就比公厕门口收费的老头老太要高级一点。但尽管如此，如不是实出无奈，谁又愿意去厕所里面站岗值班？

中餐部的女经理用微笑的眼光和鼓励的语气跟他解释：“其实侍者中只有这个位置最有油水。你可以收到不少的小费，而我们是不可能查证的，所以全额归你，因此你的底薪不高但收入并不低。”

其他的话林俊都没有记住，唯独有小费这句话对他产生了吸引力。他需要钱去为他的一次错误赎罪，而他已没有选择工作和环境的权利。他还计算过，他熟悉的人能有机会走进这家酒店而又刚好走进他所服务的这间卫生间又能从穿戴整齐的外表下认出他的概率几乎为零。这刚好符合了他当时想逃避的心态。所以他努力使自己保持一副全心全意为客人服务的精神面貌，他每天哈腰敬礼的次数和重复那几句用语的频率越来越高。但这并不能证明他的小费会成比例地增加。他细数一天小费的时候总在想李嘉诚有没有当过建筑工？包玉刚有没有干过装卸员？而希尔顿是不是也做过侍者呢？

午夜下班回到住处，他总在自来水龙头下冲那么十来分钟。其实他的身上只有一种来自纸巾和空气清新剂的淡淡香味，但他一直怀疑里面夹杂着厕所的臭味，所以他拼命地冲洗。

怎能洗净心灵的自卑？

但是他又很快自己告诉自己，自己是一类高等动物——人。

他的腰便像得了骨骼硬化症，从此难以弯下去。跟他的客人道别他也只能把头点点，腰总是硬邦邦的。对有些他揣摩着不会掏小费的人，他干脆就省了点头，说一句让别人莫名其妙的话：“Bye-bye，欢迎下次再来。”

厕所这种地方，再美也是厕所，不到万不得已，谁愿意下次再来？

因此他的小费越来越少。

黄老板的出现改变了林俊的一生。

林俊是在临下班收拾卫生间的时候发现那件东西的，那是一个黑色的真皮手包，里面有三千多港元，还有一张香港身份证和回乡证以及一沓名片。林俊心中一喜，三千港元虽然不多，却相当于他在卫生间里服务几个月。他揣紧了那个包。可是，如果私吞了这个包岂不是一罪未赎又欠一债——人的良心债？他又翻了翻那包，里面的证件证明失主姓黄，是香港一家公司的老板。他想这个人没了证件一定回不了香港了，说不定会倒回来找。林俊被自己的思想折磨了一晚，第二天的上午他按照名片上的电话号码拨通了电话。证实听电话的人是黄老板后，林俊问："黄先生您昨天晚上丢了一个包是不是？"电话那边一阵声音。那位黄先生昨天跟朋友喝多了酒被送回酒店，现在还在蒙蒙眬眬中，听说丢了东西，慌忙查找核实，"是的，我丢了一个黑色手包。"

"里面的东西你还记得吗？"

"有……我的证件，大约……有一些港币。"

"包在我这儿，我怎样还你？"

"你是谁？"

"我是德隆大酒店的服务生，我叫林俊。"

"那么我到酒店来找你。"

林俊不想被这位香港的黄老板在洗手间找着他，所以决定在酒店外等黄老板。黄老板坐着一辆的士来到酒店门口的时候，一下子就认准了正夹着他的黑色手包的林俊。他接过手包清点了一下东西，记不起少了什么。黄老板有些感慨地说："包里的证件对我更重要，其实你可以留下那些钱。"说着黄老板真的把那三张千元大钞抽出来递给林俊，林俊这次缩手很快，说："如果我贪钱，我也就不必还这个包给你了。"

“那你需要什么？”黄老板很奇怪地问。

“你如果真的想帮我的话，不知道你在内地有没有工厂，如果有的话，就给我介绍一份工作，我想离开这家酒店。”

三

黄老板带着林俊来到了“鸿利”。鸿利制衣厂是黄老板投资在深圳的独资企业。人一生的命运往往只是因为一刻的缘由完全改变，林俊绝对没有想到一个月后，他就被怀疑跟黄老板有什么亲戚关系的经理任命为“人事主管”。这让他有些不知所措。不过他很快就调整了心态，开始理直气壮地管那些叫作“人事工作”的活。而恰恰在那个时候，深圳出现了一个称之为“打工文学”的文学现象，似乎是一夜之间，标榜着“打工文学”的杂志洛阳纸贵。林俊读了那些“打工文学”后哈哈大笑，然后自己也捡起了那支放下已久的笔——那个叫陈瀚的大男孩，曾经是大学里的文学社社长！林俊果然一夜之间就在深圳乃至珠三角蹿红，林俊知道自己用的是假身份证，经不起邮局兑付员的火眼金睛，所以林俊投稿时一律注明：稿费由黄胜（黄老板）代收。林俊不参加任何文学活动、不接受任何媒体采访，所以，在深圳文坛，林俊神一般存在着。林俊的本职人事工作除了要每天迎新送旧以外，他打交道比较多的就是财务部。那主要是因为员工考勤和工资结算问题。新来的会计文员叫涂芳芳，大家都叫她“小芳”。这让人马上想起那时候火遍大江南北的李春波的歌曲《小芳》。林俊除了写作以外歌曲也唱得不错。他在公司尾牙宴的舞台上抱着吉他唱起《小芳》这首歌，台下所有人包括黄老板都在看向涂芳芳起哄。这让“涂芳芳”这个名字一下就全厂皆知。当然，涂芳芳也足够了解这个叫林俊平时并不多说话还有些忧郁的男人。

林俊有时候在加班时间写稿子黄老板是知道的。当有人投诉林俊在工厂干私活的时候黄老板说有本事你也去干，只要你写的东西能发表。黄老板心想，我工厂有一个打工作家是公司的骄傲。

林俊用铅笔写稿，通常一晚上他就可以一气呵成一篇万字小说。在小说里，林俊总喜欢用第一人称“我”作为主角，这让很多读者都以为每个主角就是林俊自己，因而也搞不清楚林俊到底是什么类型的人。“他”会被不同的读者爱上。

那时候没有电脑写稿。涂芳芳因为字迹工整，如同字帖账本，她帮林俊抄了不下10篇小说。作为林俊作品的第一个被感动者，让涂芳芳也分不清自己是爱上了作品里的主人公还是爱上了现实生活中的“林俊”。林俊也陷入一种怪圈，那就是写出的所有东西都要问一下：“芳芳，行不行？芳芳，行不行？我这样写你有感动过吗？”那个时候，他心中一直还陷入深深的烦恼——其一，他承诺了等挣够钱，回去还债，娶李蓉。这种思想的出轨算不算对李蓉的背叛？其二，黄老板私下告诉公司的所有男性管理人员：这个小芳姑娘谁也不能动！她是一位领导的亲戚，这只不过是她初到深圳的一份临时工作，她最终要到机关里去，冉不济，也会到旱涝保收的国企里去，她跟你们不是同路人。但是，林俊发现自己不可遏制地爱上了她，她的娇俏、任性、小脾气，无不令他着迷！他愿意每一天每一秒，都浸润在她甜蜜的笑容里，那是如甘蔗汁般纯粹的甜！于是，他以雇请她誊抄稿件的名义，与她建立起了“非常”的雇佣关系。用现在的话来说——就是一拨骚操作，借口足够冠冕堂皇。而“小芳”好像也很在乎这份兼职，总是在抄完了一篇作品后问：“还有吗？”似乎不知道早过了加班时间。

四

林俊终于积攒到了两万块钱。他对黄老板说：“多谢您把我带到这个厂，给了我这么好的工作，还帮我代收到了那么多稿费。我本该一直做下去，但是有一件关系到我一生的大事需要了结，所以我要辞去工作。”黄老板似乎早料到林俊有什么事瞒着他，所以一点也不意外，“你既然有自己的大事需要了结，你就去吧。不过，了结之后你还会回来吗？”“也许，不过回来的将不再是林俊。”林俊有些歉疚地说。黄老板竟不深问。

对！他不是林俊，他是陈瀚。陈瀚原来工作的那家工厂的厂长没有想到陈瀚会带着两万块钱回厂主动销账，这让他感慨，他不仅没有追究陈瀚当初挪用公款的责任，还说他是其他业务人员应该学习的榜样。陈瀚感激不尽地对厂领导说：“对不起，多谢了，对不起，多谢了。”这让他想起了当初在洗手间里重复的那几句话：“请洗手”“请走好”。但是此刻的感觉是从没有过的轻松。他走出工厂的大门向城市走去，他现在需要打听的是那个女人李蓉的消息。他要去找她，告诉他虽然自己已经喜欢上了一个笑容像甘蔗汁般甜蜜的姑娘，但是，那仅仅是心灵的出轨。他也应该痛痛快快地告诉她自己终于获得了心灵的自由，还应该问问当初广州遭劫后她回来后的经历。

“李蓉哦，她现在不错，在城北闹市区开了一家很高档的时装店。”旧时的朋友对他说。“什么时候开起来的？她原来不是在桥下市场租的摊位吗？”“早换门庭了。听说她三年前去广州做了一趟生意，发了一点小财。”

“三年前？”三年前不正是他与李蓉去广州做生意几万块钱遭劫的时候吗？那女人怎会回来发起财来？难道她遇到了奇迹？陈瀚越想越不对，莫非女人设了一个圈套，自己三年前就做了圈套中人？这想法让他痛苦难受，他拔脚向李蓉现在的时装店走去。这座城市几年不见，原来也变化很大，过去清冷的城北真的成了闹市。在一排崭新的临街门面中，陈瀚远远就看清了那块“蓉美时装店”的招牌。他走动的脚步忽然迟缓下来，心里如一座矛盾的火山。见到李蓉怎么说呢？问她是不是狠心的女人？如果李蓉真的是骗子，她又怎会承认那一切？这本就是一笔糊涂账，非得要把自己已然平静的心再搅得起伏难平吗？如果不是问罪，这女人既然能够很快从金钱的失落中找回一切，当然也会很快从感情的失落中找到新的替代。叙旧能得到什么呢？往事既然如烟，就让它随风吧。陈瀚走过那个“蓉美时装店”，侧目看到那个仍旧未老的女人正笑容满面地与顾客谈生意。他没有跨进去，而是继续向前走过了这个门面。一切都留在了身后，包括本想重拾的根与爱。他想起了那个为他誊抄稿件的女孩，想起他还欠着她一百元“人工”。离开深圳时，他没有跟她告别，也没结清“人工”。他这才发觉，潜意识里，他就没想过要跟她分开，没想过要跟她明算账！他想，见到黄老板时，他要严重申明：我不叫林俊，我叫陈瀚。我是将军的儿子，我最终没有抹黑老爷子的脸，做一个堂堂正正的人。我是红二代，是天之骄子陈瀚，我有足够的底气跟厂里那个小会计谈恋爱，哪怕她是深圳市某位领导的外甥女。

因为需要补办包括身份证、学历证在内的诸多证明，陈瀚三个月后才从洞庭湖边那个城市回到深圳。黄老板告诉陈瀚：那个女孩啊？在你离开鸿利厂后不久就走了，那位市领导带着司机来接走的。黄老板塞给陈瀚一张纸条，是那个女孩的新工作单位地址。黄老板说："大学生，祝贺你！郎才女貌才子佳人，好好去享受属于你们的爱情吧！"陈瀚信心满满："那必须的，必须是——浓烈的爱情！"

为了给那个女孩子惊喜，又或者说是为了让自己配得上她，陈瀚并没有马上去找那个女孩，而是先去找工作。他现在已经不再是当年那个除了一张假身份证之外一无所有的林俊、特区盲流。他现在是"人才"陈瀚，他当然有能力找到一份不错的工作。很快，他在日本人的手表工厂里找到了一份管理岗位的工作，日本企业"能者上庸者下"的企业文化很快吸引住了陈瀚，他如鱼得水，三个月试用期未到，他已经破例连升了三级，他坐到了厂长的位置上。这时候，他想：是时候去找她了。然而就在这个时候，总部给了他一个到日本学习的机会，于是陈瀚就想：等我从日本学习回来，再找她也不迟。而且他知道，等他从日本学习回来，他就是片区经理了！他将管理几家上千人的工厂！这是一个什么概念呢？就是管理包括但不限于中国香港人、日本人在内的所有员工！陈瀚觉得自己的事业正在一步步走入"正轨"，他也就暂时放下了"文学"，也暂时放下了帮他誊抄稿件的"小芳"。他记着她的美好，记着自己"拖欠"着她一百元人工，他相信也希望自己有机会用一辈子的薪水去偿还她。

几个月又过去了，当他拿着她让黄老板转交的那张纸条去找她时，距离"林俊"失踪的时间，已经过去了一整年！在她的单位大院门口，远远地，他看到一个书卷气十足的男人，挽着她娇小的腰肢，从玫瑰花盛开的大院深处走来。她那天穿着一件蕾丝镂花紧身衫、一条拼花长裙，那个男人穿着一条米色西裤、一件白底蓝条纹衬衫。他们从玫瑰花盛开的大院深处走来，给人的感觉就是一对幸福的恋人正在跟满院的玫瑰比浓烈！陈瀚既嫉妒又沮丧，他知道，这里，已经没有他什么事了！他必须以最快的速度消失，消失在茫茫人海中，消失在她的世界里！

他脑海里留下的只有四个字：悔恨终生！

五

何芳洁自从那次无意中读了旧杂志上林俊的小说后，就怀疑自己的写作天赋了，她甚至打电话跟老公说："我不想写了，给你当全职太太，给你洗衣做饭。"吓得老公半天不敢接话，最后讷讷地说："辞职，深入体验生活，是你自己选择的。"

她当然不会告诉丈夫，她是试图解开李凡之谜，解开那场劫难之谜，然而，节外生枝，又冒出个"林俊之谜"。

何芳洁说："抖音时代，谁还惦记作家写了什么？又写得如何呢？再说嘛，人家林俊比我有天赋，人家比我写得多、写得好，但是，现在不都销声匿迹了吗？人家林俊……"

老公越听越糊涂了："老婆，你去南方，到底是想干什么？"

何芳洁说："找人！找毛毛，找林俊、找李洁，找……"

林俊小说的故事背景大都发生在宝安西乡。

林俊在小说中记录了大量西乡的人间烟火画面，包括他骑着单车，驮着一位长发飘飘的、长着一双湖蓝色大眼睛的姑娘去西乡码头看海，搂着她的腰肢，去文化站录像厅看恐怖片，趁着姑娘惊恐之际，干了许多平常不敢干的坏事，包括但不限于亲吻她那可爱的额头。

因此，何芳洁打算到西乡看看。

西乡已经不再是林俊当年笔下记录的模样。林俊笔下的西乡，是鲜活的，那时候的西乡，“三来一补”企业在这里，一张张洋溢着青春气息的脸在这里，小贩、地摊在这里，很脏很乱很热闹。而现在的西乡，林俊笔下那个人气爆棚的西乡电影院，不知何时已经改建成了社会车辆停车场，而周边的商铺，关门的关门，歇业的歇业，随处可见的“城市更新”广告提醒何芳洁，这里，正在动迁改旧！未来，人们将见到一个“高大上”的新西乡。

何芳洁感慨：西乡，再也找不到林俊笔下的烟火味儿了！

夕阳西下，暮色渐浓，何芳洁站在西乡桥上发呆，这时，老公的电话来了，老公问：老婆，想好了吗？回家当全职太太，煮饭婆？

何芳洁说：我不！朋友的朋友帮我联系了东莞迅达公司，一家民营企业，听说那个老板特别的有故事，曾经鲜衣怒马，继而筚路蓝缕，是如假包换的智能制造领军人物。我准备明天就去拜访他。

老公哈哈大笑，转而，语重心长地说：老婆，这就对了！找什么人嘛！一个有情怀有作为有野心的作家，不应被儿女情长的思维所禁锢，要把小爱写到大爱，把个人梦想，企业梦想写到行业影响，国家理想，就可以成为一部代表主旋律的有分量的作品！去吧，去吧！见到那位企业家，代我向他致敬，我想，那一定是一位像我一样有肩膀的男人。

何芳洁嗔道：什么？你倒是顺带表扬自己呢。

其时，对面西乡老街的商铺里传来当红歌手冷漠的《这条街》——好久没有走过这条街，因为我不敢触摸思念，对你我有太多的亏欠，只是没有机会说抱歉……

歌声缠绵悱恻，突然让作家何芳洁想起数月前那个蹊跷的梦。

在岭山国家森林公园，那条石板路拾级而上，旁边是茂密的树木和绿色植被，植被隐藏的浅沟上一条小溪在欢快地流淌。小鱼在透明的溪水中嬉戏，鹅卵石五彩斑斓，一对衣着得体的老年人肩并肩从山上一个欢庆活动现场出来，往山下走，而她正在往山上走。一幅巨大的海报挡住了去路，那对老年人停下脚步来，她也停下了脚步！她惊讶地发现，海报上那个女人怎么这么像一个人？她听见那对老年人很生气，男的问："谁把海报搁这儿的？"女的问："海报上那个人是谁？"这时，那老年男人的目光落在海报上，惊叫起来："李洁！"突然，从海报背后冒出一个长着一双大长腿的中年男人，他穿着一条水磨蓝牛仔裤、黑色T恤衫，显得特别精神帅气！这个男人说："不准动！海报是我摆这儿的！她是我们今天的特邀嘉宾，她在来的路上了！"

等到何芳洁见到迅达公司老板陈瀚时，惊呆了——他？！梦里的那个大长腿男人！

梦，再一次清晰起来——她想起来了，那巨幅海报的背后，是一湾水，莫非，他就是从那湾水里冒出来的？

何芳洁想：他跟我有什么必然联系呢？李洁又是谁？

陈瀚，东莞迅达电子科技有限公司副董事长兼总经理。大老板当然是他的妻子，迅达公司创始人杨似。

精工制造，匠心出品——东莞迅达电子科技有限公司的企业文化写在行政大楼的LED屏幕上，写在迅达科技园工厂的墙上、写在陈瀚的名片上、写在陈瀚的QQ、微信签名上，写在陈瀚自信满满的脸上！这是一个相貌英俊、言谈风趣的中年男人。

当然，他后来改了签名，何芳洁以为，那是为那个“她”而改的。他已经感觉得到，“她”已经近在眼前了，他再也无法躲闪。但他还没想好如何面对。出乎他意料的是——几个月后，那一天简单粗暴地来了！因此，他几乎是毫不犹豫地奔向“她”！当“她”手腕上那点粉红，那极可爱的粉红闪烁时，No.1硅表引领“她”读到的是——风起迅达，半生已是江湖；阅尽千帆，仗剑必是天涯。

陈瀚把何芳洁领进了他的企业王国，从铸造车间到CNC机加车间，一路上何芳洁饶有兴趣，边看边拍照，她甚至跟CNC机加车间一位年长的女工拉起了家常来——

何芳洁：“大姐，在这儿干了几年了？”

女工：“整六年。”

何芳洁：“月工资多少？”

女工：“讲不定，六千总是有的，多货做的月份，有八九千吧。”

何芳洁：“老板好吗？”

女工："老板当然是好了！不好，人家还开工厂？"

何芳洁来了兴趣："你的意思是，开工厂的人是活雷锋了？"

女工："可不是吗？这年头，做什么不比开工厂省心省力来钱快？"

何芳洁与女工交谈的时候，陈瀚站在远处，他东张西望，神色焦虑慌张。

何芳洁发现，刚开始，陈瀚很耐心，跟她讲解铸造与3D打印的区别，介绍CNC机加行业从十五年前建厂之初时"一把刀"（频频换刀的低效率高风险）到近年升级为"二十四把刀"一次性成型，高效率低风险的产业转型升级，介绍迅达承接的W公司高精尖元器件业务。但是，后来，陈瀚的脸挂不住了，陈瀚说："你就写篇小说而已，用得着了解那么透彻吗？是这样，不是我不信任你，而是，我也有难处。我这儿，时不时有客户方的厂监来，你这样，不行的，懂了吗？"

何芳洁一听，脸立马涨红了，她结结巴巴地说："对不起！我不知道！我上午去的振华科技园，也有……拍照！他们没有阻拦我，我就以为，拍照理所当然。"

陈瀚听着听着，表情异样而复杂，他问："是深圳振华科技园吗？"

何芳洁答："对的。"

陈瀚问："你跟他们……嗯，我是说，你跟他，很熟？"

何芳洁问："他？谁呀？"

陈瀚的脸一沉，"还有谁？振华科技的老总啊。"

何芳洁恍然大悟："陈总，您是说古睿？"

陈瀚点点头。

何芳洁告诉陈瀚，她原本并不认识古睿，是通过朋友引见了古太太，这才得以到振华科技园参观学习的。

陈瀚的表情又起了变化，是毫不掩饰的惊喜，他问："你见过她？我是说，古……我是说她……芳芳！"

何芳洁说："见过。"

陈瀚："她……还好吗？"

何芳洁发觉，陈瀚的表情极不自然，像一个小心翼翼向大人讨糖吃的小朋友，几分渴盼、几分慌张。

可能是意识到了自己的失态，他迅速调整了自己的状态，还没等何芳洁组织出更合适的词，他抢先开口了："嘿嘿，我只是随口问问。没事了没事了！走吧，何作家，我带你去智能车间吧！那可是从来没让人参观过的一个车间。"陈瀚边走边说，他的腿又特别长，步子又迈得特别快，恨不能几秒内把她带出这"惹事地带"。何芳洁看出了他的良苦用心，一路小跑追上他。车间外，南方流火的七月，阳光亮得刺目，阳光似乎刺痛了陈瀚的眼睛，他的眼里有隐约的光影，"是泪光吗？他为什么哭了？"何芳洁这么揣测着的时候，突然听到陈瀚问："他，对她还好吗？"

又回到了刚才的问题，他到底不甘心。

何芳洁困惑了：他是"她"的什么人？"她"对于他，有那么重要吗？

何芳洁不由得联想起来那天，夕阳染红了深圳湾，台风，就要来了。那个美丽妙曼的女子，坐在她的对面。想起了那女子头一低、脚一跺、嘴一抿，几分娇俏、几分任性、几分懊恼地说："何作家，我想请你帮我找两个人！"

想起那女子似乎有点小纠结，端起玻璃杯子，喝了一口柠檬水，又胡乱地往口里塞了几样食物，再捧起杯子，小口小口地喝着水。何芳洁注意到她捧着透明玻璃杯的手在颤抖。半晌，只听她说：“林俊！”

她的声音特别的压抑，貌似“林俊”这两个字在她的生命里，分量特别的重，重到她无法举起，无力承担。

想起那女子说：“嗯，他长着一双大长腿，喝酒时写诗，喝茶时写小说。”

是老公的来电打断了何芳洁的思绪，老公问：“几时回家？我馋红烧肉了。”

何芳洁当然意会老公对她的思念，她娇俏地一笑：“早着呢，下一站，我要去珠海；再下一站，我要去苏州；再下一站……”

电话那头的男人假装恼了：“有完没完！”

六

而此时此刻，涂芳芳——那个委托何芳洁在作家圈子里寻找“林俊”的女子正驾车经过西乡桥。这条路，她有多久没走过了？她记不清楚了。然而，今天，导航却把她带到了这里。这座城市给人的感觉是时时在“更新”，修地铁、旧改、拓宽马路、增设绿道，总之，总是项目在进行，在进行中。然而，种瓜结梨——这些民生工程，以利好的理由，一次次推高项目周边的房价，推高这座城市的房价！她当然也是推手之一，她认为，所有有二套房的深圳人，都是深圳市房价的推手。这个善良的女子，曾在佛前忏悔，转而，她为自己辩解：我不炒房，别人也会炒，而且，我一直一直善待租房子的人，我没有为富不仁。

夜色多么的美，
流萤无声地飞。
这两颗甜蜜的心房里，
孕育着爱情的花蕾。
夜色多么的美，
流萤无声地飞。
有一对恋人的脚步，
把这宁静的夜景踏碎。
……

每次，她从这桥上经过，就会想起当年林俊时常哼唱的这首歌。那时，他们常常从这桥上走过，去看电影、录像，去吃消夜，去逛地摊书店，去晒马路，去海边！

那时，年轻的他们，年轻的心，可曾想过，突然有一天，两个最亲密的人，一转身便成了陌路！

那夜，就是在这桥上，他嬉皮笑脸地对她说："明天，如果我突然人间蒸发了，你会等我吗？"

她说："不等！我会迅速嫁人！让你后悔一辈子！！"

他说："呵呵，敢情你这么狠？"

他们都以为对方在开玩笑。

敢情，却是真的！

七

而在东莞迅达科技园，何芳洁挂断电话后，才猛然发现，陈瀚站在离她不远不近的地方，正饶有兴趣地看着她，何芳洁迷糊了！他是谁？林俊？林俊！何芳洁脱口而出："林俊！"陈瀚没有回应她，依然饶有兴趣地看着她。何芳洁问："陈总，你怎么啦？"陈瀚不说话。何芳洁又说："你是林俊！你是在涂芳芳的芳华岁月里走丢的那个林俊！对不对？"陈瀚终于张口说话了："你都用了感叹号，这还需要问我吗？我还知道，今天上午，你坐的地铁 11 号线，从她家门前经过！而我，偶尔也会站在阳台上，眺望她！开车经过她单位门口的时候，也会……想起她！"何芳洁说："你爱她！你还在悄悄爱着她！对不对？"

陈瀚说："你刚才打电话的语气、小动作，极像她，可真是娇俏而又任性！关于林俊，那也许是岁月中没有磨灭的我，而我，也时常纠结我双面的人生。我以为这么多年已看淡情关万重，超然不再痴汉中。谁知道心结未解，思海未静，常有思想出轨的回忆。咱们做企业的人，本不该有那么多儿女情长，但偏偏过不了内心的一些坎。是一种苦涩，也是一种私藏的回忆。都过去了！走吧！何作家，跟我来，我领你进智能车间。人脸虹膜识别我已经加上了你的图像，你可以进入我们的智能车间。为你，我破例一次！"

何芳洁站在迅达科技园智能车间门口的打卡识别机前，她仿佛看到了那个年月林俊和涂芳芳排队拿着纸质工卡打卡的情景。还有涂芳芳帮林俊抄稿的情节。那也是一种多么单纯而青涩泛黄的美好片段。“咔嚓!”车间门在何芳洁眨了几下眼后就自动打开了，她跨进车间之前发现识别屏幕显示的是：999 号 ，芳芳。

何芳洁心里“咯噔”一下，马上偷笑起来。“我什么时候变成芳芳了?”但是她没有说出来，她知道陈瀚心中的“芳芳”姓涂不姓何，男人的小心思啊，和女人一样诡秘。

八

从智能车间出来，何芳洁说：“陈总，你知道她为什么没有等你吗?”

陈瀚说：“那时候，我和她并没有确定恋爱关系。她说过的，她会迅速嫁人！让我后悔一辈子!！她说到做到了，她任性。”

何芳洁说：“不是的，陈总，你误会她了！当然，她也误会你了！二十二年前，你突然人间蒸发了，于是，她就一次次，在你们常去的那座西乡桥上徘徊，她怕你万一回来了呢?她怕你找不到她，那你一定会到这桥上来。她这么想的。她就是以这种方式，等着你，等着你！直至有一天，她邂逅了一个男人，那个男人对她发起了猛烈的进攻，疯狂至极。怎么说呢?那个男人并非对她一见钟情，而是，因为她的长相酷似那个男人曾经辜负过的一个女孩。那个女孩叫李凡，其实是她同母异父的姐姐。李凡上高中一年级那年，惊讶地发现——自己收藏在女生集体宿舍枕头底下的情书不翼而飞了！李凡的第一个反应是——还好！情书没有抬头，祸害不到他！那是一张粉色的信笺，心灵手巧的李凡姑娘，把这张写满了情思的纸，折叠成了一只展翅飞翔的鹰。她要告诉自己的心上人——倘若你远走高飞，那我就站在原地，等你！连续数日，这只‘鹰’在榕镇中学同学间飞来转去，最后落到了班主任李周全手里，进而落到了校长手里，早恋这种违反校规的事情，没有人敢包庇，也包庇不了，可不，就连饭堂大妈、门岗大叔都知道了的事情，谁包庇得了。每张嘴，都是一把刀子；每道目光，都是一支飞镖。几乎还没等到班主任和校长分别找她谈话，劝退学，这个女生就没有勇气在校园里待下去了！而那个曾经站在栀子花开的池塘边冲她傻笑、‘诱导’她‘早恋’的少年，却跟随工作调动的父亲，转学了！多年以后，李周全老师把那只‘鹰’交到那个叫古睿的男人手里，李周全老师说：古睿呀！是你就对了！我曾经看见你在栀子花开的池塘边冲李凡傻笑！”

在漆黑的大风大雨的夜里，
你是驰过长空迅疾的闪电。
啊，多么勇猛！
多么神奇！
你高高地照亮了我生命的道路，
我是你催生下来的一滴细雨。
如今，你奔向何处？
你去了哪里？……
我们没有倾谈，
我们没有默许，
你在哪里？
能否知道有一个人正凝眸等待着你……
她用着美丽的青春，

用着深藏在心底的不变的热爱，

永远、永远地等待着你……

“二十六年过去了，这首李凡摘录于杨沫的成名作长篇小说《青春之歌》中的情诗，最终变成了李凡和她的心上人古睿的爱情绝唱。”

讲到这里，何芳洁瞪着林俊的眼睛说：“而命运似乎偏要恩宠古睿这个负心人，命运让他邂逅了你的心上人——涂芳芳——一个活着的李凡！李凡很早就不幸离世，古睿遇见了芳芳，直到把她娶回了家。”

陈瀚听着听着，双手捂脸，缓缓地、缓缓地往头顶上移动，直至十指插进他浓密乌黑的长发里，她听到他说：“为什么会这样，为什么？”

何芳洁答：“因为，她长得跟李凡一模一样！为了追求她，他一次次在她公司大门口蹲守！有时一蹲守就是一整天！这样的执着，你有吗？”陈瀚没有回答何芳洁的问题，他抬腕看了看表，脸突然平静下来，瞬时已经没有了刚才的表情。

“一切都是天注定！饭点时间了，走吧！我请你吃工作餐。”说完，陈瀚把何芳洁带到了农庄，窗外可以看到岭山公园山脚下一栋栋新的楼盘。陈瀚用公筷夹了一块酿豆腐，小心翼翼地送到何芳洁的碗里去。说：“这是一家客家餐馆，别的都是湘菜或川菜，我怕你吃不惯。芳芳以前也喜欢吃客家菜。”

根本就不吃辣的何芳洁坏坏地说：“陈总，我不怕辣的。”

这下轮到陈瀚尴尬了：“嘿嘿，还是你不对，谁让你一直跟我说她呢？早知道这样我带你吃湘菜。”

何芳洁说："骗你的啊，陈总，我也喜欢客家菜。那咱现在，话归正题吧。首先，非常感谢您今天全程陪同我参观学习！非常感谢您为我打开了工业智造视窗，让我了解了一个更立体的智能制造业坚守者原型，我坚信您是这个行业的先行者，我希望更深入了解您。"

何芳洁此刻的目标其实不只是想了解陈瀚这个人，她对所有相关的一切都产生了兴趣。她在想，用什么方式和借口继续敲开陈瀚的记忆呢？包括他的事业，包括他的爱情。

九

何芳洁好像是爱上了智能制造，其实她手机的大部分功能都没有搞明白，但她有一种坚韧不拔的精神让她一定要弄明白心中的所有疑问，像个小孩子一样打破砂锅问到底。包括她从来没有打过交道的机器和打了一辈子交道的人，她都想知道。除了李凡的因素和涂芳芳的委托外，她似乎知道：陈瀚，除了是一个个小说故事的创作者外，更是他自己很多故事的主角。包括事业 ，包括情感和人生。她发了一个问题清单给陈瀚，可以说包含了方方面面。这么多条问题她很担心本就很忙的陈瀚会懒得理她，所以她又赶紧准备一段解释文字说这些问题对她将要创作的报告文学《智能制造之路》有多么重要。解释的文字还没有发出，陈瀚的回复来了："问题收到，这周要去西安对接军工项目，迟一点回复你。"

何芳洁拿着手机高兴得原地跳了起来，心里的忐忑变成了期待。在等待陈瀚的回复时间里，她把陈瀚文字丰满情感深厚感悟透彻的微信朋友圈看了一遍又一遍，她好像了解了这个男人。也明白了涂芳芳为什么也忘不了“林俊”。她读着陈瀚的年终回顾，就像在看一幕幕电影。

年终回顾之一

股票，房产，贸易战

又涨停了。去年这个时候这只股票只有几块钱一股，一年后的今天，同样是春节前，它一飞冲天，剑指五十元的青云。是5G的概念化腐朽为神奇，还是庄家强悍业绩支撑？一众股票都在疯狂，心有羡慕却只远望，曾经沧海不再受伤。那地方，有风云，更多血腥。玩的不只是心跳。二十多年前一只“琼民源”玩得我团团转，从一股二十多元一直追买到两块钱，血滴了几年。触底反弹的日子，三块多就卖了个精光。一地鸡毛，心死退场。给自己一个体面的借口：投资买房。可一年时间不到，这只垃圾股竟然十送十还涨到了二十六元。我这个泪啊，湿透心扉。买房的选择是对的，可是也是一个一个的坑啊。江湖险恶，且行且珍惜。其时一九九五年，特区报上大幅的房产广告：“关口物业茂业城，2680元/平方米起。”喜欢茂业这个吉祥的名字，卖掉股票匆匆交了首付。高兴了几天，心里自得意：有房我就是深圳人。那年月没有贷款买房政策，签正式合同交全款时我晕倒在售楼部。开发商说：2680元/平方米是港币标价，这代表我必须要多付近8%的人民币（当时港币比人民币值钱）。我据理力争的时候，售楼员拿出了那份报纸广告，指着2680元前面那个刻意淡化缩小的$说：这代表港币。我这下又吓了一跳，他奶奶的，你怎么不说是美金啊！赶紧老老实实交钱，就怕开发商真的改口说是美金。后来那些年我又买了好些房，包括在同一个小区。我在同一个小区再买房的原因是因为有不小的折扣，而且规划上我的窗外对着游泳池。我想把第一次吃的亏像股票里面补仓一样平衡回来，当然也期盼天天看游泳池的日子。很遗憾，没等到游泳池建成，我已经去宝安桃源居看椰树风光去了。我每次看到新建的楼盘悬挂在整面墙上的推销广告时都会提高警惕般要驻足看清楚。果然，那“最低价”或者“最低首付”后面必有一个小小的“起”字。你打电话过去她死活不会告诉你真实的价格。你去到现场她必告诉你低价的房型早就抢空了。不管是什么“府”什么“阁”，不管是什么“居”还是什么“城”，座座高楼，处处小区，每个广场，套路都是那么深！当房价突飞猛涨的时候，我却已经卖掉一套一套房投资买设备搞制造搞实体了。中国强大的制造能力和一哄而上的追风热情能够在很短时间里把一个朝阳行业做死！那年我望着工厂几百台数控机床苦逼，因为等我把新的工业园搞好把新设备买进来时，客户三星却跑了，跑到越南建厂去了。我的“韩国事业部”也名存实亡了，这个时候股灾发生了。作为股市过来人，不在“市”中看着股灾却有一种大难不死的侥幸。对于新难民深表同情，鼓励和佩服他们的勇气，宁愿股市战死，决不中途自尽！有一种熬的精神是：待到大户笑死时，总有涨的那一瞬。我暗暗庆幸，虽说我的钞票变成铁，但好过他们的钞票变成水！日月轮转，风云变幻。行行都在赚钱，行行都在赔钱。其实不必后悔错过每一次最疯狂的收割季，不必感叹机会的流失和行业的好坏，也不必争论虚拟的经济和实体的经济谁更赚钱。董明珠也好，雷军也好，他们都在坚持自己的信念，坚持自己的企业快速发展。藐视对手只是为了激励自己。失败其实是所有发展的一个必经阶段。总结和坚持，纠正和转变就会云开雾散，春花烂漫。只要有梦想，一无所有的“90后”也会改变世界。有危就有机！不要说增长30%，一年增长百分之五百的故事已经成为现实。不是股市的炒作，是5G的真实！而且是特朗普把贸易战的刀架在脖子上的2019年。中美贸易战让很多人生不如死，却让很多中国的企业奋起直追。华为的小火车自信地驰骋在“欧洲小镇”，华为的手机绝处逢生，华为的5G继续征服敌人。这是一种昭示：中国人也会征服世界，一带一路必定通向五湖四海。自信+付出+坚持=成功一个机会，终会改变世界，也会改变自己。华为的苹果和苹果的苹果都有缺陷。不同的苹果有不同的诠释。自信，让缺陷也变成一种美！

年终回顾之二

制造之路——30年时光碎片

1981—1989年，湖南/岳阳。文科的思想理科的专业学成的食品机械。洞庭湖滨的“岳阳楼”牌罐头。每一瓣橘子都是在作坊式的流水线女工手上剥开，但封装的产线还是有一些自动的概念。那包装的薄铁皮叫“马口铁”。薄到只有日本才能生产。我有足够的理由相信那是一种高级的产业。很遗憾，30年后，在水果四季争艳，冻肉10年照卖的今天，罐头是一种回忆，那个企业，早就烟消云散。

1991—1999年，香港/深圳。世界每100块手表里面，有24块叫“CITIZEN”牌。入局西铁城，最初的目的是偷师学艺，最后的结局是被日式管理所迷。从手中第一块大陆产“西铁城”手表新款，也能体会世界一流企业的技术领先。但亦如昙花一现，“西铁城”手表的辉煌也很短。七年日资企业文化浸淫，精工制造的烙印很深。30年后的500人同事大聚会，回忆起来还是值得记忆。

1999—2009年，深圳/中山。从中国制造到日本制造到瑞士制造，虽都在中国的工厂生产，但工厂管理和品质保证的提升不止一个档次。人机物法环，环环相连。需要时间磨炼。传统手表的精工细作也创造了很多产业的兴起。譬如“东南”譬如“金海”。百年手表工艺被智能手机移植以乔布斯的苹果为盛。很多著名手表企业带着技术和制造能力成功转型。

2011—2019年，错过的机会如同错过的爱情，回忆起来也是伤人。没有和Apple一起成长，也错过了诺基亚最好的年华。但还是进入了3G的风潮。在风口上，金海十五年坚守，讯达十年打拼，我们创新，我们转型。智能数控加工技术的爆炸式增长，带来了花开也有花谢。诺基亚的陨落和国产手机的增长给行业带来了海啸式的血洗！对于巨大投资的智能制造是一种祭旗式洗礼。坚守是制造企业必需的特质。不死，风口总会让猪飞起。2019年的猪年，应验的是雷军的预言。

2019—2029年，从来没有离开，只是不想告别。无论你工艺万变，无论你行业轮转。精密金属零件加工是永远不可或缺的行业。智能制造是这个世界的美好未来！今年的春节来得也许特别早，我们有理由幻想繁华盛开的来年春天。磨好自己的剑，天涯不远。一直看好智能产业智能穿戴，5G也是一个很好的概念。无人机也会在美梦里盘旋。也许重新重生的手机品牌是一个万物互联。这条路很长，愿意陪你到永远！不会拒绝，机会总躲在未知后面。一起前行，向遇见的你说声感谢！

十

一周后，陈瀚从西安回来了。他脑海里一直停留在恢宏雄壮的兵马俑场景。这很像他企业里几百台机器排列在工厂里，工人穿行在机器间，绿色的工作灯一闪一闪，也是一种激动人心的场面。现在的制造行业已经脱离了靠人打天下的劳动密集型模式，高成本投入的设备和自动化是企业前进的保证。他一直在寻找合作企业准备组建一个无人化的数控加工工厂，这既可以解决劳工不稳定带来的品质缺陷，也可以缓解人工成本急剧上升的难题。

何芳洁发给他的很多问题其实都是中国这几十年改革开放过程中企业生存发展所经历的问题。无论外资的进入和撤退，民企的诞生和崛起，还是20世纪90年代的国企改革也好，2008年的金融危机也好，2018年开始的中美冲突也好，其实都是对年轻的中国企业的一种磨炼，是成长中的中国经济必须经历的艰苦道路。

陈瀚最终以微信语音的方式回答了何芳洁的提问。

“嗞嗞嗞……”点开陈瀚的第一个留言，何芳洁首先听到的是似风似雨的声音，后来，直至何芳洁把所有留言听完了，又或者是说，直至后来她从微信朋友圈中读到陈瀚的《关于运动、健康和生命的命题》，才弄明白，那是医疗器械发出的声音！陈瀚在医院一边做治疗一边录音回答何芳洁的问题。他的医生朋友同情地看着陈瀚说：“陈总，你太忙了吧！这样伤害身体不值得！”

然后狠心地把刀扎进陈瀚的身体。

陈瀚的声音很沉稳，或者说低沉。完全没有肩上扎着几十刀的痛苦。

“你好！何作家，对不起啊，我这几天在医院治疗手臂，加上最近特别忙，没有及时回复你的信息。你的第一个问题关于外资对于中国的意义，我所了解的日本公司很注重目视化、数据化和计划目标管理，所以出了问题和解决问题，就只能是大家共同的目标，而不是相互推诿。失败肯定是多过成功的，但是，偶尔的成功会激励你继续奋斗下去。日资企业里面的管理问题，他们最大的特点，我想给我的感受就是人性化管理，并不像有些外面传说的那样，好像日本人就是凶神恶煞。日本人更重视企业里面的每一个员工的生存和发展。一般的日资企业，他们的环境都比较好，福利也比较好，文化娱乐配套也比较好，这些都会留住早期的中国内地员工。在日本企业里，不管你是中国香港人、新加坡人，还是中国内地人，能力是第一位的。所以，一旦出了问题，原则上是可以查得出根源，或者是责任人的，那样大家可能第一个目标就是想着怎样去找对策去解决问题，而不是推卸责任。所谓的绩效奖或者其他什么奖励，包括每年的加薪、升职等等，都是有很多量化的指标的，所以，直接人为的因素是比较少。一般出现因为争抢奖金啊，闹矛盾的概率很小。日企的管理人员不是中意老板，他是对公司有归属感、有认同感，他把公司的问题，就当作了自己的问题，你非常清楚，公司请自己过来，就是帮公司解决问题的。第二个问题，创业经历，我是因为做手机才独立创建公司的。创业不久，出现比较大的亏损的那一年，应该是二〇一一年前后，也就是诺基亚势危的时候。我们做的产品是诺基亚的第一款 Windows 系统的 N8 手机。那个手机上面的外壳，还有摄像头、按键等金属零件要求很高，我们投入大量的人力设备开发生产，谁能料到全球第一的手机巨头说倒就倒呢？由于过分相信市场和对客户的盲目乐观，我们有很多做好的手机零件交不出去，而组装工厂的计划失误更让我们雪上加霜。那一刻，风雨俱来，无论是企业还是我个人，都根本无法承受这种打击。不过我们最终挺过来也得益于国产手机品牌的崛起和政府对智能科技类企业的扶持。其实，所谓的企业家，是最辛苦之人，做了老板，有了自己的企业，就一定以企业为家，才能称之为企业家。企业就像你自己的孩子，你要慢慢把他培养、教育长大，所以，所谓的情怀，就跟对待自己的子女一样，对他寄托了自己很多很多的希望，也可能把自己很多之前有过的梦想，没有实现的梦想，用在你的企业的发展方向上。一个国家有中国梦、大国梦，作为一个企业家，肯定是要有自己企业的企业梦；作为一个老板，给企业带来一种文化，影响企业的员工，才能让这个企业持续稳定、长远地发展下去……”

陈瀚后面的录音有些间断，但关于感情的部分他只字未提。何芳洁知道陈瀚是个轻易不说爱的人，但她可以感受到他对这个世界和世人所付出的一切是多么的无私。陈瀚说他经常不用司机，自己开车跑客户，常常累倒在高速公路的加油站里。也常常一边开车一边抽自己耳光以保持清醒。何芳洁听到这里，赶紧打开了陈瀚的朋友圈，找到了那一天的分享。

一路向北

（11月10日）洛川的红苹果，在立冬那天，快运到南方的时候，这里阳光灿烂日子温暖。所以，忘记了：冬的颜色，雪的浪漫。我和你们啊，分享了一种，平静的甜。深圳北的午夜，我还在狂奔前行。一个我完全陌生的人要来陌生的城。收音机里的声音煽情，赵雷的歌充满压抑。是一种流浪的悲与怀念的哼哼。车在向北，夜很黑。从北方来的朋友，没有发现方向的改变。捧着保温杯眼望黑暗，默默憧憬着明天的未来。一如三十年前的我，忐忑不安，悲壮向前。深圳是座城。一座千万有梦的人自造的城。如果不是朋友你要去南方啊，我真想一路向北。城里的人想出去，城外的人想进来。我们擦肩而过，各自寻找一切。我想一次孤单一场狂欢一路向北。一如此生如梦，人生如戏！说走就走的旅行是个奢望，太多的挂念和牵绊一起举过杯的你们啊，有的去了天堂，有的去了牢房。还有人在逃亡逃避的路上惶惶。我只是想一路向北，哪怕雾霾遮天风雪猖狂！心中的累一如心中的坚强，无数个夜的折磨，我可以洗净所有立地成佛，让漠河的太阳烤焦自我。山无求它亦伟岸，水无情它也欢流。一路向北啊！不要把梦的权利，也葬在了南方！

十一

何芳洁眼睛湿润了。她第一次去陈瀚办公室的时候，看到他办公室除了养在鱼缸的大大的金龙鱼外，满屋都是龙的图腾。18

件红木龙椅，卧龙瓶的茅台酒，巨大的龙鼎，金镶玉的龙印，连陈瀚穿在身上的那件黑色T恤也是一条银色的龙。一股霸气逼人，让人感觉陈瀚就是一个坚强开朗积极向上的人。可是看了陈瀚这首《一路向北》的诗，何芳洁完全看到了这个男人脆弱的一面和一个企业家艰难付出背后的心酸。从什么时候开始，盯着陈瀚的微信朋友圈就成了何芳洁每天醒来的第一件事。在那里，可以了解到陈瀚的最新感悟和轨迹。

可是今天打不开陈瀚的朋友圈了，他的微信头像也从威严的办公照换成了戴眼镜的漫画男。何芳洁急了，打电话给陈瀚，问："为什么要设置朋友圈限制？为什么要换头像？你知不知道有很多人喜欢看你的朋友圈，看你的诗歌你的人生感言？"

陈瀚的朋友圈确实有很多人喜欢看和点赞，也许是因为触动了一些人的泪点。但何芳洁却是真的离不开了。所以她根本就没有想过该不该有没有权利让陈瀚开放朋友圈，直接就气冲冲地打了电话过去。

那边的声音很平和温柔，他甚至笑出声来了。"你不是第一个打电话给我过来兴师问罪的。我又不是网红，为什么不可以关闭朋友圈？"陈瀚说。

"那是为什么？"何芳洁的声音更大了。陈瀚的笑声更无奈，说："我想静静！"

说归说，玩笑归玩笑，五分钟后，陈瀚重新开放了他的朋友圈。于是，何芳洁看到了陈瀚写的最新的分享。

关于运动、健康和生命的命题

2018 年一个难忘的跨年夜，给女儿做乒乓球陪练四个小时，右手肌肉撕裂拉伤，疼痛陪伴了整整一年。缺少运动和年龄的增长都是容易受伤的理由！我被一针一针小针刀扎在右肩的时候疼得钻心，流出的黑血让我一辈子都不想再见我的那位医生朋友。虽然他不要我钱，我怕他要我命！我以为我会遵从心中那一刻发下的誓言：2019 年我要多运动。例如：去岭山骑单车，去清溪打羽毛球，去前海跑跑步。一年过去了，单车，终于生了锈！运动，我决不作秀！当然，我也绝没做运动！2019 年 12 月 31 日跨年夜，和公司同事喝酒，“茅仙酒”酱香典范一杯接一杯（不是“茅台”），开心不醉，因为工作的夜晚是收获的月份，大家的酒胆突然倍增。可是没等到零时零分，我已经失忆，醉在工厂里。失忆的夜晚睡得比较踏实，因为忘掉喜忧苦累，一切悄悄流走。但愿一切平静是安好！新年清晨醒来的时候，我记起了昨夜忘记了和大家说一句话，那就是告诉大家：新年好好努力好好做！跨年时我们不喝“茅仙酒”，改喝“茅台酒”！这种激励也许比加工资更有动力！不得不承认随着年龄增长健康是在衰退，不只是肠胃，不只是血压与体能。虽然精神的力量我还是第一批冲上山顶，但下山的时候我在偷偷掩饰我左腿的不听指挥。虽说我不做大哥好多年，但没有衰退的斗志不只是在酒桌上和家里。这一年又有很多同龄或不同龄的人躺下了、离去了，连找个喝酒的老友也四顾无人，心中难免兔未死狐也悲。这一年也有奇迹出现，开颅几次昏迷整年差点放弃的表亲终于见到我们哭了，八十岁摔倒脑充血喉已破的老人一个月不到竟然可以拿着手机看起抖音，你能不相信这个世界真有奇迹？人来人去已足以让我体会心若老去比身体衰退更加可悲，心态决定一切。健康是自己的，医生是别人家的。自己搞坏的身体只有自己才能完全修复它，药物只是一种辅助剂。病者的自信是赢回生命的最大资本！关于健康，总有人问我是如何养生的？我又“嘿嘿”，办公室的运动器材？兄弟这些都是骗你的。在香港买的养生粉？朋友送的养生茶？还有某人买的生片田七、维生素？我都放着藏着。我坚信生死有命富贵在天，工作是最好的养生。我常说以前沉迷麻将不动不想的老父亲身体必定不会健康。后来因为信念因为责任忙于陈氏祠堂、忙于我的工厂、忙于乡人所托所请的父亲很累，但是他很健康，也很开心！可以追着我的经理主管一醉方休！成了可怕的不老的“老爷子”。只有思想和肉体的运动才会让你健康快乐地活着。这一年，养生专家和安利大佬都去了天国。我更加坚信：健康只掌握在上帝和你自己手里！父亲时常和我提起他失散七十载的战友李锐，在常德战役中，我的父亲陈德全与战友李锐在枪林弹雨中结下生死情谊！如果还健康健在，见一面，才是人生幸事。

李锐？陈德全？看到这里的何芳洁心蹦到了嗓子眼。耳畔回响起马欣欣关于李儒身世的赘述。何芳洁的眼眶渐渐湿润了，啊！陈瀚的父亲是陈德全？世上有这么巧的事情？踏破铁鞋无觅处，得来全不费工夫，就这样找到陈德全老人了？他可是李儒隐姓埋名来到粤西义成村之前履历的唯一见证人！何芳洁的手因激动而颤抖，竟然连续拨错了两个电话，第三个，终于拨对了，何芳洁说：“陈总，你父亲要找的人，我知道！”

陈瀚也不淡定了："在哪里？在哪里？听说你是粤西的，老爷子最近天天唠叨，要我去找李锐！真的是老爷子要找的李锐吗？"

"让他们俩见一面就证明了吧！"何芳洁说。

约定了拜访陈德全老人之后，何芳洁接着说："陈总，你的微信朋友圈文字是一座富矿，还可以提供寻人启事，真不简单！"

陈瀚说："你开玩笑吧？"

何芳洁乐了，但她忍着，淡定地说："是真的。以后不许关闭朋友圈了。"

陈瀚说："好的。想拜托你一件事。"

何芳洁问："什么事？"

陈瀚说："你人脉关系广，听说你认识A公司老板。振华科技的产品，完全可以取代高通的了，为什么还是外企专属？A公司都不做榜样，振兴民族工业就变成一句空话了！"

何芳洁说："你为什么要帮振华？古睿不是你的情敌嘛？"

陈瀚淡然一笑："何来情敌一说？帮振华，不是为了帮古睿也不是为了帮芳芳，只是为了帮我们自己国家的企业。"

何芳洁听到这些，瞬时觉得陈瀚的形象更高大了，她说："陈总，我会去游说的。我从马欣欣那里知道，令尊的战友李锐，有一个姐姐，但是李锐并没有告诉她自己的姐姐叫什么名字。而我外婆叫李芳菲。传说，我外公原本是我外婆的司机兼保镖，当年……"

陈瀚说："一部好传奇剧本！要好好挖掘素材！"

何芳洁说："陈总，我不是这个意思，我是想知道，我外婆李芳菲，会不会就是李锐的姐姐呢？"

陈瀚说：“不对啊！我听父亲讲，李锐的姐姐叫李洁。他最近说自己梦到她。”

“李洁！”何芳洁激动得叫了起来！

“对！李洁！”陈瀚说，“我不明白你的意思。”

何芳洁说：“陈总，令尊有跟你们讲那个关于李洁的具体梦境吗？”

陈瀚答：“有！”

何芳洁说：“对！李洁！讲来听听！”

陈瀚说：“老人家半年前做了一个蹊跷的梦——在大岭山国家森林公园，一条石板小路拾级而上，旁边是一条小溪，他和我母亲并肩从山上一个酒店的厂庆活动现场出来，往山下走。而一幅巨大的海报挡住了去路，他和我母亲只得停下脚步来，他生气，大声质问：谁把海报搁这儿的？我母亲问：海报上那个人是谁？听我母亲这么一说，我父亲的目光就落在海报上，他惊讶地发现，海报上的那个人正是李锐的姐姐李洁！于是他激动地大声喊了起来：李洁！这时，他发现有一个长得跟李洁一模一样的女子，正沿着小路拾级而上。而我却从海报背后冒出来，我说：不准动！海报是我摆这儿的！她是我们今天的特邀嘉宾，她在前来的路上了！然后……”

何芳洁打断陈瀚的话：“你长着一双大长腿，你穿着一条水磨蓝牛仔裤、黑色T恤衫，显得特别精神帅气。几个月后，那个长得跟海报上的人一个模样的女子见到你——迅达公司老板陈瀚时，她愣住了——他?！梦里的那个大长腿男人！梦，再一次清晰起来——她想起来了，那巨幅海报的背后，是一湾水，他莫非就是从那湾水里冒出来的。她当时想：他跟我有什么必然联系呢？李洁又是谁？”

陈瀚说：“我不明白你的意思。”

何芳洁说：“半年前，我做了一个与令尊的梦境相关联的梦。”

陈瀚：“匪夷所思！”

何芳洁：“这样，陈总，我发一张我的照片给你，请令尊看看，我的长相是否有几分像李洁？”

挂了陈瀚的电话后，何芳洁给陈瀚发来了一张自拍照片以及她的近作《源》。

源

我的母亲认为，母是“源”、父是“根”，没有源，根终将枯竭。我的母亲希望我能寻找到失散了大半个多世纪的外婆家人，找到“源”，唯此，便有源头活水来，才有子孙万代繁衍生息。

关于这张自拍——母亲就在我的背后，在山上，看着我。而我的前方，是稻田，是河流，是省道。只要我愿意，我可以坐车去到很远很远的地方，就如我前方绕村而过的河流，可以带着欢畅或忧愁，与大江相会，与大海融合。而我知道，我不管走多远走多久，我依然走不出母亲的宠溺！

母亲陈氏，也许缘于童年的快乐主要来自于“外婆家”，尤其是一众“舅舅表哥”的呵护，所以，爱屋及乌，我跟陈姓三观相近的人，处得如兄弟姐妹，又如表兄弟姐妹，或者……总之，就是感情特别那么一点点。

1

我外婆李芳菲的故事，与私奔有关，与传说中的一对翡翠手镯有关，传说中戴在我外婆手腕的那对手镯啊！那通透的绿，在我母亲的梦里，在我的梦里！它温润了我母亲一生，也照亮了我为梦想坚定前行的道路！

为什么一直不敢轻易写母亲？母亲跟我貌似同类，小时候常常听我奶奶“埋怨”——瞧你妈那小资的！现在呢，我妹妹常常把我和我的一个外甥女一起“骂”——十足你大姨！小资！

其实，我和我外甥女两个人所谓的小资习性加起来，不及我母亲一人！

我之前看过一部电影，讲的是：一个女孩子，知道自己很快将失忆，而心上人却在远方，在回来的路上！于是，她内心无比的惶恐，生怕一闪失，他回来了，而她却再也认不出他来！于是，她就在房间的墙上，拼命地画像，画心上人的画像，画自己的像。

五年前，我母亲仙去后，我也开始有了这种惶恐，我怕自己一闪失，就再也忆不起从前——我母亲临终前，瘦得没了人样，但我不知道，她何来的力气，从床上坐起来，双手拉攥着我的手，仰着头看着我！我直至今天回想起来，仍然清晰如初——她那动作，那姿势，像极了一个坐在地板上耍赖的小孩！貌似就是我乖了那么久，我这回就要任性一回的意思。她目光如炬，盯着我。盯着我，但她再也不说一句话。不！她不是要耍赖的“小孩”，她是我回光返照返璞归真的母亲！在此时此刻，她以这种方式表明——宠溺了我一辈子，现在，她必须放手！她把浑身的力气，都倾其所有地给了我！

2

我“外婆家”那个村庄有一个美丽的名字——新娘寨。

而我出生的那地方，地名也很诗意——琵琶桥。

新娘寨是一个四面环山潺潺流水环绕的小山村。在村村通水泥路的今天，滴滴打车或自驾游，轻轻松松就可直达！

所有去过我“外婆家”的人都说:“哇！你外婆家像仙境哇!”

我也不含糊：“可不是吗？不然，我外婆当年怎么会跟我外公私奔?”想了想补充说：“据传，我外公长得特别帅！不然，他也当不了我外婆的保镖!”

我有两个外婆，一个是我母亲的生母，一个是我母亲的继母。

我的表姐妹们把我母亲的生母称为大奶奶，把我母亲的继母称为二奶奶。那么，妈妈就教我们兄弟姐妹六人，称我母亲的生母为大外婆，称我母亲的继母为二外婆。

事实上，我跟表姐妹们无血缘。因为，我母亲四岁，我姨三岁那年，我大外婆就撒手人寰了。我母亲四岁半，我姨三岁半，我外公也撒手人寰了。

二外婆、二外婆的遗腹子，就是与我母亲和姨非血缘，却相依成一家的亲人！

先从我母亲的“小资”说起——

“亚一！我除了不会写文章，样样比你强。”我母亲第一次这么“骂”我的时候我才九岁。现在回想起来，貌似她那时候，就预感到，终有一天，我会写文章，会把我外婆的故事、她的故事写出来！

母亲那一次如此骂我，是因为我奉命从老屋拿一块猪肉到在建的新屋，心里想象着肉香，嘴里流着口水，哧溜哧溜地跑得贼快，脚不着地，在我五伯门前，踩着一块滑石，摔了一跤。

恰好，我五伯从屋里出来，见着了，拍手叫起来：“嗬哟！猪肉腌盐了！”

我五伯又恰好是我们家建新屋请的泥水工，开饭时，他筷子夹着一块五花肉，不急着往嘴里送，讲了“猪肉腌盐”的事儿。正在嚼着一块红烧肉的我妈，脸一变，起身，跑到墙角翻江倒海般呕吐起来了！

我奶奶停下筷子，对正在狼吞虎咽的我爷爷我父亲说：“我说吧！大资本家的后人，要不得！乞丐命，财主嘴！这人怎么养?!”

3

得！遭嫌弃了！

那么，我母亲这个大资本家的后人，又是怎么嫁进这户人家的呢？

转回到琵琶桥——

从我这张自拍讲起——母亲就在我的背后，在山上，看着我。而我的前面，是稻田，是河流，是省道。只要我愿意，我可以坐车去到很远很远的地方，就如我前面绕村而过的河流，可以带着欢畅或忧愁，与大江相会，与大海融合。而我知道，我不管走多远走多久，我依然走不出母亲的宠溺！

看到没？相对于我外婆的新娘寨，我的家乡，也就是我母亲嫁过来的这个地方——琵琶桥，那是个大地方。但是，当年，我母亲嫁到这儿，绝非因为这地方交通便利，而是因为四斤红薯和两斤大米！

4

母亲陈氏。新娘寨的人都说我长得像妈，但更像姨，像我大外婆。我猜测，因此，我小时候，母亲总是带着我走亲戚——去外婆家，去姨家。而外婆家整个村庄的男性，都把我当外甥女或表姐妹。尤其是我那些表哥啊！待我好得不得了——新娘寨家家户户都有龙眼树，参天大树的那种，每逢龙眼成熟季节，我妈妈必定会带了我来的，不来，我二外婆就会让我舅舅亲自上门喊我妈妈来。见我来了，我的表兄们呢，个个就都变成了猴子——争先恐后爬到自家的龙眼树上给我摘龙眼，边摘边往我脚下扔，嘴里喊——

表妹，这，牛眼！

表妹，这，鸡眼！

表妹，这，龙眼！

所以，我打小就懂——牛眼肉厚，欠清甜；鸡眼清甜，嫌肉薄；龙眼，一切刚刚好！

一九六二年的春天，我母亲十四岁，我姨十三岁。我妈病了，初潮，痛得在地上打滚；我二外婆也病了。她得了一种莫名其妙的病，双手发抖，双脚站立无力，而且，不知不觉间，她开始驼背，那一年她三十八岁，到她八十岁仙去的时候，她的头触到了地，就是每当她需要行走的时候，就手脚并行。这是后话。

新娘寨这个地方，虽然地处南方亚热带，但由于群山环抱，这里的气候相当于温带，因此，水稻是稀罕物，我外婆孤儿寡母，劳动力几乎为零，所以从合作社里分到的口粮，原本就少之又少。

我舅舅徒步二十公里山路，到山外请了郎中来。郎中对我二外婆说：别逞强了，把这姑娘嫁了吧。你看她面黄肌瘦的，没了个人样，再不嫁，怕来不及了。

而这个时候，山外琵琶桥这个地方的某户人家，熬过了三年自然灾害，熬过了吃树皮吃草根的苦日子，貌似，好日子开始了！

首先是合作社地里红薯马上要丰收，而且，家里还有点余粮——四两米。

事实上，这个时候，没有哪一户人家愿意娶媳妇，本来就要饿死的人了，再增加一张口，不是雪上加霜嘛。

但是，合作社地里等待丰收的红薯给了这家人底气，他们偏就要在这个时候娶回儿媳妇——便宜！

5

追根溯源，我二外婆、舅舅、我母亲、我姨，没有血缘却相依成一家的这孤儿寡母的苦，皆因我外公和我大外婆的爱情，他们的“不担当”——他们哪去了？为何而去？他们的人生抱负是什么？

郎中把我娘需要赶紧找婆家的信息带到了山外，不日，媒婆找上门来了。媒婆像时下的人们买大件物品刻意压价一样，张口就来了句：都病成这样了，鬼才要！

我二外婆心里想：但凡我还撑得住，就男方家那条件，没得谈！但是，她真撑不住了。她撑了整整十年，她把最好的，都竭尽全力给了这两个丈夫前妻留下的女儿，却是尽可能地把吃苦受委屈的事留给自己和自己的亲生儿子。因为她谨记丈夫临终前的嘱托：再苦，不能苦这两个孩子，她们是富贵人家血脉，她们的外公外婆舅舅万一哪天找上门来要人呢？别给不出手。

这是在我妈二十七岁、我九岁那年，从外婆家回来的路上，我母亲告诉我——她其实有妈妈。一个是亲妈；一个是后妈，也就是眼前这个每次见着我们来了就欢天喜地，倾其所有地让我们饭吃好，临走，还惦记着我们家还有九张口，就不由分说地给我们的蓝布袋里塞满熟红薯、熟花生、熟鸡蛋鸭蛋、香煎虾米等各种好吃的，然后催促我和我妈赶快回家的、驼背的中年妇女——我母亲的后妈！

我外公兄妹五人，最是我外公长得一表人才，玉树临风！就好像我母亲曾经把所有自己无意实现的愿望一股脑儿寄托在我身上一样，这个家有几亩薄田、两头牛、几只鸡、一群鸭的普通人家，把所有的希望都寄托在三儿子——我外公身上。一九三八年，读了三年私塾的我外公，就像当年我外出深圳谋生一样，也是满满的憧憬，还有那么一点忐忑不安，怀着迷茫和满满的乡愁，他只身来到了上海。

事实上，他没有给这个家庭挣到什么钱，更谈不上改变什么家族的命运。然而，他自己的命运，却彻底被改变了——因为爱情！

6

那是在一九四四年秋天，黄山上的迎客松挂了霜、太平湖西岸的枫叶红透了的时候，我外公带了两个人回来——我大外婆和她肚子里的孩子——我妈妈。

关于他们的关系，众说纷纭，一说我大外婆是上海资本家的小姐，我外公当时是这个资本家为我外婆请的保镖，我外婆迷恋我外公的帅；一说——其他！不敢说，不能说！

外婆的手腕上，戴着一对翡翠手镯。后来的细节，无从考究。新娘寨的人只能证实，我母亲四岁那年，我大外婆得了疯癫病，很快就撒手人寰了！三个月后，我外公娶了填房，也就是我二外婆。又过了三个月，人们发现我外公在县城附近一座破庙里遭枪伤身亡，他的手边是碎了的一对玉手镯。那就是我母亲记忆中通透的绿！

我大外婆是什么人？我外公是什么人？他们为什么前赴后继？

讲不清楚，也来不及讲清楚，新娘寨解放了！

没有人愿意跟一个传说中的资本家大小姐和一个领着资本家的大小姐私奔的男人扯上关系！

锅，都一股脑儿甩给了我二外婆——这时，她生了——她前夫那边的遗腹子——我舅舅。这样，这个倒霉的女人，一下子有了三个娃！这样，孤儿寡母四人，相依成一家。

7

我二外婆对上门提亲的媒人婆说：别看我大姑娘病得没了个人样，她可是富贵人家出身……

媒人婆到底是见过世面，有一定政治敏感意识的人，不像我二外婆思想那般禁锢陈旧，她一听说我妈是资产阶级遗珠，吓得拔腿就跑，边跑边说，这媒我不做了！

最后就变成了我奶奶领着我爸直接来谈。

我奶奶对搁担子的媒人婆说：瞧把你吓的！咱家是贫农，怕什么！偏就要我儿子睡资本家的外孙女！什么金枝玉叶？啥时候的事了？现在是咱们贫下中农的天下。

我爷爷奶奶当时膝下两儿一女，后来，在我妈十八岁生下我那年，我奶奶也生下了我小姑，我小姑比我大三个月，那一年我奶奶四十八岁。

我父亲跟比他小三岁的弟弟一样，高小文化。社教运动那年，政府急需人才，公开选拔中我爸、我叔父双双被选中，正要送往县里集训的时候，我奶奶一把鼻涕一把泪地找上门，央求新政府——留下一个给我们，我们总会老，家里扛犁啊、挑柴啊这些重活累活，总得有人干。

就这样，奶奶硬是把我爸从国家后备干部的队伍中，拉到面朝黄土背朝天的农民队伍中。这还不算最主观，最主观的是后来她又给我父亲找了一个年长我父亲五岁的妻子，理由是她能干活。那是一九五六年前后的往事，那时候我爸二十岁，他那个第一任老婆二十六岁。后来听说是我爸爸命大，那个老婆干着干着活，日渐枯萎，死了！我奶奶后来让人算了八字，说是我爸要找一个比自己小八岁的老婆，才能相守一生一世。

所以，一九五八年，这个失婚的、二十二岁的男人，贫农的儿子，娶了我妈。

我小时候央求着我奶奶讲我爸相亲的事，我奶奶的核桃小脸一沉：有什么好讲的？你爸嫌弃你妈长着外露的大门牙，拔腿就走。

我说：这么嫌弃啊！怎么他最终还是娶了呢？

我奶奶说：还用问吗？便宜！

8

我好奇了：到底有多便宜呢？

我奶奶说，跟你外婆一番讨价还价后，定了这个数。我奶奶跟我讲这些往事时，正坐在织布机前织布，梭子从左边穿过去，又从右边飞过来，鱼儿似的跳跃。良久，她歇下来，朝我伸出一只手说：这个数！一斤大米、四斤番薯。

我又问：我外婆怎么跟你讲价？

我奶奶说：一斤大米四斤番薯可以，不过，要等我家大姑娘年满十六岁，才圆房。

说来奇怪，我二外婆接了我奶奶家下娶“大姑娘”的聘礼后，病竟然好了！我妈妈的病也渐渐好了起来，她枯黄的头发渐渐有了光泽，蜡黄的脸庞也渐渐红润起来。当初，她给我父亲的第一印象是奇丑，我奶奶把这个奇丑的女孩领回家做童养媳（这是事实，但在人前，我奶奶只说山里那户人家，穷得没有活路了，救人，领了来养着，毕竟那时候，新中国第一部《婚姻法》已经深入人心了，法律明文规定保护妇女儿童合法权益）后，我当基层农村干部的父亲几乎就没着过家。更别说用正眼看这个名义上的干妹妹，事实上的童养媳。

在这儿，我得说明一下，我不说明一下不行，农村基层干部，现在的年轻人以为：就是公务员，是国家干部。不！那时候的农村基层干部，实实在在就是农民中的一员，他们有管理好农民的任务，更有作为一位本分的农民，有参加田间地头劳动的义务，他们要积极带领农民开展生产，多打粮食，上交公粮、购粮，让像我叔父那样正儿八经的国家干部及家属们，口粮无忧，而农民们呢？稻米不够杂粮补，番薯、木薯、南瓜，哪一样不可以填饱肚子？你既然是农民，就必须学会在地里扒食！

所以，吃各种杂粮长大的我，对现如今流行的粗粮养生从来不感冒，我不敢矫情，经历让我没有矫情的资本，我就是小时候吃杂粮吃腻了，吃怕了，所以，不管它们如何的养生，我终是对它们提不起兴趣来。

9

似乎是突然有一天，我父亲惊讶地发现——我娘长漂亮了！除了那两个外露的大门牙之外，哪都好看！事实上我母亲是美人坯子。她后来，六十六岁的时候，在生那场无药可救的病之前，她一直是看上去比同龄女人年轻，她六十六岁那年还没有现在三十岁刚出头的城里女人担心着的什么鱼尾纹，现在四十岁刚出头的城里女人担心的什么法令纹、木偶纹。她银盘似的脸庞光洁饱满，她五十二年如一日般，留着齐耳的短发，在头顶处，精心地扎起一小撮，很土，却土得极有味儿。就好像我奶奶，七十多年如一日，梳着一丝不苟的髻一样。

但是，我父亲，还是找得到挖苦她的话儿来，而且，这话还蕴藏着另一层意思——想跟她圆房。

我父亲说：莲啊！我不嫌弃你啥的，就是担心将来你生出一窝龇牙仔！

听听，房都还没圆呢，他就想好了要跟她生一窝仔呢！几层意思？

我父亲没想到，就这么一句话，竟惹得我妈几乎是歇斯底里地说：我不是天生的龇牙！！

现在回想起来，到底是血缘，我妈李莲跟李儒、李凡他们一样，从不多话，宁愿在委屈到极限时来几秒钟歇斯底里，甚至动手打人表示抗议，也从不轻易跟人分辨是非，这是她生长在家长里短的妇女中，最大的劣势，也是最耀眼的闪光点。

这短暂的歇斯底里之后，是臣服。人家可是领她回来养了整三年，早已经超出了我二外婆当初要求的、圆房的最低年龄。

这一年我母亲十七岁，我父亲二十五岁。无须我奶奶干预，他们自觉自愿圆房了。

我妈后来仅用十四年时间，生下了四儿两女。我是她的头胎。

我妈用这一窝没龇牙的仔来证明——她那外露的大门牙，确实不是先天的。

尤其是我，长得圆头圆脑，五官协调端正，很是长了我妈的脸。

10

我父亲是村干部，从十六岁到六十六岁，他断断续续当了五十年“村干部”，其职业包括见习赤脚医生、生产队记工员、出纳、会计、生产队副队长、生产队长、大队副书记、村委会副主任、副村长。只要是涉及上了点级别的职务，不用问，肯定是“副”的。我父亲不管任何年代担任任何职务，工作起来都是一板一眼，决不走样，所以，到了晚年，他来到青岛，最爱去的地方是图书馆，买几本反思历史方面的书，坐在我家朝南的房间的木地板上，也不拉上落地窗窗帘，任由阳光洒进来，他就在满屋的阳光下，全神贯注地读书。偶尔，抬起头来找我，嘴里说：毛泽东，改天换地，厉害！又或者说：邓小平，让老百姓富起来，好！

我好奇地走近他，发现他翻开的书页，讲到了脱贫攻坚战。

大概是一九九六年，计划生育政策依然“严厉”的时候，而我在深圳已经有了一定经济基础，于是我就以“他再当村干部我就不给他钱”来要挟，让他辞了村干部的职。结果，后来，他那些坚持下来的同僚，干到了退休按月领工资的待遇，而且工资年年见涨，现在可以每月领到两千元左右的工资，而他呢？那一年五十六岁。在临门一脚的时候，退出了这个队伍，变成了没有退休工资保障晚年生活的老农民。

11

如果不是二〇一四年的夏天我母亲得了癌症，这个男人还不会意识到自己有多无能、多无助。还不会检讨自己，没给过妻子几天舒心的生活，他总是那么多梦想，甚至还谈不上梦想，只是想法太多。我想，这可能跟他在十年动乱中担任基层干部的经历有关，跟他有一个当公社干部的弟弟有关，跟他有一对无限包容他、迁就他的父母有关。他一方面当着农村干部，一板一眼地执行上头的指示——农业学大寨，深耕浅种。我记忆中，那个寒风凛冽的冬天，晚稻收割后，我的父亲按照上头的指示，开始深翻土地行动。田野里拉上了电线，亮起了电灯，高音喇叭播放着《东方红》《下定决心》《大海航行靠舵手》等歌曲，田里的男男女女，或挥动着锄头在锄地，或用土箕，将深翻起来的土，从这块田挑到那块田里，又将那块田里的挑到这块田里，男人们汗流浃背，女人们累弯了腰，但是，没有一个人敢有半句怨言，甚至，脸上必须挂着微笑。因为，我叔父他们来了，公社干部莅临深翻土地现场的消息，我父亲是从高音喇叭广播中知道的。其时，深翻土地试验区已初见成效——一大片肥沃的黑土地，硬生生让浑身是劲的社员们，深耕了个底朝天，露出贫瘠的黄土地。这有我爷爷、我奶奶、我妈妈等社员的汗水与功劳，更少不了我父亲这个一线督战员的功劳，我父亲既是督战员也是劳动者，他赤着脚、卷起裤腿、扛着把锄头，这里锄两下，那里比画两下，谁敢怠工，就教导谁——听听，万物生长靠太阳，听毛主席的，把这地都给翻了，保准迎来丰收年，亩产万斤！

我叔父来了，不！他其时的身份是公社干部，他不会喊我爹——哥，我爹也不会喊他——细佬。我父亲扛着锄头，一路小跑到我叔父等公社干部跟前，互相称呼职务。我叔父先开口：嗯，何队长，有社员告状，你白天喊着割资本主义尾巴，晚上自己就带领全家人搞资本主义，有这事吗？

我当时七岁，跟我同年的姑在田里玩泥巴。我当时想：这个状，肯定是我奶奶告的。我父亲是让一家人，夜里十二点之前不准睡觉，要编土箕，搞家庭小副业，早上五点不准再赖床，赶在生产队开工前，开荒种地，还是为了家庭创收。村上那时候有句话：宁愿做牛做马，不做何进财家的人。可想而知，这个家庭成员的人有多劳碌！

12

但事实上，我们家的日子从来没有富足过，我爸几乎被对面寨的一个二混混骗了一辈子，他但凡手头有了点钱，那家伙就会来找他，说是把钱放到他那里，就如何如何变出更多的钱来。事实上屡屡是肉包子打狗，有去无回。这直接给我留下了心理阴影，谈理财色变。

印象中我母亲没有跟他吵闹，只是绝食过一次，回娘家小住几天那也算一次，还有一次，她说不要跟他过了。仅此而已。我以前不能理解我母亲，可恨她的懦弱，没有好好修理巨婴丈夫。但我后来发现，她是不屑于跟他纠缠，才由着他胡闹、瞎折腾。因为那只手镯，记忆中我外婆手腕上的那只翡翠手镯，那片绿，那片通透的绿，一直在温润着她苦难的人生。她相信，吃够了亏，走够了弯路，疯够了，傻够了，他终有一天会正常起来。

“他到底是想家里人好，他到底是爱这个家的。”她说。

一九七九年春节，小岗村大包干的消息一传出，我父亲就激动得坐不住，他拿着我妈从我姨家背回来的花生水粑粑，到钉子户家串门，讲分田到户如何如何的好。钉子户挖苦他——是大包干，不是分田分地！你这干部理论水平看来还不如我一介草民！

他服软下来：我也是草民。

他心里比谁都更清楚，实现责任田承包制后，就没有他这个“农民头”什么事了。

“农民头”是我妈给他起的绰号。

爹最后与那家钉子户达成了协议——我们家按人头算少两份，钉子户家按人头算多两份。这样，不影响其他人利益……

“但是，影响我们家啊！要少得几块田。”我奶奶自言自语般地说。我奶奶是十里八里公认的大善人，她帮助过数以百计的人，人生中的各种难——帮娶不上媳妇的人家做媒，给得疑难杂症的人“草青”，劝鸡不打架，劝狗不咬人，凡此种种。但是，眼前，我奶奶几乎过不了自己这一道关。当然，我奶奶最终还是“憋屈”！

但是这一次，我母亲破例站到了我父亲这一边。这一次她讲了许多话，她讲话的时候，我父亲用赞许的目光注视着她。我父亲心里想：提高种田积极性，解放生产力。这些大道理原来她都懂?！他心里，之前一直以为她是一个没有文化理论水平的文盲。她最后说：亏不死人，耗着、捆着，就都死翘翘了！

到了具体落实分田到户工作的时候，我的父母再迁就了一次。这一次，他们迁就的不仅仅是那家钉子户，而是这个生产队的所有人——大家都不想要既偏僻又贫瘠的那五亩梯田，而且，这五亩梯田，是连成一片的，如果平分到每家每户，每家每户拿着那么一小块既偏僻又贫瘠的梯田，就如拿着一块鸡肋。

这一次，是我母亲主动提出来——那就都分给咱家吧！后来我们家就全包了这片梯田，这占了我们家应得总水田的百分之五十以上！这样，我们家分到百分之四十八的良田，百分之五十二的鸡肋。

这一次，我奶奶继续“憋屈”，而我爷爷站出来了——凭啥？

我爷爷是乡贤，他临终的时候，留给后辈的遗产是一大木箱线装书。那些时候，我几乎都安静地坐在他的身边翻阅过，他时常挂在嘴上的几句话本就自相矛盾——

人之初，性本善。
做人难，难过竹篮上高山。
善人如园中之草，不见其长日有所增；
恶人如磨刀之石，不见其减日有所损。

对，我爷爷内心抵触了好几天，最终，这个矛盾着的乡贤，用“善人如园中之草，不见其长日有所增；恶人如磨刀之石，不见其减日有所损”说服了自己，支持儿子的决定。

我母亲还是那句话，她对我爷爷奶奶说：凭你们儿子是农民头。

这一次，我父亲补充了一句：我是共产党员。

第七章　往西，再往西

一

二〇一八年夏天。

中国，深圳。

清晨的深圳湾红树林公园生机勃勃，孩子们在嬉戏，年轻人在奔跑，老年人在漫步，中年人在面对大海思索人生。

在深圳湾往西，再往西，那座崛起的新城，已然成为时代的宠儿，包括一拨拨追逐着深圳房价螺旋式上升的步伐在这里购房安居的人们，这个片区的房价，已经从十年前的每平方米万元起步，到目前已破十万元大关。

古睿一家三口是十年前住到这个片区里来的。他们之所以能住到这个片区来，缘于涂芳芳在深圳房价起步之初所处的人文环境——那个时候，涂芳芳的同事们都在忙着折腾房子，反复地按揭再按揭，每天上班，听到最多的是某某同事排队认筹，拿到准购房号，转手，就赚了几万；某某同事买了大四房，送多少平方米，隔天，就不是那个价了。总之，深圳的房价就是一天一个价，像吃了春药一样，涨、坚挺！

他们原本住在一个靠近107国道的小区。是一百平方米的小三房，说是一百平方米，实质上公摊面积下来，套内面积不到八十平方米。单价三千六百元。事实上，八年前买那套房子时，交过首付后不久，涂芳芳就后悔了，因为她发现自己忽略了当时小区旁边的107国道正在关闭改造，忽略了107国道日日夜夜川流不息的车流，那噪声，如滚滚洪流，让人心烦意乱！更可恨的是，小区的左边是工业区，右边是溜冰场、露天KTV，总之，整个的脏、乱、差。

涂芳芳说："这房咱们不要了吧。"古睿说："退？买也是你主张的，说是宝城也就只有这个新盘了，再不买，难不成将来咱住到新安路外围去？住到宝安大道那边去？那要么就是乡下，要么就是烂海滩，要住你一个人住去！"

古睿说他不怕107国道的噪声，事实上他是嘴硬，还有一个更重要的原因是——这房他们"不要"，伤不起！因为，那个时候，很多工厂、企业纷纷往东莞、广州甚至长三角地区搬迁，深圳已经失去了经济特区的"特权"，没有了税收优势，而叠加相对于周边城市、长三角更高的地价、房价、最低工资标准，深圳更是优势全无。因此，"逃离深圳"成为当时的流行语。涂芳芳所在单位就有一个精打细算的人，把深圳的福利房绿本变红本后果断地以每平方米三千二百元的价格出手了，然后以每平方米八百元的价格，到江门买了同样面积的房子，手头一下子就有了二十几万的票子，那赚的，可是真金白银哪！那个人说，深圳的人口还在外流，流到差不多的时候，房价就撑不住了，到那时候，每平方米千儿八百的房子，遍地都是，再买，也不迟。

既然人们都这么想了，谁也不是傻子，谁会接盘你们手头不尽如人意的“二手房”？谁也不会想到，多年以后，“二手房”成了香饽饽。更不会想到，那最不招人待见的烂海滩，竟然变成了富人区，新安路外围、宝安大道外围，更是在城中央。

当昔日的烂海滩成为置业热点的时候，当新房价格突破万元大关的时候，107 国道这边的二手房，也突破了五千元大关，这个时候，古小凡已经上小学三年级了。涂芳芳整日在丈夫面前说要以旧换新，以小换大，住到宝安大道那边去，住到将来有双地铁口的那个地方去。古睿就说：那不是烂海滩吗？有什么稀罕的？涂芳芳就说：买不起就说买不起，说什么风凉话！你心里，除了公司，还有什么？早知这样，你成家做什么？离了算了！

古睿那时候正在忙公司买地建厂房的事，还有，股票、原材料价格也像吃了春药一样，一个劲地往上涨，作为刚刚被委以副总经理重任的他，确实没有时间精力去关心家庭建设方面的问题。

涂芳芳的一句“离了算了”把从来没将家庭买房卖房这种事当回事的古睿吓傻了。古睿说：“不行！你必须跟我过！烂海滩那边，哪个小区的房子最好？说！我们这就买房去！”

涂芳芳说：“还用问吗？是宝安人都知道，双地铁口呗。”

就这样，因为她赌气，因为他真的怕失去她，他们以每平方米万元的价格买到了双地铁口的大四房，多年以后才惊讶地发现，他们买到了地板价。当然，其中也有波折，因为，众所周知的原因，几个月后，深圳的房地产经历了阵痛。但是，古睿是男子汉，当全国上下在流行一句最狠的骂人语“你二〇〇八年在深圳买了房”的时候，古睿反而安慰起后悔冲动之下逼着老公买双地铁口房子的妻子来，古睿说：“买了就买了，要讲信用，不要跟着他人一起去闹事，不要断供，负资产就负资产呗。就好比我们做企业，讲信用，签下了合同，赔本的生意也得做！”老婆破涕为笑：“你三句不离本行。”

当发现公司过亿资产、数百干部员工努力辛苦挣来的毛利润，居然拼不过原材料价格上涨的时候，同行业人开始点对点落单，也就是说，在跟客户签下产销合同的同时，在期货市场上同时下单。这原本是一个稳妥的办法，但不稳妥的是人们进一步的野心，再进一步就变成了贪婪，因此，当雷曼兄弟破产引发股市、期市应声而倒的时候，率先倒下的，自是那些由于生产需要在期货市场上点货，进而赌多的制造业人！这个时候，振华科技的管理层才发现，正是由于一手抓规范经营，一手抓党的民主生活会，使他们学会了敬畏市场，规避了这次同行业在期货市场中起源于“点对点”的赌多风险。现在，当同行业一地鸡毛的时候，国企，这只市场中道是有形却无形的手，开始出手了！国企本无意乘人之危，但市场给了其机会，社会主义市场经济给予了其使命！而像古睿这种适应了市场竞争的国企干部，正是这一特定时期的扫地僧。在市场竞争环境下，国企不一定会比民企跑得快，但一定会比民企跑得稳！所以，当作家何芳洁跟古睿说“在智能制造业一窝蜂上的时候，有一位民企老板亏了好几百万元”的时候，古睿不以为然：“他怎么做企业的？以为是农民种地？以产定销对不对？”

何芳洁狡黠一笑：“古总，这个啊，我不能告诉你。”

是的，作家何芳洁当然不会告诉古睿——那个人就是在涂芳芳的芳华岁月里走丢了的“林俊”——智能制造业狂人——东莞迅达电子科技有限公司老板陈瀚。

而陈瀚呢？陈瀚说：“国企跟民企不一样，国企亏损个千儿八百万元，是账面上的问题，是报表不好看。而我们民企呢？很可能就是迈不过去的一道坎了！”

后来，涂芳芳是在成为假植物人后才知道，古睿和“林俊”，这两个自命不凡的男人，一个在明处，一个在暗处，不约而同地使着劲、较着劲，谁也看不起谁。嗯，那些年，他们在忙企业，从中国制造做到了中国智造，从毛利率百分之四十以上，做到了毛利率百分之十以下。然后，一个搞研发，发誓要拼过高通，拿下国家名片 A 公司那块最挣钱的业务，世界顶尖的民用工业技术，百分之六十五以上的毛利率。听着都让人心潮澎湃，耳热心跳！而另一个呢？摔了几次跤！一身的伤痛！险些儿从泥岗立交桥上跳了下去！

彼时，古睿正坐在客厅的沙发上，捧着手机读今日头条——《深圳，旧改 VS 棚改》。其时，他的司机已经到了楼下，按照今天的工作安排，两小时后，他将出现在迪亚电子科技有限公司的会议室，就该民企拖欠货款的事宜，展开艰难的谈判。市场与风险是矛盾的，但是，按照股东们的要求，市场你必须要做，风险也必须严格把控，三个月的应收账款宽限期红线不能触碰，否则停止供货。迪亚电子科技有限公司已经拖欠振华科技公司将近半年的货款，业界谣传迪亚公司已经资不抵债，濒临破产的边缘。所以，现在，振华与迪亚，已经不再是合作共赢的供应商与客户的关系，而是你追我躲、债主与负债人的关系。

妻子涂芳芳正在厨房里准备早餐，动静弄得有点大。

这时，次卧的门开了，女儿古小凡长发披散、光着脚丫子、捧着手机，在屋子里转来转去，口里说，哎呀喂，我终于回到城里了。古小凡一直把她上大学的那座城市戏称为乡下，把深圳称之为城。

古小凡光着脚丫子转到了沙发上，一屁股坐下来，舒舒服服地窝在沙发的贵妃席上玩手机游戏“开心消消乐”。

要在往常，涂芳芳会在厨房里喊洗脸、端菜、吃早餐什么的，目的只有一个——让女儿放下手机。

但是今天，涂芳芳把女儿当空气。

而古睿先生读今日头条正读得入迷，他自言自语：“政府，三思而后行啊，房价不能再涨了，房租更不能再涨了。再涨啊，外来工都待不下去了。要考虑低收入人群的居住成本，社会要和谐……”

“和谐个屁！”是涂芳芳的声音。只见她一手端着碟青菜，一手端着碗白粥从厨房走出来，重重地放在餐桌上。

眼看，本年度夫妻间的首次争吵，即将从“今日头条”开始。

“凡凡，你妈今天怎么啦？”古睿悄悄问女儿。

古小凡正窝在沙发上低头玩手机，也不看他，只答：“爸，你问你自己。”

问自己？古睿摸摸后脑勺，实在想不起来从昨天到现在，哪里惹着老婆了？

古睿忍着性子挨着女儿坐下，想听“下文”。但是女儿愣是不给出下文，古睿就伸长脖子看向女儿的手机屏幕，好吧！丫头正在玩“开心消消乐”呢！古睿气不打一处来，“古小凡！你看你娘把你娇惯的！大二了，暑假也不找点事情做！”

“爸，毛毛……真有这个人吗？她是您的什么人？”古小凡依然不看父亲，手眼依然忙活着手机游戏“开心消消乐”。

“毛毛……真有这个人吗？”

古睿一下子被女儿问住了。原本，在每次与女儿争执冲突之后，他习惯于搭向女儿肩膀以示心底爱怜的右手，僵在了半空。

还好，女儿没有注意到他的失态，女儿依然在玩手机！可是，古睿不知道女儿的注意力其实已经不在消消乐上，她的注意力在毛毛上。

一直以来，在古小凡心里眼里，父亲是一个纯粹的人，他属于公司，属于家庭，属于爷爷奶奶姥爷姥姥，尤其属于妻子女儿！这是一个坚不可摧的原生家庭，没有人可以插足，没有人能够插足！

可是，就在今天凌晨，一切似乎都变了！深更半夜里，母亲抱着枕头敲开了她闺房的门，母亲躺在她身边，跟她讲毛毛，母亲讲得似是而非，母亲哭得一塌糊涂。古小凡听着听着也差点儿哭了起来，但她到底是古睿和涂芳芳的女儿，她不会偏听偏信，于是，她吸了吸鼻子，冷静地问：“妈，您委屈成这样，我爸他知道吗？”

涂芳芳抹了一把鼻涕，一骨碌爬起床，“你爸他知道个屁！你现在去看看，他都醉成什么样儿了！赶明儿酒醒了，他又死活不承认了！”

涂芳芳的话显然是有所保留的，她当然也必须隐去夫妻生活的私密。

二

毛毛是谁？古睿被女儿问住了。

毛毛？毛毛！关于毛毛，他能跟女儿说吗？当然不能！

正在古睿犯难时，手机铃声响了。是珠海永兴许恒先生打来的电话，许恒说振华科技的报价太高，如果振华科技不让步，珠海永兴将考虑由融通公司取代振华科技成为珠海永兴的供应商。

这个电话很冗长，古睿边讲电话边在客厅、入户花园、厅出阳台各处走动。这个电话很冗长，却毫无成效，最后古睿说："许总，我现在有点忙，下午，等下午我再跟您详谈，好吗？谅解！谅解！"

古睿挂断电话时才发现，妻子站在竹木葱茏的入户花园的铁栅栏旁，女儿端端正正坐在客厅沙发上，母女俩正全方位旁听呢。尤其是女儿古小凡，她低垂着头，十指交叉于膝上，黑亮柔顺的中分长发，如瀑布般垂在胸前，她坐在那里，给人的感觉是如兰蕙般美好，如兰蕙般楚楚动人。一滴泪珠滴落，又一滴泪珠滴落，晶莹的泪珠，淋湿了兰花，淋湿了女儿如兰的手指，更淋湿了父亲的心，淋湿了古睿这个自以为所有的质疑和艰难都可以替妻子女儿一肩挑的、中年男人的心。

他无限爱怜地拍了拍女儿的肩，柔声道："小凡，没有的事，别听你妈瞎说。爸爸上午有一个重要会议，没空跟你多说了，上班去了。"

"爸爸，别的都不重要了，重要的是，您不要太累！爱你！"古小凡扬起脸来。这是一张标致的鹅蛋形脸，饱满的天庭下，那灵动的大眼睛如深秋的湖水，清澈而又湛蓝！她出落得太像涂芳芳了！不！她的精气神，她的纯情与善良，更接近李凡！

女儿已经二十一岁了，他不能像涂芳芳那样，高兴了，不高兴了，都可以拥她入怀，不管不顾女儿情愿与不情愿，肆意渲染着父爱。

他起身走进房间更衣，然后趿着拖鞋，背挎着单肩包，穿过中庭、吧台、客厅，走向竹木葱茏的入户花园。

他感觉到涂芳芳正在看着他，没错，她看着他，她站在入户花园的铁栅栏旁，离他不远不近，看着他。

彼时，他弓身穿鞋，涂芳芳就站在旁边，涂芳芳上下打量着西装笔挺的丈夫，似笑非笑地问："晨练吗？穿运动鞋。"古睿尴尬地笑笑，从喉咙里"哦"了一声，换上锃亮的黑色单帮皮鞋。

他几乎从来不介意妻子的挖苦，很多时候，他把她当成了李凡，对！她就是李凡，是李凡派她来的，他由着她傻，由着她任性，由着她做喜欢做的事，说喜欢说的话。甚至，由着她瞎吃醋，当然，必须要有个底线，二十一年前那一次，她确实是闹大了，所以他动手打了她一记耳光，那一记耳光，差点把事情闹得更大了，她要找组织，她要做掉肚子里的孩子，要离婚。想想都后怕，这女人，哄也不是，惯也不是。每当这种时候，他就会想起李凡，想起她站在栀子花开的池塘边冲他羞涩而又幸福地微笑。这笑在他的眼前弥漫开来，淹没了胡搅蛮缠的涂芳芳，淹没了生活中的琐碎与不堪！

他出门，等电梯。电梯还未到，电话却又响起来了。古睿只好站在电梯间接电话。这个电话更冗长，古睿讲电话的表情很丰富很复杂，直引得妻子和女儿站在家门口围观。

电话是大客户珠海永兴机电的后台老板许老先生打来的。许老先生隐退生意场多年，然而，今天，他越过珠海永兴机电现任掌门人，给供应商方面打电话，并且，他直截了当地说："小古呀！许恒（许老先生的二公子）说你们振华科技的报价太高，再不让步，他只得重新选择供货厂家了。你看这价格……"

他举着手机，错愕了："许老……我想不到，这场由融通挑起的价格战，惊动了您！"

他镇定下来，他确信了，这场由融通挑起的价格战，烧遍了珠三角、长三角，烧遍了整个机电产业链！直至传导到相关行业、制造业终端！

他说："许老，您了解的，在今年春节后国家启动去产能背景下，市场容量严重萎缩……产业链中间段非常艰难！许老，您抬举了！我们振华科技，怎么可能有百分之十五以上的毛利率？许老，我跟您这么说吧，融通的合格出厂产品，放到我们振华公司，就是一堆废品！分子结构、传导力……总之，没有一样达标！"

电话另一端的许老先生说："有这回事吗？我们怎么检测不出来？"

古睿说："你们当然检测不出来，这需要时间，时间！许老，您懂的，我们在产业链中端，凭不凭良心做产品保质量，短期内，您真伪难辨，但等你们的终端产品投放市场三五年后，一切就会显示出来！"

古睿越说越激动，他讲到了贵金属耗材缩水，讲到了终端产品使用安全，甚至讲到了欧美的制造业百年老店……

许老先生说："小古，你也别说了。我们永兴的经商戒律是——敬畏市场。”许老先生沉吟片刻，突然话锋一转，“小古啊！二十六年了！莫非，你们几个，还在为李凡较着劲儿？”

他愣了愣神，李凡？天哪！又是“她”！妻子追究“她”，女儿追究“她”，现在，连当年的“特殊订单”主人许老先生也来凑热闹！

他知道有两双眼睛正在看着他，他强迫自己迅速淡定下来，“许总，没有的事。价格战是秦志远挑起的，也是……市场逼出来的。我把话放到这里，这个价格，如果秦志远他们敢接，我也跟！我们振华赔本跟你们珠海永兴做！”

“没有就好！小古啊！旁观者清，我说吧，你和小秦两个人加起来的委屈，都没有那个维修工多！”

许老先生挂断了电话。

许老先生挂断了电话，却不由分说般，三言两语的，就把一大堆往事塞给了他。

他心里想：那个维修工，他有多恨我和秦志远呢？就好像，他有多爱李凡一样吧。他现在在哪里？

二十六年了，他仍然还记得，他叫史小山，高高的个儿，憨厚、腼腆。

二十六年了！古睿却记忆犹新：那个晴朗的午后，在中山大学校门口，那个河南仔，在再三冷静地确认他的身份后，朝他挥起了拳头，秋风扫落叶般，向他的脸上、身上尤其是男人的命根子位置等各处拳击，古睿猝不及防，浑身上下瞬间变成了这个河南仔的练功沙包。

河南仔说：“他妈的，我想打死你……”

现在，古睿坐在别克商务车上，在去往追债的路上。要在以往，他会在一路上想好既厚道又铿锵的谈判措辞，毕竟这些欠债人，也曾经是公司的客户、公司的上帝。尤其是这个迪亚老板牛根生，跟他一样，曾经是满满的情怀，在酒桌上，在探讨产业转型的问题上，信心满满，发誓要做让祖国骄傲的企业。

但是，今天，古睿无心酝酿谈判措辞了，他得认真思考女儿今天的问题。

三

古睿想：女儿呀！毛毛就是李凡，对！就是年初你在深圳机场遇见的那个神经病口里心里的那个李凡！如果可以，爸爸愿意向你敞开心扉！但是，有些话不能说，不敢说，只能成为一个人的回忆——

一九八七年夏天，岭南。榕镇中学满校园的白玉兰花开了！而池塘边那株高过人头的栀子树，花儿也正在绽放。校园里一派花香色艳的景象。

一个再平常不过的夜晚，高一（1）班男生宿舍渐渐安静下来，整个校园也都渐渐安静下来，而近处白玉兰枝头上的蝉鸣和远处农田里的蛙声，却是此起彼伏。

十七岁的少年在木板床上躺下，又坐起；坐起，又躺下。如此折腾了无数遍，邻床的人问："喂，古睿，你还要不要睡？"

"他还能睡得着吗？"

"也对！我都看到了，这手和那手……"

"这手和那手，估计都没洗。"

“舍得洗才怪。”

唱双簧的，同样是十七岁的少年，一个叫陈大凯，一个叫胡二胡。

爱情，来得迅疾！十七岁的少年，来不及惊慌、羞怯，身体却已然放纵！那身不由己，那情不自禁，只有体验过“来电”的人，才明了！

这只牵过手的手，被他悄悄地用舌头舔了又舔，他舔的时候，只觉得，身体在蓬勃！这样，他就越发地神往，神往什么呢？当然是她身上的气息，甚至，她的身体！这样想着的时候，他狠狠地拧了自己的大腿一把，心里骂自己：坏蛋！

学校里三令五申，老师们也苦口婆心，中学生手册上更是明确规定——中学生不准谈恋爱。然而，他却渴望跟她——来一场热烈的初恋。

是在晨跑前，趁着天蒙蒙亮，他给她塞了一张小纸条——这是他人生中唯一一次，以递纸条的方式邀女孩子约会。他后来也主动约会过别的女孩，譬如玲子，譬如后来成为他妻子的涂芳芳，但都不再递纸条，而是直接打电话、BP 机留言，再迟些时候，甚至可以发送手机短消息。那已经是十二年后的事了，哪能比？

这张纸条，事实上，早在四年前，他就想好要写了，要塞给她了！那时候，他的个头比她矮，她乳房尚未鼓胀，少年心里那头小鹿，也还不像现在这般肆意蹦跶。四年前，一九八五年的秋天，那时候他才十三岁。讲出口都不好意思！

他给她塞纸条的时候，她恰好挺胸昂首，他的手不经意间碰到了她坚挺丰满的乳房，“哦！”她呻吟般叫了一声。触电的感觉如期而至，他情不自禁地抓住了她的手，抓得很牢、很紧，是快要将对方的手揉碎了的那种相握。

这一幕，被同学大凯和二胡看到了，他们的班主任李周全老师也看到了。

“古睿，放手！”李周全老师的声音极低，低到几乎只有古睿能听得到，却有着排山倒海的气势。

纸条被李周全老师没收了，李周全老师快速地看了纸条上的字，就当着他们的面，把纸条撕得粉碎。

她的脸庞绯红，小声问：“我想知道，你纸条上写了什么？”

爱情给了他勇气，他决定勇往直前，“今晚八点，池塘边，栀子树下见！”

这时，哨声响起，晨跑运动开始了。

那棵栀子树，早在四年前就长在那里了，那时候，它的旁边是一块空地，在他们上初中一年级的时候，校长为学生们每周必修的劳动课却无处可劳动而发愁。于是，就有人给校长出了主意——挖池塘，把山上的泉水引下来，池塘上再用木板搭建厕所，粪便养鱼，鱼又可以改善教师饭堂伙食。

劳动课，老师给出的任务是每个同学从这块荒地上挑五十担泥到另一块荒地上，也就是，一边是在挖坑，另一边在堆山。

他是班长，他的好成绩，决定了他从小学到高中，都是班长。班长不用担泥，班长监工。所谓的监工，就是拿个小本子，舒舒服服地坐在这棵栀子树下，瞅着哪位同学挑着担子从面前经过，就在本子上哪位同学的名字下画一笔，当哪位的名字下画够了十个“正”，就告诉哪位同学：你完成劳动任务了。

当时，这些初中一年级新生，是从榕镇各个大队小学校考进来的。他来自古圢大队，她来自七星大队，在升入中学前，不同大队的同学几乎不熟识，当然，也有例外的，譬如秦歌，她是来自古圢大队的生源，但跟来自七星大队的李凡、胡二胡等同学本来就相熟，因为秦歌的外婆就是七星大队的人。

第一堂劳动课，李凡——那个穿着蓝色土布直筒长裤、白衬衫，长着一张标致的鹅蛋脸、脑后束着一把马尾巴的女生，就严重落后于全班同学——当所有同学的名下，都画够了十个“正”的时候，这个叫李凡的女生名下，却只有 2 个“正”。

眼看着同学们都收工玩儿去了，他的心也早已经飞到了篮球场那边去！瞧瞧，学习委员陈大凯和生活委员胡二胡，已经在操场上玩投篮球了！而他却不得不陪着眼前这个严重落后于人的女生，在这儿耗！他这么想着，走近她。原本，他是要恶声恶气地跟她讲话，但是，等他走到她跟前，气却消了一小半，因为他看到——这个穿着白色衬衫的漂亮女生，装了满满当当的两箕泥，正准备担起这沉沉的担子呢。他心不由得一阵感动：难怪呢！别人都是仅装小半箕泥，省事，挑起来跑得快。

他故意凶她：“喂！李凡，你还让不让我按时下课?”

女生却不看他，很是淡定地说：“你记你的，我挑我的。”

他跨前一步，一只手把“记数本”举过头顶，一只手用力抢过她的扁担，大声大气地说：“你等等，你这样干，我得陪你耗到几时?”

她没有回答他。

他就微微蹲下身子，偏着头看她，“你也不看看别人都是怎么赶进度的，装小半箕啊！笨!”

这时候她抬起了头，凉风习习的午后，她秀气的鼻尖居然渗出细碎的汗珠，脸庞红通通的，浓密的长睫毛下，湖蓝色的大眼睛忽闪忽闪地看着他，圆润小下巴扬了扬，朱唇略略张开，露出一排整齐的牙齿，她好像是讲了句什么，但声音很小，小到像蚊子似的嗡嗡嗡地叫，根本听不清。这种时候，要换了别的女生，估计他会火冒三丈了——你能不能讲大声一点！但是，对她，另当别论了——他嗅到了一股香甜的气息，这气息让十三岁的少年怦然心动！这是怎样的一种香甜呢？多年以后，他嗅到了产自义成村的蜂蜜，才恍然大悟：是义成村蜂蜜特有的香甜！他也才知道，她是一个没有喝过乳汁，靠蜂蜜哺育长大的女孩子！

他心软了下来，对她说："算了，收工吧！我记你挑了五十担泥。"

这一次，她的声音出奇地清脆与响亮："不要！"

"不要？"他不仅没生气，反而莫名其妙地乐了，抢过她肩上的扁担，"我来！"

他后来每每回忆起这件往事，心头便塞满幸福。这场景，连同四年后，他在晨曦中给她塞纸条的情景，印在他的脑海里，刻在他的梦里，情景延伸、发展，昨夜，他又梦见了她。他把她压在了身下，直至妻子用指甲狠狠地把他掐醒，直至妻子逼问：李凡，李凡是谁？他才惊觉，心下暗暗叫苦：哎呀！麻烦大了！他只好狡辩："我好像是在梦里说——你烦。"涂芳芳进一步逼问："你骂谁？你骂谁？说呀！你骂谁？呜呜呜……"她哭着，拿起枕头到女儿的房里去了。

四

李周全老师自从发现自己的学生古睿和李凡有恋爱倾向之后，每天的晚自习课，便拿一把椅子堵在教室门口，他哪儿也不去，也让学生们除了教室，哪儿也去不了。

古睿想：如果我跟女儿说这个事，女儿会不会坏坏地笑，然后不以为然地说：瞧你们那一代人，把早恋当成了洪水猛兽！

女儿上小学六年级的时候，曾出现过早恋的苗头，当时涂芳芳告诉他，他的第一个反应就是要去找那个诱导女儿早恋的臭小子。然后，猛地一下，他想到了李凡的父亲，那个身躯像铁塔、拳头像大铁锤一般的男人，他不由得悲戚起来——李儒啊！我终于也活成了你的样子！但是，很快，他在心里骂自己——李儒，他是一座大山，古睿你穷尽一生，也攀越不了！

如果可以，他当然愿意告诉女儿——最终是那个叫李凡的女生写了一封没有抬头的信，招来了“早恋”的灾难——

那封不翼而飞的情书，是引爆“早恋事件”的导火线。

李周全老师痛心疾首——那把晚自习时横在教室门口的椅子，终是无法阻止少男钟情、少女怀春！

李周全老师悄悄把他叫到办公室，看着他的眼睛问：“古睿，是你吗？我曾看见，你站在栀子花开的池塘边冲李凡傻笑。”

他当时想说：“是！”

但他转念又想：凭什么证明是我？她也没有亲口跟我说。而且，她是校花，暗恋她的人不少。也许是陈大凯呢？是胡二胡呢？陈大凯比我成绩好，胡二胡跟她是青梅竹马，她跟他们都有可能。

他这么想着，于是就说：“不是我。”

事后，他每当回想起来，心中便是万分的自责：我那时候为什么不跟她一起去面对？如果我认了，又会是怎样一种结局呢？

后来，李周全老师也这么“审问”过大凯、二胡，而他们也是像他这么想的，也是这么回答李周全老师的。

再然后，当公社书记的父亲，安排他转学了。

而她，“羞悔”之下自动退学，变成了深圳特区第一代打工妹。

五

如果可以，他想告诉女儿——榕镇中学五十周年校庆时，他赶到义成村李周全老师家中的时候，高中同班同学都到齐了。大病初愈的李老师，还像当年把他们拉到操场上罚站时那样，李老师命令：“列队、立正！”他们略微昂首挺胸，手掌合拢，中指紧贴裤缝线，手臂伸直，双腿并拢，双脚跟并拢，左右分开……

他愣了愣神，瞧瞧站前排的秦歌和陈大凯，瞅瞅站后排的胡二胡，他心里纳闷：什么情况？

大凯压低嗓音对他说：“快去跟老师报到，然后站到我后面来，集体罚站。”他径直走到李周全老师的面前，弯下腰，双手紧紧握住老师的双手，连声说：“对不起，老师我来迟了！”

“嗯，”李老师说，“你们这个班，是我调到榕镇中学工作带的第一个班，你们当中有官员、老板、教授、医生、律师、作家……总之，社会上各行各业的精英，都有了！你们每次回到家乡聚会都叫上我，你们在我面前说说：谁是李老师的骄傲，是咱榕镇的骄傲——”李老师在此作了片刻停顿，似乎是想给他的学生们留一点猜测空间。

同学们就齐刷刷地把目光投向大凯，他在中国经济最发达的地方做官。李老师摇摇头。同学们又把目光齐刷刷地看向秦歌，传说她把生意做到了全世界，传说在纽约、温哥华、伦敦、巴黎、堪培拉……都有她的生意或物业。李老师这一次不是摇摇头，而是皱起了眉头。同学们赶紧又齐刷刷地把目光看向他，大家心里不约而同地估摸：老师到底是喜欢学习成绩好，考上了名牌大学的学生。

李老师的眼角滚出两行清泪，他自言自语般说：“李凡，那傻丫头。”

李老师没有把话说完整。

胡二胡突然就从列队中走出来，走到李老师身边，胡二胡贴着李老师的耳朵说：“李凡在古睿家里，而且，不是一个，是两个，一个今年四十三岁，一个今年十八岁。”

李老师狐疑的目光盯着胡二胡：“二胡哪，你又蒙老师！想当年，若不是你和古睿两个调皮捣蛋，男扮女声上课讲话，老师也就不会错怪李凡和秦歌……”

秦歌也从列队中走出来，走到李老师身边，也是贴着李老师的耳朵说：“他们那时候迷金庸，他们那时候争论我和李凡谁更像黄蓉……”

“你和李凡呢，迷谁？”李老师问。

秦歌说：“李凡那时候着迷革命爱情故事，她把自己当成了林道静，把古睿同学假设成了卢嘉川……”

没有人敢笑，事实上谁也笑不出来——李凡，是他们心头永远的痛！

一阵沉默之后，李老师说：“古睿、大凯、二胡、秦歌、燕子、小群，你们几个留下，其他同学，都先散了吧。”

等“其他同学”都散去后，李老师把左手伸进中山装口袋里，右手下意识地抓紧手边的拐杖。这让古睿忆起三十五年前，风华正茂的他站在三尺讲台上，在黑板上写下一行字，回转身，看到他和陈大凯同学男扮女声在讲话，看到胡二胡同学用竹节仔砸秦歌，看到秦歌回转头来朝胡二胡抛媚眼，看到燕子和小群在窃笑，看到李凡在发呆……李老师抓起讲台上的粉笔刷地朝他们这边扔过来：一组，看你们再捣乱！下课后到操场罚站！

李老师说：“今天把你们几个留下来，老师是想弄清楚一件事，李凡的这封信，到底是写给谁的？”李老师说着从中山装口袋里掏出一只纸鹰，“那傻丫头，信折成这样，我当年费了很大的劲才还原。”

……

六

“古总，到了。”司机的话打断了他千头万绪的“如果”。对！生活没有如果，那些过往的岁月，过往的人和事，只能是他一个人的回忆。

“古总，到了。”司机再一次提醒他。

是的，到了，到了迪亚。现实生活中没有那么多“如果”。

他现在要面对的是迪亚拖欠货款的问题。是的，到了迪亚，他这才想起，还没想好谈判的措辞呢！想到这，他在心里骂自己：古睿，就你他妈的儿女情长。

旗峰山下，黄旗古庙香火旺盛，生态公园花红柳绿，游人如织。东城、南城、莞城，及至腹地的乡镇，洋房、别墅鳞次栉比，和许多搭上了中国经济高速发展快车的新二线城市一样，东莞无处不繁荣，无处不生机！

然而，在一处高档商品房住宅区旁边，一个占地十六万平方米、拥有五排四十栋工业厂房以及两排十六栋配套宿舍、始建于20世纪90年代初的、产权归属某村的工业区，它斑驳的水泥涂层外墙，无言地向这座日益光鲜华丽的城市预告着它终将退出。

迪亚电子就在这个老旧工业区的第三排。

现在，一个身穿蓝布衣、头戴安全帽的建筑工人，正在朝阳下，用硕大的毛刷子，在第一排，也就是最靠近高尚住宅区的那一排的外墙上，刷下一个个红色的、硕大的“拆”字！

迪亚电子有限公司老板牛根生，一个外貌粗犷的中年男子，站在第三排第八栋五楼的某个窗口，目光一刻不离地追随着建筑工人“刷”下醒目的红色的“拆”字！

“牛总，振华科技的人来了。”文员顾倩倩走到他身边，提醒他，“都在等您了。”

“让他们再等一下。我看会不会拆到这儿。拆到这儿，老子就上岸了，欠他们的钱一分不少还了去！”

“是的，牛总。”文员恭顺退下。

“看看，能不能刷到第三排。”牛根生自言自语，“拆了好！拆了做商品房来钱快，拆了我拿赔偿金遣散工人！这工厂还是人干的吗？奶奶的！”

果然，那个工人的“笔”，一路向前——拆！拆！拆！当工人的笔在第三排刷下“拆”字时，也不知为什么，牛根生莫名地失落起来，他在心里骂自己：贱骨头！怎么又不乐意了呢？几十年来做工厂受的苦，还少哇？他想起有一次，一个人开车到湖南送样品谈业务收货款，回来的路上，一则由于过度疲劳，一则思想开起了小差——他想到了车上的那几捆货款，再想到公司的三角债，总之，他满脑子想着钱，他盘算着，把这三角债都清了，过个轻松的春节。他想着想着，就走了神，车撞在道路的防护栏上。万幸安全气囊成功打开，车没了，人无恙。他坐在路边，黑暗、恐惧、无助一股脑儿地向他袭来，他流泪了，他想：人人都说做老板好，老板难哇！知不知道？知不知道？

“妈的，真拆了！”他感觉自己脸有点凉，他伸手一摸，是泪水！

“没出息！”他在心里骂自己，然后，一跺脚，准备回到会议室面对追债人，面对古睿。

然而，他一回转身来，竟然与古睿打了一个照面。不知什么时候，古睿已经站在他身后了。与他一起，期待着这个破败工业区的整体拆迁，寿终正寝。

两个曾经在一个围桌上大碗喝酒、大口吃肉的企业家，两个曾经在酒桌上豪情壮志、发誓要做让祖国骄傲的企业的男人，却为了一笔货款，你追我躲，渐行渐远！

他们离得那么近，近得他看得到他眼里的绝望，近得他读得到他心底里的迷茫。

“古睿，你都看到了，这个工业区要拆迁了，我牛根生要上岸，我不陪你玩了！”牛根生说着，给古睿递上一支中华香烟，他自己也叼了一根。古睿从包中掏出打火机，先给牛根生点上，再给自己点上。两个男人就这么近距离站立着，吸着烟，吐着如云的烟雾，相对无言。

最终是古睿先开口："我老婆嘴上不说，心里却巴不得我搁担子。"

牛根生说："娘们儿都这样！没情怀。"

古睿哈哈："还真不能说人家没情怀。我老婆说，家里总得有一个人没情怀，才能托得起另一个人的情怀。"

刘根生听着，沉思半晌，感叹："你媳妇是哲学家！"

古睿说："讲真，她对家庭的贡献，比我大得多，她倒腾房子挣的钱，我十辈子也赶不上。"

牛根生拍拍古睿的肩，半开玩笑半认真地说："兄弟，珍惜吧。"想了想又有点郁闷地说："如果时光倒流，你说，我们还选择开工厂吗？"古睿不答话，他狠命地吸着烟。

七

时光不可以倒流，时光一直在向前，向前。

也就是在这一天，一个珠光宝气的中年妇女，领着一个西装革履的中年男人来到东莞旗峰公园，在公园里急匆匆地走出小半圈，停下脚步，指着一片平缓的山坡说："这里！"

其时，他们的正面，是参天大树，还有树下的喜阴植物，花草藤蔓，好不生机！他们的背面，是美丽的人工湖，游人三三两两，从他们的背后走过，欢声笑语，更远一点的地方，人们在湖边垂钓，好不闲适……

中年妇女说："我每次面对这片树林，这个既熟悉又陌生的地方，就会默默流泪，触动伤心处、感动处、遗憾处，我都快要哭出声来。最近十年，生活好了，我也才开始，想到在人生中最艰难的岁月，帮助过自己，却又在漂泊谋生的路上走丢了的那些人。尤其是她！记忆中，她长着一双湖蓝色的大眼睛、长睫毛、高鼻梁、五官精致，给我的感觉是特别的清丽脱俗。最近几年，我一次次来到这里，我以为，她也会来。来这，缅怀我们的青春！我想：如果她来了，我能认得出她吗？毕竟，时光已经过去了二十八年。这些年，我一次次在百度中输入她的名字，引来无数的关联，但就是没有我要找的那个她。胡律师，你能理解我的心情吗？我真的恨不能马上见到她，见到这个我在漂泊谋生的路上走丢了的工友、恩人！我要当面感谢她！"

那位西装革履的男人说："她乳名毛毛，学名李凡。我跟她从小学到高中一年级，都是同学。小时候听我娘讲，毛毛是蜂蜜水拌米糊替代奶水喂养的，而这些蜂蜜产自我们村，那里，满山遍野的毛杜鹃……所以，你也都看到了，她何止是美！她的身上，有股仙气！"

中年妇女说着"原来是这样！"然后开始回忆。

嗯，就是在这里，曾经有一栋外青砖、内木板构造的小楼，是旗峰公园旁边一家港资玩具厂女工宿舍，而小楼的旁边，是一排石棉瓦搭建的简易冲凉房。那个时候的旗峰公园还很荒凉，几乎无人管理。住在这里的我们，就在小楼周边生火做饭、生火烧水冲凉。我们那时候一般是只跟自己的老乡搭伙，只跟自己的老乡交流，只跟自己的老乡互助。我的互助对象是我的表妹阿布，李凡的互助对象是老乡李丽丽。李凡和李丽丽不仅跟我们同车间，更同宿舍，而且楼下我们各自占据着的土灶也紧挨着，所以，生火做饭的时候，席地而坐吃饭的时候，如果眼光无意中交集了，彼此之间会互相点点头，笑笑，权作打招呼。从我们的宿舍到工厂，要走两公里左右的路，穿过一片荔枝林。那正是荔红飘香的季节，每次穿过硕果累累的荔枝林，我的小表妹阿布眼睛就一刻也没离开过路两旁红得诱人的荔枝，我就常常提醒她——阿布，那上面写着呢，偷荔枝一粒，罚款 100 元。这荔枝咱吃不起，看路，别看荔枝！有时，李凡和李丽丽就走在我们的前面或后面，李凡就会哧哧地笑，不说话，但是那个李丽丽却用广东白话说：果北妹（这北妹），粘线。李丽丽以为我听不懂广东白话，她骂人！我一下子就恼火了，我原本想学着她的广东白话骂回去，但我忍住了，因为我知道，李丽丽不仅跟这栋宿舍楼管理员很熟，还跟厂长很熟。而这些人，都是我们这些外地人，尤其是我们这些外省人惹不起的。他们是本地人，他们会讲广东白话。在厂里，会讲白话的人通常是可以高人一等的，因为他们可以跟那些不会讲普通话，甚至不会听普通话的香港师傅、香港老板零障碍交流，这是我们所不能达到的。从此，我恨起这个李丽丽来，也开始有意识地抵触她的同乡李凡。李凡似乎没觉察出这微妙变化，她还是和平常一样，跟我们眼光交集时礼貌地点点头、笑笑，有时，她还会问我们“我们今天拾的干柴多了，你们要不要”之类的话。显然，她不设防，她不懂得设防。而李丽丽的眼睛，看天，看地，就是不再看我们。我知道，她藐视我和阿布这两个见不得荔枝的北妹。有一天，李凡从外面抱回来一大沓书，李丽丽说，你真以为你能考得上呀？

我听出了李丽丽语气里明显的尖酸刻薄。李凡说，我可以的。我好奇起来——李凡考什么？

李凡住的是下铺。有一天，趁着她不在，我趴在她的床头看清楚了，那是成人高考复习资料。我一下子明白了——她跟我们不一样，我们工余时间就出去吃大排档、看投影，或者睡觉！当然还有李丽丽那样的——不停地找男朋友、换男朋友，享受男朋友们带来的各种实惠，譬如消夜、零食，乃至当时高达百元一市斤的岭南佳果荔枝。我有一天晚上听到李凡小声说，丽丽姐，你这样不好。李丽丽怼她，你这才好是不？我打赌，那个人，迟早是你的毒药！李凡讷讷地说，丽丽姐，你别讲了，他已经是毒药了。李丽丽说，那你还一根筋？李凡说，我愿意的！

中年妇女顿了顿，她发现站在自己身边的这个西装革履的男人握紧了拳头。她故意问："胡律师，你在听吗？"

中年男人说："你讲下去！"

于是，中年妇女的回忆又继续。

我和李凡友情的升温，缘于我生了一场急病。

那天夜里，我的肚子突然剧烈地疼痛，我的表妹阿布说：不好了！咱赶紧上医院吧！这个时候，也只有这个时候，我才突然发觉，在这异地他乡，仅有我和表妹两个人之间的互助是不够的——我和表妹身上所有的钱加起来，还不够三十块钱！此时，离发工资的时间还有一周。我们在每月发工资的时候，计划好了所有的开支，包括两人搭伙做饭的成本，余下的，我们都第一时间寄给了父母，我们是穷人家的孩子，我们的父母少不得我们按月寄回去的钱。我的表妹哭着喊醒了宿舍里所有的人。我的表妹说：大家行行好，救救我表姐，我们现在身上总共才有三十块钱……

那时候我们才知道，我们这一屋子工友比我们更穷，她们纷纷说：我们都没有三十元，我们也还要吃饭……

这时，李凡起床了，她是唯一起床走到我们身边跟我们讲话的人，其他人，都是躺在床上跟我们说话。李凡说：我这有五百块钱，是打算积攒着下半年交学费的，你们先拿着。走吧，我陪你们上医院！

讲到这里，中年妇女哭出声来："李凡，是我们的大恩人哪！可是，后来，在漂泊的路上，我们和李凡却走丢了！"

这个西装革履的男人就是胡二胡，古睿和李凡的中学同学。林翠翠是在一个微信群里认识胡二胡的。

没错，就像林翠翠自己说的那样，生活好起来了，她想找到那些在当年谋生漂泊的路上"走丢"了的恩人，尤其是那个昔日的工友李凡。她认为，那是救命之恩！

而胡二胡，却是在默默寻找着那些"欺负"过李凡的人，他盯上了李丽丽。

胡二胡律师沉着地说："林女士，我想拜托你一件事。"

林翠翠说："你说。"

"从今天起，你不要那么高调地找李凡，你不要动不动在微信群里发问：李凡，你在哪里？这样——嗯，这样，你会不小心触及他人的隐私权，对不对？"

林翠翠点点头。

胡二胡说："李凡，那个因为聪明、漂亮，被老父亲寄予了厚望，以为将来可以当高级工程师、搞大设备的女孩，跟那个时代成千上万的外来工一样，在劳动力密集型的电子厂里，在工序紧密相扣，一环接一环的、一刻也不得松懈的流水线上，拿起了电锡笔，在锡烟弥漫的车间，手工焊锡一块块铜箔，一处处细如发丝般的精加工。而这些加工后的铜箔，变成了这样那样的芯，被'集装箱'送到世界各地，成就了中国的人口红利，成就了港资、台资、外资等各路财团的低投入高产出，进而成就了又一次工业大变革。如果不是因为在华生电子厂打了厂长，也许她就会一直在锡烟弥漫的电子厂流水线旁待下去……"

林翠翠："胡律师……"

胡二胡："林女士，很抱歉！我还不能告诉你李凡在哪里，二十八年了！时代在变，人也在变，我还真不敢肯定，她还记得你吗？尽管，我理解你的心情，你想感恩，对不对？但是，你敢肯定她需要吗？或许，她已经不需要了呢？"

林翠翠说："我现在在深圳有好几套房子，我是在想，假如，假如李凡她需要呢，我可以做到——对她全免租金。"

"你知恩图报，很好，但是——"胡二胡努力克制着情绪，"或许，李凡她，根本就用不上了呢？"

林翠翠疑惑起来："胡律师，我不懂你的意思？你的意思是——她发达了？又或者……"

胡二胡不无沉痛地告诉林翠翠："其实，李凡早在二十六年前就不在人世了！她离开东莞之后，去了深圳，她当过'走鬼'，打过污辱她人格的城管，被行政拘留过，然后，她不得不再次进工厂打工，但是这一次，却要了她的命。"

第八章　“搅局”者

一

中国，苏州。

烟雨蒙蒙的江南，水天一色的太湖东岸，思凡机器人股份有限公司总部，即将迎来一位“搅局”者—— 何芳洁。

胡二胡律师把作家何芳洁送到深圳航站楼，在路上，胡二胡告诉何芳洁：“马欣欣始终不同意打这场官司……”

何芳洁说：“我懂，老太太是生怕李凡浮出水面，撕开古睿夫妇的感情裂口。但是，现在打不打这场官司，由不得马欣欣了，李凡是我外婆的娘家人，是我母亲心心念念的源！”

何芳洁从无锡机场出来，按照王小涵发给她的“定位”走，滴滴车司机把她带到了工业园区里一栋极普通的工业厂房门口。

王小涵已经站在思凡机器人公司大门口等她了。这个通过公司大客户的朋友介绍来的作家，王小涵当然必须礼待。

出租车刚刚停稳，王小涵微笑着跨前一步打开了车门，十分亲热地说："姐，真该让司机去接你的，你非要坚持自己来，航班号都不肯告诉我。"

何芳洁笑笑："不能给你们添太多麻烦，再说，滴滴打车多方便呀。"

王小涵长着一张好看的瓜子脸，是时下那种叫作年龄成谜的女性，皮肤的光泽度、紧致度，让人乍一看像是二十七八岁的样子，但是，老成的神态出卖了她，尤其是她那双大眼睛，一看就让人知道这是一个有故事并且上了一定年纪的女人。

一番寒暄之后，两个女人的谈话，就从"史总经理年过不惑依然单着"开始，然后话题转到了史诗的心上人。王小涵说："我见到过她，是在史……总的办公室里，那是一张倚靠于一个酸枝木笔筒的照片，十八九岁模样儿的姑娘，她身穿浅灰色劳动呢工作服、头戴浅灰色安全帽，她有着一双湖蓝色的大眼睛，挺秀的鼻梁，好看的红唇，迷人的美人沟下巴，是那种乍看冷艳，再看妩媚的小女生模样儿……"

何芳洁听着，只得频频点头，心里想：这个女人，她什么都知道？

果然，王小涵的话越来越出乎何芳洁的意料："今年春节后，他去了一趟深圳回来后，那张照片里的人出现了！他说他在机场见到了她，明明是她！这！怎么可能？那张照片都有年代了，都泛黄了！"

何芳洁听出了王小涵的醋意，却明知故问："王小姐，你有男朋友吗？"

"我？"王小涵愣了愣神，然后晃晃肩，俏皮地说："没有！"

有那么几分钟的尴尬冷场，然后，王小涵莞尔一笑："你去隔壁采访我们史总吧。史……总，是扛旗的。我们走小众路线，是因为史总太有情怀，史总的愿望是致力于模具产业工人零工伤。”

何芳洁注意到：王小涵在交谈中，几次纠结于“史总”或“史诗”这两个称谓。

等到何芳洁见到思凡公司总经理史诗时，史诗正在打电话：“好……嗯……对的！我明天下午到，客气……客气，思凡和永兴，互相成就！必须！明天见！”

终于等到史总讲完电话，王小涵把何芳洁介绍给史诗之后，就礼貌地退出了总经理办公室。

何芳洁坐在沙发上，偏着头看向亲自为她沏茶的史诗，想起二十六年前那场跟眼前这个男人脱不了干系的“工伤事故”，气愤难抑，于是，她单刀直入地问：“史总，请问您为什么要做‘小众’类机器人？是什么原因，嗯，或者说动力吧，让您致力于模具行业零工伤？”

史诗显然没有听出何芳洁的弦外之音，话中有话。史诗依然认真地沏着茶，他顾左右而言他：“我是做小作坊起家的，我接触到这块市场……”

何芳洁正想发作，想说：你在来江苏开小作坊之前，在广东待过，你那时候是广东一间机械厂的维修工，你那时候不叫史诗，你叫史小山。有一天，一个叫李凡的女工被失控铣床飞出的铁片夺去了年轻的生命，你也就离开了那间机械厂……

这时，史诗的手机响了，电话显示：母亲。

史诗冲何芳洁歉意地笑笑：“对不起，我先接个电话。”

“这个……妈，这个不能急，讲缘分……兴许，她在来的路上了……”这个电话很冗长，史诗从茶几前的沙发上起身，绕到落地窗前，面对着窗外的蓝天白云讲电话，主要是电话那头的老母亲在讲，在焦虑、在数落，而做儿子的，却在云淡风轻地应允或敷衍。

她在来的路上了？她在哪儿？不知为什么，何芳洁突然联想到了古小凡，那个据说是跟当年的李凡长得一模一样的女孩儿。

于是，她从沙发上站起来，走到史诗的办公桌前，她果然看到了王小涵描述过的那张照片……

何芳洁想起古太太告诉她，这个暑期，古小凡到珠海永兴公司实习去了，而刚才，从史诗的电话中她听得出，下周，史诗将到珠海永兴公司去。

何芳洁心中感慨：也许，一切都是冥冥之中注定的，她在来的路上了，他也在来的路上了！到那时，史诗，不！他是史小山！他是当年深圳鑫源机械厂的维修工史小山！到那时候，不管他是史诗还是史小山，这个辜负了李凡救命之恩的男人，都再无退路！何芳洁这么想着，于是，就把原本想深究下去的话题，吞到肚子里去了。

二

何芳洁从苏州回到深圳的第二天，竟然在一家超市的收银处与涂芳芳不期而遇，想到自己明明知道林俊、毛毛是谁，在哪里，却偏要隐瞒，何芳洁有点心虚，正想躲闪呢，却已经来不及了，涂芳芳正微笑着冲她招手。何芳洁心中感慨——我来深圳才多久呀，怎么就巧遇她了！而“林俊”，在离她不远不近的地方默默地眺望了经年，他们两个人怎么就总是完美错过呢？

何芳洁当然知道自己不能跟她说：芳芳，我不仅知道毛毛，我更遇见了林俊，在东莞迅达科技园。何芳洁对陈瀚许下了承诺——不能说，不要说。但是，她何芳洁偏又是一个不善于说谎的人，那如何是好呢？作家的悟性让她终于找到了“体面”的说辞，她想：如果涂芳芳问起呢？我就说：爱情，有很多种，有一种吧，可能是，他就站在离你不远不近的地方，悄悄地看着你，而你心里觉得这个人间蒸发了的家伙如此这般的可恨。然而，也许，某一天，在眼看着你要摔得粉身碎骨的时候，在瞬间冲出来，托起你的，正是他强而有力的臂膀。至于毛毛吗？你不如就信了自己老公，不是毛毛，是摸摸，额，摸一摸。

事实上何芳洁想多了！涂芳芳跟她聊的是青岛——青岛的机场离A公司很远吗？你认不认识A公司的人？帮帮我家老公……

何芳洁心下释然了：好吧！她到底心疼自己老公！

这天晚上，何芳洁失眠了，天亮的时候，她给古睿发了一条短信息——我要见你！古睿很快回复了她：今天吗？那你早点到，我下午还要出去跑客户。何芳洁说：对！今天上午。

两小时后，古睿把何芳洁请进办公室，给她倒了一杯温开水，放在她的面前。古睿说：“何作家，对不起，真的很对不起！”

她把水端起，一饮而尽。她不看他，她低头看着自己面前摊开的笔记本，手里是一支特型签字笔，笔杆比常规的要大一倍，握在手里，有一种沉甸甸、满满当当的感觉，更有一种举不起、握不住的错觉。

这支笔，是胡二胡律师送给她的。

她对古睿说:“我第一次见到李凡，是在苏州，在史小山……嗯，他现在叫史诗，在他的办公桌上，有一张倚靠于一个酸枝木笔筒的泛黄的照片……”

古睿点燃一支香烟，摁灭，再点燃一支香烟，再摁灭。如此反反复复了许多遍，直至他捏着香烟的手在颤抖，直至他盈眶的泪水往下流，他倏地站起身，走到宽大的落地窗前，留给她一个挺拔而落寞的背影。

良久，他充满磁性的声音，从落地窗那边飘过来：“那天，史小山跟我火拼后，就走了，我追上他，一直追到了李凡出事的那家工厂，但是，一切都晚了。包括故事原因定论，所有的资料都可以证明厂方无一人有责任，所有的责任都推给了意外。从此，李凡的生命，在我心里，定格在十七岁！在栀子花开的池塘边。”

她说：“古总，李凡出事那一年不是十七岁，而是二十一岁。就是你家小凡现在这个年纪。”

他说：“是！但我只记着她十七岁时的模样儿，她被劝退学后，我再也没有见过她。李凡，她是我此生亏欠最深的一个女人!”

她想：我的李凡表姑哪能算得上是女人？她是女孩！她还来不及经历女人们该经历的事——热恋、结婚、性、生儿育女。

于是，她说：“古总，她是女孩!”

“是！女孩!”古睿的声音沙哑了。

不知为什么，她握着笔的手在颤抖，她努力想抓牢它，但是，她失败了——“啪”的一声，这支她握在手心里的笔，结结实实地掉在地板上。

听到声音，他猛一回头，她看到了他脸上的泪水。

良久，她听到他说:“何作家，那天，我正要上课，我也像你今天这样，手中的笔无论如何也抓不牢，然后，‘啪’的一声掉在地上。胸口一阵撕裂般剧痛，好像这不是一支笔，而是一枚飞镖，它也不是掉在地板上，而是刺向我的心脏。后来，我才知道，正是那个时辰，在深圳，在铣床故障飞出铁片的瞬间，李凡扬起手中的钢板，阻挡从铣床飞出的铁片。”

他说着，弯腰帮她捡起掉在地板上的笔，递给她。

似乎，有一股神秘的力量在跟她争夺这支笔，她的手再一次抖了抖，这一次，她牢牢地攥紧了它。

这时，风和日丽的窗外，莫名其妙地刮起了狂风，骤雨如期而至。

三

中国，香港。

午后的阳光躲在浅灰色的云层里，中环某顶层豪宅露台，九十二岁的许老先生，坐在靠背藤椅上，边听新闻边品咖啡。

许老先生祖籍浙江宁波，少年历游海外，中年回港立业，商界合作伙伴满天下，包括曾为亚洲首富的李嘉诚。

这时，助理送来了文件夹，助理弓身把文件夹放在藤椅旁的梨花木桌上，依然弓着身子，恭恭敬敬地说：“许总，这是永兴旗下各分公司上周的经营动态汇总，我都看过了，除珠海永兴外，都没什么大事件……”

许老问："珠海永兴什么情况？"

助理答："珠海永兴计划通过开发新客户实现产品升级转型，他们正在密切接触思凡机器人……"

"幼稚！从来都是有花才有果，没见过有果才有花。"他顿了顿，若有所思，"思凡？思凡机器人我没听说过。"

"许老，思凡是业界后起之秀。"助理答。

"嗯，请你给我收集思凡的基本信息。"

四

中国，珠海。

秦志远在一份报价单上签字的时候，桌上的手机响了。

来电显示是——许老先生。

秦志远想：许老先生？怎么会是许老先生？而不是许恒？许老不是把儿子许恒推到前台了吗？他再出山？秦志远心里隐隐觉得，许老亲自给他打电话，肯定没有什么好事。

秦志远对着电话恭恭敬敬地说："许老，您好！怎么想起给我打电话来了？"

许老先生说："小秦呀，我听说，你呢，挑起了行业价格战。这价格战嘛，烧遍了珠三角、长三角，烧遍了整个机电产业链，直至传导到整个制造业终端！"

秦志远说："许老，瞧您说的，小秦有这能耐吗？"

许老先生说："你有！我听说，你愿意在振华科技任意报价的基础上，降低三个百分点，你能保证产品质量吗？我的意思是，像振华科技那样过硬的产品质量。"

秦志远一愣，心想：好啊！古睿，又是你跟我较劲。

但是，很快，秦志远就让自己镇定了下来，秦志远说：“许老，这个，没问题。”

许老说：“小秦呀，我知道，今年春节后国家启动去产能背景下，市场容量严重萎缩，产业链中端生存异常艰难，我们末端的日子也不好过，但是，咱挺一挺不就过去了吗？为何，要拿企业的今天赌未来呢？据我了解，振华目前已经是零利润了，而你们融通，敢在振华科技零利润的基础上降低报价抢业务，何来的底气？小秦，我这么不客气地跟你说吧，在保证质量的前提下，我们当然会选择报价更低的供应商，但是，两者之中选其一的话，我们只能优先选择质量，因为，我们永兴实业要做百年老店！”

秦志远艰难地说：“许老，我们保证质量……”

许老生气地打断秦志远的话：“你还说！我心中没数吗？小秦，我跟你这么说吧，你们融通的合格出厂产品，放到人家古睿的振华科技，就是一堆废品！分子结构、传导力、传导性……总之，没有一样达标！”

秦志远说：“怎么会呢？许老，我猜，是古睿找过您了，他在您面前胡说八道……”

许老先生说：“是我找他！我也才知道了，有些参数，我们检测不出来。这需要时间、时间！小秦，你懂的，你们在产业链中端，凭不凭良心做产品保质量，短期内真伪难辨，但等我们的终端产品投放市场三五年后，一切就会显示出来。”

许老先生越说越激动，他讲到了贵金属耗材缩水，讲到了终端产品使用安全，甚至讲到了欧美的制造业百年老店……“小秦，你听我把话说完，我永兴的经商戒律是——敬畏市场！”

许老先生沉吟片刻，突然话锋一转：“小秦啊！二十多年了！莫非，你们两个，还在为李凡事件较着劲儿？”

秦志远愣了愣神，李凡？天哪！又是李凡！自己梦里想着李凡，妻子李丽丽“追究”着李凡，现在，连当年的“特殊订单”主人、知情人许老先生也问起了李凡！

秦志远感觉到有一双眼睛正在看着他，没错，是李丽丽，李丽丽已经推门进来了，她在看着他打电话。

他强迫自己迅速镇定下来，“许总，没有的事。”

许老先生说：“没有就好！小秦啊！旁观者清，我说吧，你和小古两个人加起来的委屈，还都没有那个维修工多！”

秦志远说：“许老，这么跟您说吧，就算价格战是我秦志远挑起的，也是……市场给逼出来的，振华科技敢零利润，我敢赔本给你们珠海永兴做！”

许老先生说：“不用了！我已经通知了许恒，继续合作振华。再见！”说罢，许老先生挂断了电话。

许老先生挂断了电话，却不由分说般，三言两语的，就把一大堆往事塞给了秦志远。

秦志远恨得牙痒痒：古睿，我靠！

李丽丽走近他，越走越近，她听到了他的喘息。

秦志远艰难地说：“你都听到了，许老先生刚才来过电话了，永兴选择了振华。”

李丽丽一下子像只泄了气的皮球，“这么说，我们最终还是输给了古睿！”

秦志远说：“何止是古睿，还有史小山。”

史小山？李丽丽觉得丈夫越说越没谱了，见绳就是蛇。二十六年前，史小山只不过是融通电子前身鑫源机械厂的一名维修工，一个壮壮憨憨的河南仔。然而，正是这个看上去老实本分的河南仔，在某一个夜晚，当着他们两个人的面，用拳头，“哐啷”一下，“哐啷”再一下，击碎了大班桌上厚实的钢化玻璃，也扎伤了他自己的双手，鲜血喷涌而出，然后，他握紧拳头，扬长而去！从此，销声匿迹。

“天哪！史小山，他现在在做什么？这个小赤佬，比古睿更恨咱们。”

“住口！什么天哪天哪的？你不配这么大呼大叫？”

“你……”李丽丽的眼角滚出了泪水，“我明白了，你心里，只有她，那个妖姬！”

秦志远不搭话，他逼近她、逼近她，很近很近，近到他的老花眼镜，碰触到了她漂亮的假睫毛，他从喉咙里蹦出几个字来：“你！我！都不配！”

“……”

“我们输给了品质。”

“……”

“你以为，史小山还是当年那个小赤佬？我也是昨天看新闻才知道，他现在是大佬了！他是机器人行业新秀思凡机器人的创始人史诗！”

“思凡，史诗？”

“对！思凡。你掂量一下，这个大……赤佬，居然敢改名叫史诗？他妈的几层意思？他有多爱李凡，就有多恨我们！”

现在，李丽丽把自己关在办公室里，她要好好想想，眼前，到底发生了什么事？她该如何应对？

没有谁比李丽丽更清楚史小山对李凡的感情。因为李凡，改写了史小山的名字、命运，这是史小山生命的奇迹，而她李丽丽，恰恰是这奇迹背后的推手。

当年，李丽丽的婶子荷花央求李丽丽把李凡带来深圳打工，李丽丽内心是抵触的，李丽丽想：婶子呀，我凭什么要带李凡出去打工？义成村人谁没看出来，李儒把你的魂勾去了，“晕田”时你在大庭广众之下，假装摔倒，结结实实倒进李儒怀里。这事，后来变成了咱们义成村人茶余饭后的谈资。你让我那个本来就自愧不如人的叔父，情何以堪？

然而，让李丽丽的叔父李阿贵抓狂的是——除了这一次，他真抓不到别的“现场”。让李阿贵更抓狂的是——荷花却没事人似的，一如既往待李儒好，更是把李儒的女儿李凡视如己出，做个好吃的菜，家里人都还没下筷呢，荷花就让儿子李木旺给李儒家送了过去。针线活儿，那就更不在话下了。让李阿贵最抓狂的是：他爱荷花这个女人，他离不开这个女人，他下不了决心休了她！

李丽丽是那种家族观念极强的人，她觉得，叔父的委屈就是她自己的委屈，更何况，李丽丽早早就没了爹，是叔父瘦小的肩膀，扛起了父爱；是叔父的脊梁，扛起了兄长支离破碎的家；特别是分田到户后，叔父揽下了李丽丽家犁田、耙田等所有男人们干的农活，才使得李丽丽的母亲中年丧夫后，跟村上别的妇女一样活得有尊严。李丽丽姐弟四人，对叔父的感情都特别深。

所以，李丽丽当时回答婶子荷花："我听我叔的。"然而，李阿贵把侄女唤到院子里，李阿贵说："丽丽，听你婶子的，把李凡带出去！"

想到这里，李丽丽心中感慨：我真是，真是给自己带出了个大麻烦！

且不说古睿、史小山这两个因为李凡树起的"宿敌"，就说这秦志远吧，谁想得到，这个花心男人，他怎么就会在见到李凡之后，猛地踩了刹车，从此，心甘情愿，吊死在一棵树上呢？

为这事，李丽丽找过心理咨询师，心理咨询师一针见血：因为他想要，偏又得不到，永远得不到，心魔。

现在，秦志远也把自己一个人关在办公室里。被许老先生一顿"骂"之后，他反而平静下来了，他不由得想起二〇一五年春节联欢晚会上，郭冬临、刘涛出演的小品《一定找到你》，想起那位提前出狱的犯人掏心掏肺的那番话。秦志远想：在许老先生面前，我秦志远算老几呢？许老先生什么样的风浪没见过？什么样的尔虞我诈没见过？出来混，迟早要还的。我秦志远曾经利欲熏心，为所欲为，离"还"的那一天，也不远了！他这么想的时候，百感交集，他想起了那些年打拼家业的艰辛，每一笔业务，都是自己低声下气从那些"上游"厂家那里要来的；每一笔货款，也都是自己一趟趟地跑，给人家管事的、办事的，大到经理，小到会计、出纳、办事员什么的赔笑脸，才收回来的。其中有一个厂，那个出纳最过分，她爱吃泰国进口的榴莲、山竹，所以，每次他去收款，他都必须带一大袋那个女人喜欢的水果去，否则，她愣是不付他现金或转账。他当时恨得牙痒痒，连杀她的心都有了，但是，转念一想，杀了她就能解决问题了吗？奶奶的，泰国进口的榴莲、山竹谁不喜欢啊！这玩意儿贼贵，我秦志远都舍不得买来吃，要不是为了这几十万元应收货款，谁请你吃！

后来，逮着一次机会，他把这个女人压在了身下，从此，这个女人变成了他的情妇兼马仔。他的坏，就是从这个女人开始的，后来他又如法炮制，把几个大厂老板身边的女人压在身下，变对手为同盟，让他那些年在混沌的市场竞争中捞到了一桶又一桶金。

是的，他秦志远干过很多女人，但是，妖姬，李凡那个妖姬出现后，他就猛地踩了刹车——

是李丽丽央求着他一起去派出所把李凡接出来的。这之前，他还真是只听到李凡其名没见过其人。

那时，他三十九岁，有个像那个女出纳一样的临时情人，招之即来挥之即去，而当时，二十世纪九十年代初，开改革开放之先河的深圳，已经有了很多的二奶村，譬如水贝、譬如黄贝岭。别说像他这种在深圳投资办厂的港澳台老板了，就连那些香港过境货柜车司机们，哪个在大陆没有二奶？他觉得这已经是无关乎个人爱好的问题了，这关乎面子，否则别人以为他性能力方面不行。他总不可能到处去跟人说：我有很多情人，潜伏在客户那里。于是，他在车间里转了几天，最后，把脸蛋最漂亮、胸最大、腰最细、屁股最浑圆、嘴巴最甜的李丽丽调到了办公室当文员。事实证明了他的眼光够毒辣，这个来自粤西乡下的姑娘，不光人够靓，带得出去，在床上会来事，而且，她具备天生的经商能力，处理劳资矛盾与冲突的时候，比他更果断、更心狠手辣——就是在李凡进厂前，厂里正在加班加点赶货，偏就在这个节骨眼上，发生了罢工事件，带头罢工的是一个湖南仔，李丽丽赔着笑脸，把工人罢工时提出的包括加工资、缩减加班时间、给员工提供热水等要求都一一应允了下来。但是，等那批货赶出来之后，李丽丽就开始着手赶人和招人。首先被开除掉的，当然是那个带头闹事的湖南仔，以及部分纵容工人罢工的管理人员。

是派出所的电话打到他深圳的“家”里来了——这是他和李丽丽半公开的家，除了香港油麻地那个黄脸婆，对其他人，他统统不避嫌，他那个时候有多狂妄呢？有一次，一位管理人员说，我昨天在百佳超市见到老板娘……

他怼人家：哪个老板娘？你讲清楚点，我香港一个老婆、深圳一个老婆，你见到的是哪一个？

管理人员当然是见怪不怪，因为，当时，深圳缺资金，更缺人才，所以，别说香港老板了，连那些被分派到深圳来的香港师傅，那些口袋里有了几个钱，发妻又鞭长莫及的男人，哪一个不这么着。不这么着，别人还笑话呢。

讲回派出所那天打来的电话。

派出所的人问：“是李丽丽吗？”

没有“请问”两个字，他在旁边听得很清楚。

李丽丽说：“是，你是……”

派出所的人说：“我是××派出所，你现在，带上你的身份证，还有三万元保释金，来赎人！对！就是现在，马上！”对方讲完电话就挂了。

是一个男中音，很威严的口吻。他在旁边听得出来。李丽丽再打过去，就是忙音。

就这样，在派出所，他见到了李凡。

李凡是因为当“走鬼”，在街上与城管发生了冲突，李凡动手打伤城管被关押进去的。

这之前，李丽丽在秦志远面前提起李凡，说是自己有那么一个同乡姐妹，原本好好地读着书，高一了，成绩也是年级前十，偏就早恋，还把早恋的责任自己一个人全扛了下来，结果，被学校劝退学，跟着她出来打工。

当时，他就问：“现在呢？”

李丽丽说：“现在，还能怎样，当‘走鬼’呗。”

“一个姑娘家当什么‘走鬼’？”

“她要自由时间啊，在上夜大。”

“漂亮吗？”

李丽丽瞪了他一眼，“不告诉你！”

他见到李凡的第一眼，心就一阵狂跳，他差点儿惊讶得喊出声来：“这尤物！”

还好，他讲出口的是：“嘿嘿嘿，你也是！人家城管是变着法儿称赞你长得漂亮，你怎么能拿扁担打人呢？”

然后他说：“听你姐讲，你眼下需要一份朝九晚五的工作，这不简单吗？到咱们厂里来。”

原本，秦志远是要把李凡安排在办公室里当文员的，李丽丽死活不同意，李丽丽说：“秦志远，你就死了这条心吧！李凡，你不能碰！否则，你怎么死的你都会不知道。”

“什么意思？”

“她的父亲，犟得像头牛，你要不明不白地碰了他的女儿，他会让你死得很难看。再说，人家早有心上人了，那小子，正在大学里念书呢，虽说没联系，难说哪天，人家就找过来了呢，毕竟，我妹妹（李凡）为他付出了那么多。”

后来，秦志远做了妥协，依了李丽丽，把李凡安排到车间里当磨工。

最初，李丽丽心里有个小算盘：这是男人们干的，最苦最累的活，李凡待不长久。但是，李丽丽低估了自己这位同乡姐妹的韧劲——李凡居然坚持下来了。李凡需要的不是眼前，而是未来，她需要上夜大，需要实现她的父亲为她定下的上大学、搞大设备、当工程师的人生目标。

见李凡坚持了下来，李丽丽又想：也好，李凡他日如愿完成学业，找到一份好工作，嫁个好老公，在深圳扎下根来，把相依为命的父亲带出来，断了我家婶子荷花的念想，不正好吗？

秦志远知道，如果派出所的那个电话耐心一点点，讲清楚一点点，再或者，当时他不在，总之，李丽丽是个心机女，她不会让各方面都比自己强的李凡见到他秦志远。

但是，生活没有如果。

李凡到鑫源厂上班的第一天，秦志远见证了维修工史小山与李凡的意外重逢。更让秦志远意想不到的是，这两个意外重逢的青年男女，竟阴差阳错般，给他秦志远创造了机会——在众目睽睽之下，把李凡压在身下。

史小山简直不敢相信自己的眼睛——

“是你！神仙姐姐！”

“我叫李凡。那天，我听到了你的声音，你说，你叫史小山，你还说要还我钱，有意思吧，我算是找上门追债了？”她说着，咯咯地笑起来，她笑起来的样子更迷人！

史小山朝她伸出手，见对方并不呼应，史小山又悄悄地把伸出来的手缩了回去。

史小山说：“这是男人干的苦累活，你为什么进来了？”

她粲然一笑，“不进来，我能再遇见你吗？”然后她如实告诉他，她刚刚被堂姐从派出所里领了出来，讲好了的特许她不用加班，不耽误她上夜大……

“你还读书？”

“是成人夜大。”

“难为你了，神仙姐姐。你长得真好看！我上次见着你，你没戴着帽子，更好看，还有，你的行李，真多！我记得……”

李凡不好意思地笑了起来：“那时候啊！我居无定所，家就是行李，行李就是家，行李确实有点多。”

她这么说的时候，本能地伸手去摘下头上的鸭舌帽。

瞬间，她及腰的长发被风扬起。

“不能！你正对着鼓风机！”说时迟、那时快，史小山和站在不远处的秦志远，几乎是同时扑向她，两双男人的手合力把她推倒，秦志远更是棋高一着，他一把把她推倒，自己也跟着倒了下来，这样，秦志远就结结实实地把她压在了身下。

李凡后来才知道，那一次，如果不是老板秦志远和史小山反应迅速，她很有可能就变成了火花机里的肉酱。

李凡后来思想上斗争过——我要不要离开？不！我暂时不能离开，“走鬼”没得当了，我需要这份不用加班的工作，我要上夜大！

李凡发觉自己越来越想父亲了，父亲跟她有个约定，考上了大学，才能回家。所以，她已经三多年没回过家了，三年多的时间，她自学了在榕镇中学未修完的所有高中课程，然后，买了一个假的高中毕业证，顺利考取了电大机电一体化专业。她想：今年春节，我就可以回去见爸爸了。我必须好好珍惜这份不用加班的工作，顺利完成学业。如爸爸所期望的那样，将来，搞大设备、当工程师。然后，跟爸爸在一起……

整个鑫源机械厂没有人不知道——秦志远往车间里跑得越来越勤快，是因为垂涎李凡的美色。是的，秦志远着魔般喜欢上了李凡。尽管他从史小山的眼里知道，史小山年轻的心里，酝酿着炽烈的爱情，他还从李凡的眼睛里知道，她的爱情容不下沙子，她不会像她的同乡李丽丽一样，为了钱，委身于人。而李丽丽则是在心里骂：秦志远，你这个老色鬼！史小山，你这个笨蛋，追女仔你会不会啊！要不要我教你？当然，她更妒恨的是李凡，在多个辗转反侧的夜里，她在心里咒骂：李凡，你这个妖姬！

李丽丽没想到，一场飞来的劫难，结束了这种局面。却给她的人生，埋下了更大的隐患！

第九章 邂逅

一

中国，珠海。

史诗的这次走访，终于让珠海永兴与苏州思凡磋商多时的战略合作项目落地。

思凡与永兴双方签订业务合同后，史诗让双方公司的业务团队离场。

史诗和许恒，两个年龄相仿的企业家在小会客室相对而坐。

两个帅哥。

两支烟枪。

“抽这个吧？”

史诗出手的是中华。

“不，我习惯这个。”

许恒掏出的是南京。

许恒装腔作势地往门口看看：“偷偷抽，不能让太太看见。”

史诗哈哈哈大笑。

史诗说："我说嘛！单着省事！"

许恒问："莫非，史总心里，从没住过女神？"

史诗的笑容刹那间凝固了。

史诗答："有！在我十八岁那年，她住进了我心里，她永远二十一岁！"

"姐弟恋？后来呢？"

"后来……许总，这个话题太沉重，换一个话题好吗？"

许恒愣了愣，想了想说："下个月迈德市场部骨干去泰国，史总，您有空吗？一起去！"

"纯度假？"

"纯工作。"

"很赞！我们走的也是这方向，新项目在国内，淘汰或即将淘汰的项目移至东南亚，甚至……"史诗顿了顿，扔掉手中燃着的香烟，用右手打出一个潇洒的 OK 手势，他提高了声调，一字一顿地说，"甚至，北美！"

古小凡就是在这个时候，送了精美的茶点进来，这原本是古睿对女儿古小凡的历练要求：不急于学技术、学业务，先让她学习待人接物。

所以许恒就给这位大学实习生安排了端茶倒水的工作。于是，当古小凡托着一盘精美的茶点走进小会客室的时候，史诗愣住了——是她！那个半年前在深圳机场 52 号登机口邂逅的"李凡"，那个闪进了 52 号登机口，在滂沱大雨中上了机场摆渡车的"李凡"！

古小凡也愣住了——是他?！那个莫名其妙的男人！神经病！

史诗目不转睛地看着古小凡，看着她一步步走近，看着她把精美的茶点摆上茶几。

香烟烧着了他的手，他的眼睛模糊了。当泪水夺眶而出的时候，他失控了，他喊道："李凡，是我！我是史小山呀！我是史小山!"史诗不由分说地攥紧了古小凡秀气的手腕，以至于古小凡在试图挣脱时，手上的水杯跌落地上，茶水溅湿了史诗洁净的白衬衫。

古小凡气咻咻地说："我爸爸真没说错，你——神经病!"

眼前发生的一切，让许恒如坠云里雾里，他反应过来的第一件事是用力掰开史诗的手，责怪道："史总，放手、放手，您看、您看，您都把小姑娘的手攥痛了，您……是不是认错人了?"

史诗说："神经病？你爸爸说我是神经病？你爸爸是……"

许恒说："史总，不好意思啊，是我工作做得不够到位，我来给你介绍一下，这姑娘呢，她不是我们永兴的员工，她是来这儿实习的，她是深圳振华科技的掌门人古睿先生的千金。"

许恒转而向古小凡介绍史诗："史诗，苏州思凡机器人公司创始人、董事长、总经理，智能制造行业明星!"

古小凡忽闪着一双湖蓝色的大眼睛，似乎是好奇，又似乎是饶有兴趣地问："李凡？李凡到底是我爸什么人？又是史董事长您的什么人？你们的世界，我不懂。"

二

三天后，还是在这间会客室。

史诗对许恒说："兄弟，我明天回苏州。"

许恒说："好！你加到古小姐微信了吗？"

史诗说："加了，但是，人家不理我。"

许恒说："兄弟，别急，慢慢来。"

这时，古小凡敲门进来，"许总，您找我？"

许恒说："对！小凡，给我们史总的咖啡加点糖。"

古小凡说："好的，稍等片刻。"

史诗没有抬头，不敢抬头，他怕自己再次失控。他告诫自己一千次一万次，她不是李凡，她是古睿的女儿古小凡。世间再无李凡，再无那个与他有着过命恩情的李凡，再无那个为机械厂106名工友而义无反顾去赴难的奇女子李凡。

然而，就在古小凡转身去给他取糖的时候，他又想起了当年追求李凡的点点滴滴——

他清楚地记得，那天，快下班的时候，他拎着一只维修工专用工具箱走到李凡工作的铣床前，自作主张帮李凡关掉了铣床的总开关。这时候他离她很近，他闻到了从她身上散发出来的，一股若有若无的甜香，这是一种什么香型呢？嗯，是不是蜂蜜香？是那种新鲜蜂蜜的甜，那种幽香！

那一刻，他本能地冲动起来。他想：眼前这个我暗恋了近三年的姑娘，我为什么不可以大胆去追求呢？尽管我知道，她是老板秦志远的情妇李丽丽的同乡，可与李丽丽相比起来，她的未来充满了希望——她是成人夜大机电专业的学生；我还知道老板秦志远对她早已垂涎三尺；知道她已经有了心上人，那家伙是名牌大学生。但是，我想，凡事都有可能。七仙女不是跟了董永吗？

我为什么不可以梦想娶个神仙姐姐般的女孩为妻？

他这么想的时候，给自己壮了壮胆子。他说："李凡，晚上七点我到你宿舍门口等你，我要跟你约会！"

李凡先是一愣，当终于弄明白他在表达着什么的时候，她笑了笑，这笑，几分婉转，几分苦涩。她先是略略偏了一下头，看着他，大约看了三秒，然后，她把头一扬，说："要是我不赴约呢？"

他原本想说：你敢！老子暗恋了你三年。又或者说：我会一直等下去！

他还没有想好怎么说呢，突然，听到李凡喊："不要！"

几乎同时，他感觉到自己的膝盖被人从背后猛踹了一下，突如其来的剧痛，让他本能地喊叫了一声"哎哟"，并随之蹲了下来。

这突然从背后袭击他的，不是别人，正是老板秦志远。

秦志远说："上班时间撩妹，你找死！今晚全厂加班赶货！通宵！"

现在，他心中已经有了主意，他决定冒险一次。因此，当古小凡把糖送过来的时候，他对自己说：史诗，你不能跟她玩暧昧，她不吃你这一套！你明天就要回苏州了，那边有太多的工作在等着你。你这一次再犹豫，就真来不及了！你已经梦想了二十年，你还要继续做梦吗？不！你要付诸行动！

于是，他说："古小凡，你停下来。"

古小凡一听，愣住了，她站在那里等下文。

史诗说："我要追求你！我要跟你约会！"

古小凡再一次怔住了。

史诗接着说："今晚七点，我在永兴公司大门口等你！！"

这一次，他把话说得掷地有声。

古小凡重复着三天前对他说过的那句话："我爸爸真没说错，你——神经病！"

他看出来了，这一次，她没生气。

三

古睿没有想到，因为"梦呓"引发的家庭"战火"才刚刚平息，新的"战火"又来了！这一次，起因是古睿想看《大国重器》，涂芳芳坚持要看《非你不嫁》。最终，涂芳芳掌握了遥控器。

56 英寸宽屏幕里出现了一个毛头小伙子，站在二十四位打扮精致的女嘉宾面前，手持选择器选择心动女生的画面。

"哇！5 号！三十八岁离异单亲妈妈王小涵！"涂芳芳故作激动地说。

"哼！貌似那个离异单亲妈妈是某人。"古睿从鼻孔里哼了一声，起身往书房走去。

"你说谁？"涂芳芳嗖地一下从沙发上跳将起来。

"我没说你。"

"你就是说我！你站住，把话说清楚！你这几层意思？想离婚是吧？你那个毛毛等不及了？是不？"其时，古睿已经走到了书房门口，涂芳芳像一只好斗的小公鸡，蹦跳到古睿的跟前。

"懒得理你！"古睿嘭的一声把门关上。

涂芳芳正要撞门，准备跟门里面那个可恨的家伙开战，明白地告诉他：半月前的“和谐事件”没完，毛毛事件没完！更可恨的是：计划好的这个暑假女儿准备雅思考试，就你想到哪是哪，让女儿去珠海做暑期工了。古睿，你在公司里可以说一不二，在家里可不能都让你说了算！

然而，就在这时候，手机响了，是古小凡打来的电话。

“妈妈……”女儿古小凡甜润的声音传来。

听到女儿古小凡的声音，涂芳芳的气消了一半。

古小凡说：“妈妈，我跟你讲一件蹊跷的事……”

“什么？不可以！”涂芳芳几乎是喊叫起来。

“是的，妈妈，这个人，是来公司洽谈合作业务的，来了就不走了，天天在我眼前晃悠……”

“我的天！”涂芳芳再一次喊叫起来。

涂芳芳挂断了电话，她用手拍门，“古睿，你给我出来！小凡，咱们小凡有麻烦了！我们要去珠海！马上！”

门开了，这时，古小凡的电话又来了。这一次，女儿把电话打给了父亲：“爸，我妈刚才粗暴地挂断了我电话，我话都还没讲完嘛。”

父女俩的这次通话时间特别长，主要是电话那头的女儿在讲，这边做父亲的在嗯嗯哦哦地应允着，在通话的过程中，古睿一直与涂芳芳保持着距离。

涂芳芳想：啥秘密？还不让我知道。

四

中国，港珠澳大桥。

涂芳芳驾着车，加速、再加速，减速、再减速。

古睿坐在后排，神情凝重，但这极不平稳甚至是故意震颤的车速，迫使他一忍再忍之后，努力压着怒火说："注意文明驾驶，行车安全。"

涂芳芳正要说什么，古睿的手机响了，是岳母打来的电话。

岳母问："古睿，你在哪儿？"

古睿说："我们在港珠澳大桥上，芳芳在开车，嗯……对！去接小凡。妈妈，您有什么急事吗？哦……没有就好。哎呀，妈妈您也看《非你不嫁》？嗯，您慢慢看。"

挂断电话，古睿对妻子说："你娘，正在看《非你不嫁》，问我们是不是今天也看电视，神经兮兮的。是不是你告状我跟你抢电视频道了？"

"我呸！"涂芳芳再一次踩刹车，"你看我赶得及吗？神经！"

五

中国，广州。

广州塔小蛮腰景区往西，再往西，一个相对老旧的干部住宅小区，某单元里，年逾古稀的涂老先生正在阳台上摆弄花草，年逾花甲的马欣欣正在看电视相亲节目《非你不嫁》：

电视上，主持人问："王小涵，你为什么不跟男嘉宾走？"

王小涵却是答非所问："三十八岁，我该活明白了！有些人，或许上辈子就是你的家人，亲人、爱人、知音、最好的合作伙伴。他们是来与你再续前缘的。你要倍加珍惜，且行且珍惜！

"而有些人，或许上辈子就是你的外人、敌人、辜负你的人、在你背后捅刀子的人、欺骗你的人！他们是来给你的人生添堵的。你一定要坚守底线，该放手时放手，该决裂时决裂，该绕开时绕开。这样，人生自会风清月明！"

主持人："你心里已经有人了？王小涵，这就是你的不对了！你既然有心上人了，为什么还来上我们的节目？"

王小涵："因为他也有心上人了！那个叫李凡的女孩，活成了一个传说，活成了好几个男人心头永远的痛，他，就是其中之一……"

主持人："哦……那你现在……"

王小涵："他拒绝我多少次，我就会恨他多少次，直至我心里再也盛不下恨了，爱也就随风而去……"

这时，主持人身后的传奇之门徐徐打开，门开处，一个怀抱捧花的男人阔步走来，温柔而又粗暴地打断了王小涵的话："忘记他！"

他选择了回来！

王小涵简直不敢相信自己的眼睛，他？他真的回来了！他带来了袖珍机器人吗？这个设想着中国将出现医患超市的AI狂人，他为事业而来？又或者，为爱情而来？王小涵仿佛又看到了十八年前那个卑微的自己，看到了那个女孩子泪流满面，把一束塑料玫瑰花塞进了邮局门前的垃圾桶！看到了那张汇款单，看到了他潇洒的钢笔字，看到了他写道：小涵，这是我参加工作后领到的第一份工资，我给自己留下了两块，剩下的都给你……

她记得自己那时候读着信，心里甜蜜地骂他：这个笨蛋，主次不分。

对！那是一个男人一生的第一份工资，他交给了一个女人。似乎，一切就顺理成章、水到渠成的时候，他选择了别人为他铺好的路，他没有来深圳，没有来赴她的玫瑰之约！他去了江城，然后，又去了上海，紧接着，去了多伦多……

他回来了！他真的回来了！他让她确信，他为项目而来，更是为她而来！他不再在爱特蒙顿的樱桃树下纠结与眺望，他不再咬牙切齿地跟儿子说：那个住到了咱们家里来的红毛鬼子，爸爸迟早让他滚！

六

中国，广州。

涂老先生从阳台上走进来，发现老伴在边看电视边流泪，涂老先生挨着老伴坐下，关切地问："谁惹你了？哎！刚才你是不是给女儿女婿打电话了？小凡，我外孙女咋啦？"

马老太太一言不发，只顾着哭，越哭越厉害。

这时，她又收到了一条手机短信，是她的宝贝外孙女古小凡发来的：

外婆，出大事了！我爸爸跟一个神经病打架。

第十章　初心

一

这天，在胡二胡的律师楼，胡二胡告诉何芳洁："由于马欣欣的顾虑，李凡案过去已经二十六年了，早已经过了追诉期，需要向最高人民法院申请复审。问题就出在这里了，我们的申请复审理由呢？我们至今没有任何证据推翻原来的判决，除非……"

何芳洁问："除非什么？"

胡二胡答："除非当事人自首。"

何芳洁张了张口，不接话。良久，她绕开话题，她告诉胡二胡："自从在榕镇见过马欣欣后，我时常做着同一个梦，在一处我想不起全名的海边度假胜地，我见到一个容貌姣好、气质脱俗的女孩，这个女孩看着我，不说话。我知道她叫虹，但无论如何也想不起她的全名。梦里的我告诉自己，要牢牢记住'虹'这个字，要不，一闪失，连这个字都没有了！我还梦见自己在百度中输入'虹'字，搜索出无数的关联，都不是她！我梦见自己收到虹的来信，虹写道——你来了，床头灯的温馨伴着你的真诚，我们挤在一起，不说话，静静地读书，在一起，却是用心交流，无须更多的语言，只需漂泊中的相互牵挂，只需这一盏灯。我梦见自己来到虹的住处，是在格兰云天大酒店背后那栋公寓的其中一个宿舍，宿舍里放了三张上下床，住着六个漂亮女孩，虹是其中的一个，宿舍里还配有卫生间，每个人还配有一个小巧的、可折叠的、乳白色的写字台。我想：这是我见过的最漂亮的居所！我牢牢地记住了它！

“还有一次，我梦见虹住在海边，是一个阔绰的单身公寓，一室一厅，在客厅里，有一张造型如迎风招展的红旗的餐桌，我和虹相对而坐，虹还是不说话，只是一个劲地把杯子里的冰激凌送到我的杯子里，而屋外，是沙滩，大概是冬天吧，沙滩上游人寥寥！我说：虹，住这风景区，真好！虹说：上下班交通极不方便。我这时候才看清楚，虹穿着一件浅灰色工作服，很好看，越看越好看！”

胡二胡若有所思：“虹，暗示着什么呢？”

何芳洁说：“一切都是冥冥之中注定的，我想，是暗示着‘李凡事件’申请重审的时机很快就要显现了吧。”

胡二胡问：“何以见得？”

何芳洁说：“只可意会，不可言传。”

这时，胡二胡律师的手机响了，来电显示——古睿。

胡二胡选择了免提。

古睿：“史小山自首了。”

胡二胡：“什么？你讲具体一点！”

古睿：“具体个屁！他在珠海遇见了我女儿，妄想做我女婿！”

胡二胡："哈哈哈……"

古睿说："你笑什么？"

"笑你！"胡二胡咬牙切齿地说，"古睿，你也有今天！你终于也活成了李儒当年的样子！"

古睿："我靠！"

二

李凡一九九〇年春天写给同学燕子的信，燕子给李周全看过，给胡二胡看过，给古睿看过，当它到何芳洁手上的时候，李凡案开庭重审在即。

亲爱的燕子同学：

我来到深圳了，我现在是华生电子厂的流水线工人。短短一个月，插件、电锡、装配、线上 QC 等工种我统统干了一遍，我的堂姐丽丽说：如果不出意外，三个月后，我就可以转正，就可以像她一样当拉长，就可以搬进厂里的员工公寓，就可以有热水冲凉。总之，一切都会好起来！

我现在住的是当地村民的老屋，又黑又脏！可想而知，改革开放前，这个地方并不比咱们富有，甚至比咱们还要穷。怎么说，我家那三间西厢房，也比这间老屋结实干净。厂方不给我们这些试用工提供热水冲凉，宿舍里不准许使用照明以外的任何电器，事实上也用不着。譬如，我们月经来了的时候，害怕洗冷水澡，就打一桶水，把发热管丢到水里面，加热。但是，往往是发热管一沾着水，就跳闸了！最近，因为工业区里有女工使用发热管不慎触电身亡了，工业区加强了用电管理，严禁工人使用发热管，时常有人突击检查外来工用电安全，见到发热管就没收，我们对没收我们发热管的那些人哭诉：你们又不能给我们提供热水冲凉，总不能让我们女孩子经期里洗冷水澡吧？你们前脚收了我们的发热管，后脚我们就出门再买回来，有意义吗？但是那些人不听我们哭诉，他们说：讲得轻巧，不没收你们发热管，若是触电死了人呢，谁负责？

在这老屋里，我们住的是大平铺，睡在我左边的是湖北姑娘，睡在我右边的是湖南姑娘，有点意思吧？我睡在两湖之间。有一天夜里，睡在我左边的小鞠说：李凡，我跟你讲个鬼故事……我说，不要！右边的小美就说：我跟你讲个故事，从前，这间老屋住着十兄妹，家里穷，地里长不出港币来，他们就都想着法儿偷渡去香港。他们有趁着深圳通往香港的输水管停水时一路奔跑着过去的，有游水过去的，还有凭过境耕作证去深圳河对岸耕作不回来的。总之，他们就是要过去！去香港！这屋里的十兄妹啊，有去了香港当打工仔的，有逃港不成留下来发达了的，更有，因为遇上输水管放水、遇上台风，淹死在输水管里、淹死在海里的……听得我起鸡皮疙瘩。这老屋，我越住越害怕了！

我们厂里在这老屋旁边的空地上，临时搭建了几间铁皮房，用作公共厕所和公共淋浴房。据说这是老板的主意，他说：你们大陆人不懂，这不就可以充分利用空间了吗？

小燕，我初潮了，十七岁初潮会不会太晚？

我今晚，有两大理由不要洗澡，一是下水道堵塞，淋浴间积满了污水，那上面漂浮着大粪，恶心！二是我初潮呢。但是，大热天，身上的汗臭难闻、汗渍难受，能不洗吗？

这不，今夜，我提了一大桶冷水来到铁皮屋门口时，我的工友小美从天而降，扯过我手里的水桶说：凡姐姐，我都说了你干洗的好，你这几天来月经呢，身子碰不得冷水。这水，给我，我洗，我洗！

燕子，读到这里，你是不是会问：这个华生厂居住条件这么恶劣，李凡，你为什么不想想别的办法，譬如：换一间厂。

不！燕子，你不了解外面的情况，华生厂算是好的了，因为，如果可以转正，就可以住上带卫生间的、十六人一间的员工公寓，厂里的厨房也会分配每人每天小半桶热水冲凉。而别的工厂，还都是我们现在做试用工这待遇。所以，丽丽时常叮嘱我，好好干，把根留在华生厂，要不然，出了这个门，就更别指望洗热水澡的好事了！

亲爱的燕子同学，感谢你那天阻止秦歌她们羞辱我！

我父亲前些天给我来信说：女儿，爱没有错，更何况你这是初恋呢。所以，我觉得，我真没有错，你也不用同情我。我走我的路。我唯一觉得遗憾的是，我再也不能陪在我父亲身边。

燕子，我也不会再给你写信了，你也不要回我的信。祝愿你好好学习，天天向上，考上大学，跳出农门！

白驹过隙，当年，在汽车站旁边的那个大排档，勇敢地站出来阻止以秦歌为首的一众女生羞辱李凡的燕子，如今已经是母校中学的副校长兼政教主任了。燕子告诉何芳洁——

那天，李凡跟着堂姐李丽丽，一大早从义成村搭乘手扶拖拉机，走了五公里崎岖不平的山路，来到镇上坐长途汽车出远门打工。到了车站，离发车时间还有一个多小时，李凡就提议到圩镇上转转。已经在外面“见多识广”的李丽丽不乐意：有什么好转的呢？只是一条路，就是一条街。李凡，等你见过外面的世界，就会知道，算不得什么的了！我是决意不回头，哪怕当乞丐，也待在城里！

但是丽丽终是没有拗过李凡，于是，伤害来了——

在街上，她们迎面碰上了秦歌、小群、梅子、燕子——几天前，这些人不仅是李凡的同班同学，更是室友。对！就是这几个人，在某个周末，因为“一夜暖游戏”，发现了李凡藏在枕头底下的那封“情书”，引爆了“早恋事件”。只是李凡一直蒙在鼓里，想不明白“情书”为何会不翼而飞。

这一天恰好是集市日，在熙熙攘攘的赶集人群中，秦歌拽着李凡，甚是热情地说，无论如何同学们要一起送送她。于是，女生们挤挤拥拥、拉拉扯扯地来到了那个大排档，围着一张方桌坐下来。

秦歌发问：“小群，古睿的初恋给了谁呢？”

梅子答：“当然是给了我了，没见他站在栀子花开的池塘边冲我傻笑吗？”

秦歌再发问：“大凯的初恋给了谁呢？”

梅子再次抢答：“还用问吗？为我，大凯、古睿、二胡、木旺几个都在操场上打群架了！”

秦歌说：“嘿嘿！难不成，他们爱的都是你？梅子啊，瞧你酸的！”

其他人都不说话，看着秦歌和梅子唱双簧。李凡的脸红一阵白一阵，她端起面前的大碗，放下，再端起，又放下，她的眼圈发红了。见此情景，燕子说：“秦歌、梅子，你们打住。可不能欺负善良人！爱情有错吗？错就错在，李凡爱错了人！那个公社书记的儿子啊，早不转学迟不转学，谁个心里不明白？”秦歌和梅子终于住口了，而李凡眼里的泪水夺眶而出。李凡倏地站起身，“砰”的一声炸响，李凡把手里的碗狠狠地摔到地板上。一直冷眼旁观的李丽丽也倏地站起身，拉着李凡往外走，边走边说：“我们，不要再见到你们这些恶心人！”

三

史诗在自首笔录中还原了二十六年前发生在鑫源机械厂的“意外伤亡”事件：

史诗原名史小山。

那天上午，机械厂车间里，仿形铣床正在运行，质检员李凡正在埋头工作，她的正前方，维修工史小山正在调试新引进的设备火花机，厂长秦志远站在一旁督促调试工作。车间主任王木水就是在这个时候拿了一本设备运行记录本走过来。车间主任说：“小山，夜班的设备运行记录中显示，仿形铣床参数异常，时有杂音，得抓紧时间停机检修，调试新设备的事先缓一缓。”

“嗯……马上就好。”史小山口里应着，手里却仍在忙活着新设备调试。

“小山……”车间主任再次催促。

“嗯……就好……”

话音刚落，仿形铣床突然发出震耳欲聋的杂音。车间主任大声命令：“停机！”

然而，来不及了！一片铁屑飞奔而出，向火花机方向飞过来。仿形铣床的杂音和车间主任的断喝，使李凡猛一抬头，发现铣床飞出的铁屑，正从她头顶而过，像一把凶狠的剑，朝火花机方向扑来！

“天哪！”李凡的惊呼带着明显的哭腔。

然后，火花机那边的三个男人，不！准确来说是车间里的所有人，都听到都看见了——

李凡扬起手中的钢坯拦截疯狂飞奔而过的铁片。

“李凡，不要……”火花机旁三个男人不约而同地嘶叫。

然而，来不及了，一切都来不及了！

铁片在外力的作用下，改变了方向，不偏不倚地，插入了李凡的心脏！

李凡依偎在史小山怀里，“小山，我给他写过十一封情书，第一封来不及交到他手里，就……就不翼而飞了！另外十封情书，压在我枕头底下，你想办法找到他，交给他……”

史小山说：“好！”

李凡：“你去帮我问问他，他爱我吗？爱我，为什么不跟我说？”

史小山：“好！我问。我还要，揍他！”

李凡点点头，又摇摇头，她已经奄奄一息，救护车还没来。

人们围拢上来，李凡依然安静地躺在史小山的怀里，“小山，还记得那一次吗？你把我压在身下……”

史小山说：“是！那次，我要是不压着你，你就变成肉酱了。”

李凡：“吻我！”

史小山：“吻你！”

史小山紧紧地拥抱着她，让自己的唇贴着她的唇，深吻下去。直至她的身子变冷、变硬，人们才将他们拉开。

往日因为赶货，二十四小时永不歇息的机器，都因为铣床失控，因为李凡的血，暂时停下了，车间很静，静到只有男人们的叹息、女人们的啜泣。机器，它在听人们诉说；人们，在替机器忏悔！

他们的这些“情话”，围在他们身旁的人都听到了，包括秦志远和闻讯赶来的李丽丽。

李凡出事后，文员李丽丽在“善后”工作中起到了决定性的作用。李丽丽利用了李凡父亲李儒在义成村众说纷纭的身世，更利用了史小山“黑屋”经历的恐惧以及对李凡特殊的爱恋。

那天下午，李丽丽推开鑫源机械厂老板办公室的门走进来，她的身后跟着一个壮壮憨憨的大男孩。李丽丽无比温柔、无比淡定地对坐在大班桌旁的秦志远说：“老公，我来！”

转而，李丽丽对跟着她进来的这个大男孩说：“史小山，我记得你曾进过黑屋，对不对？”

史小山说：“我那是因为没有三证，被当作盲流送进去的，又不是犯法。”

李丽丽说：“好吧，李凡她帮助过你，我还知道你爱她，尽管你这姐弟恋的念头不切实际，但我还真佩服你的痴狂。如今，倒是需要你帮李凡一次的时候了！”

“我怎么帮李凡？”

李丽丽说：“签名。”

史小山说：“那是造假，我不签！”

“史小山，我希望你能理智一点，目前这个状况，你非要不配合签这个名，那就是两败俱伤的局面了。你和我们秦先生，必定被判刑无疑。但是，李凡的父亲，却很有可能得不到一分钱抚恤金。你忍心吗？那是一个年近古稀的老人，身边无儿无女，再无钱的话，往后的日子怎么过？你把这名签了，秦先生给李凡父亲二十万元，让这钱替她尽尽孝，有何不好？”

史小山最终被李丽丽“说服”了，他弓着身子，流着泪水，在李丽丽早已准备好的《设备运行记录》本上检修人一栏，签上了自己的名字。然后，他握着拳头，黑着脸，死死地瞪着老板秦志远。秦志远见他仍站着不走，就从大班椅上站起来问：“史小山，你有别的事吗？”史小山不说话，拳头握得更紧了。秦志远就说：“你今年才十八岁，路长着呢，犯得着拿自己的未来较真吗？没什么事，走吧！”

突然，“啪”的一声炸响，史小山紧握着的双拳，左右开弓，如铁锤般砸在桌子上，于是，桌子上压着的玻璃裂开了。玻璃开裂处，男孩依然紧握着的双拳鲜血喷涌而出。男孩说：“秦志远！我他妈的×你！”秦志远气急败坏：“滚！”

于是，一个叫小美的女青工看到了——史小山握紧拳头，走出老板办公室，走出鑫源厂。

那双滴血的拳头变成了鑫源厂的传说。

四

由于公司连续三年没有完成利润指标，更没有在预期的三年内拿到A公司任何订单。股东大会上，四大股东以2同意1弃权1反对的票数，通过了董事会罢免解除古睿振华科技总经理职务的决议。免职的思想准备，古睿早已做好，但出乎他意料的是，弃权的是引入战略投资资本的风投公司，反对的是二股东、香港永恒的曹先生，也就是指着鼻子骂他是国企的一条狗的那个犟老头！而支持罢免他领导职务的，恰恰是两大国企股东。

走出会议室，古睿几分伤感，几分轻松。

他想，好吧！终于有时间好好陪涂芳芳去旅游了，终于可以去理疗身体了！他想给涂芳芳发一条短信，又或者，打一个电话。他似乎这才发现，他右肩胛的酸痛，已经一路往前，游走到食指指尖了，灵活的食指再也不听话。

努力了几下，右手指尖依然不听大脑使唤，他想起领着团队研发新产品、奋战“标书”的那些日日夜夜。心里有点失落，他对着那只麻木的手指骂：妈的！看你再冷硬！

这时，电话响了，来电显示——胡二胡。

几番努力，胡二胡最终被指定为原告李凡的委托诉讼代理人。胡二胡争取到这个业务的时候，激动得放声大哭，在五十六层无敌海景的律师楼，他站在落地窗前，用义成村方言给古睿打电话：“你他妈的终于做了件像带把人样的事，把那个忘恩负义的人扁到公安局。”

古睿更正他：“那鸟人，有自首的意愿。你能为他争取到多少法律谅解算多少，毕竟这些年，他一直致力于让制造业零工伤。至于那对狗男女呢，你给老子严惩不贷！”

“关你鸟事！我为正道。”胡二胡说，“你能来吗？嫂……子现在情况怎样？”

对涂芳芳喊出一声“嫂子”的时候，胡二胡先把自己感动了，紧接着当然是电话另一端的人——那不就意味着，他们的友谊又回来了？

然后，在榕镇中学 89 届同学群，胡二胡难得冒泡了——我十岁开始暗恋李凡！

陈大凯紧跟着冒泡，他发上来一个表示“路过”的表情包。

紧接着是秦歌，她晒了一张图，一个中年发福的女子，站在洛杉矶机场出发厅，似笑非笑。

古睿也冒泡了——一个大大的表情包——龇牙！

第十一章　太阳雨

一

中国，深圳。

二〇一九年春天，蓝天白云下，春意盎然的深圳，已然变成了花的海洋！而最是姹紫嫣红的，当数勒杜鹃！鲜红、橙黄、紫红、乳白……一树树一簇簇，街头、庭院、屋角无处不盛开，无处不芬芳，无处不鲜艳！每逢这个季节，古睿就特别想念一个人。

李凡案开庭重审前，古睿把何芳洁作家带到一个高档住宅区，这住宅区的左边，是地铁口；右边，是一个街心公园；背面，是一所重点中学。古睿说："二十六年前，这里是工业区，数百家'三外一补'企业聚集在这里，青春的气息也聚集于这里，作家，你看到了吗？我的心上人，你的亲人，李凡，那个自强不息的女青工，工业区里最漂亮的那个姑娘，她就在这里，在这里！她把生的希望留给了别人，把长长的思念、忏悔，留给爱着她的人！"

何作家说："是的。古总。明天，他们都会来。他们都会来——为爱作证！"

这时，街心公园那边的小树林里，传来鸟儿的叫声——哭了！哭了！啾啾啾！哭了！

二

是的，他们都来了！证人席上——当年的鑫源机械厂特殊订单主人许创业老先生，当年的鑫源机械厂车间主任刘根生，车间工人陈正好、王木水、小林、小温、小美等三十余人。二十六年过去了，当年鑫源机械厂那一拨年龄在十六岁至四十岁的工人，如今是四十二岁至六十六岁的中老年人了！秦志远从被告席这边看过去，数了又数，想了又想，没错！除去冲压主机手老莫，当年事故现场所有的管理人员和一线工人都来了！

老莫原本也是要来的，但这个开庭时间，正好赶在"两会"的节点上，老莫现在是某欠发达地区的村干部，那里正在打脱贫攻坚战，老莫实在抽不开身，但他通过办案人员委托工友小美代替他，为李凡作证，向李凡鞠躬！

老莫如此在意李凡，这要放在二十六年前，小美会说："我就知道，你们都喜欢李凡！"

但是，现如今不同了。小美在手机微信视频里应答着老莫的同时，一个劲地哭，小美说："老莫，你爱来不来，我们不差你一个人。"

老莫也哭了，老莫对他的前女友小美说："你以为我不想去？你以为我不想，庭审现场的声声法槌，把李凡的魂魄召回来，好让她，看到二十六年后的深圳，看到我们大家。”

小美说：“我们大家，现在已经个别发展了！老莫，你现在是村干部，驻乡扶贫的干部能不能返城，你和村民们说了算。你以为你厉害了，但你厉害得过人家史小山吗？当年那个维修工，那个情痴，现如今已经是江苏苏州一家机器人公司的大老板啦！而且，他为了李凡，一直独身。就凭这一点，我小美就认定，你们当年都不配跟他争李凡！还笑人家想搞姐弟恋呢，哼！”

老莫问：“小美，你还好吗？”

小美答：“你自己去想象！”

老莫说：“我想象不出来。”

小美说：“我从中小学生午托业务做起，然后变成了孩子们的知心姐姐，然后招兵买马，做起了中小学生课外辅导业务。我现在是孩子们的知心阿姨和老师。”

“好吧！小美现在能的。”老莫话锋一转，“小林、小温他们现在做什么呢？”

小美说：“小林？现在该叫老林了！他在深圳退休啦，他可嘚瑟呢，他说自己是深圳第一代享受按月领退休工资的外来工。小温，自称是新型农民，其实，就一猪倌嘛，他最有情有义了，他拖儿带女来了深圳。他说：没有李凡，还能有他吗？还能有这一大家子？”

小美这么说，老莫的眼睛湿润了。老莫说：“是！我记得，他当时就在史小山旁边，弓着身子忙活，如果李凡不用身子那么一挡，秦先生、小温、史小山，他们哪一个都有死的可能！”

小美说：“我们都有可能！李凡不那么一挡，你敢肯定火花机不着火吗？你敢肯定不爆炸，你敢肯定你老莫就逃得了……”

小美直接把老莫说哭了。“是……”老莫泪流满脸，“我们都多亏了李凡，活着，多好！”

年逾八旬的许创业先生，在助理的陪同下来到法庭，他是鑫源机械厂的老客户，他清楚地记得，二十六年前，他拿到了一个国际大订单，由于工期紧，作为代工厂之一的鑫源机械厂，和其他几个代工厂一样加班加点赶货……

小美也来了，她说：“我当然要来！李凡案结束后，我希望我就不再做那个梦。”

小美告诉胡二胡律师：在那个梦里，工厂里所有的机器都沾满了血腥，老板发到工人手上的港币也是，依稀记得有一个声音在对她说：不错了，是港币，跟人民币的汇率是1：1.12。

三

倪燕，中级人民法院立案庭庭长。今天，她身穿法袍，胸戴法徽，率领她的精英司法团队从法官通道鱼贯而入，她今天的身份是审判长。审判长的左侧是人民陪审员，右侧是法官，正前方是一个跟古小凡一般年纪的女孩儿，她是本院最优秀的书记员。书记员的正前方，是可以容下近百人的旁听席位和证人席位；证人席上有当年的特殊订单主人许老先生以及小美等三十九位李凡昔日的工友。

旁听席上，除李木旺、何芳洁、马欣欣、涂芳芳、古小凡等李凡的至爱或至亲外，更有小美的客户、邻居，胡二胡的太太及胡二胡太太的朋友。

胡二胡坐在原告委托诉讼人的席位上，古睿坐在他旁边。

他们的正对面，是被告：秦志远、史诗、李丽丽。

开庭前，胡二胡的眼睛直勾勾地盯着旁听席上的漂亮女生古小凡，看得古小凡貌似要生气了，他才挪开视线。然而，开庭后，胡二胡在法庭辩论环节引用了席慕蓉的“在绿树白花的篱前，曾那样轻易地挥手道别，而沧桑了二十年后，我们的魂魄却夜夜归来”，博得了古小凡一个比爱心的手势。

开庭前，倪燕特意带领何作家走了一趟法官通道。倪燕说：“作家，李凡的故事该结束了！未来，我们要延伸的，是她的精神！”然后她话锋一转，“那几个男人，都来了，真有劲！”

何作家今天选择的，是可以从容旁观法庭上各色人等的旁听位置。

当书记员说“全体起立，请审判员入庭”时，何作家注意到，古睿、史诗、王小涵、马欣欣、许老先生、老莫、小美……他们的眼睛都湿润了！

倪燕威风凛凛地站在那里，目视前方。

书记员说：“全体起立！报告审判长，开庭前的准备工作已经就绪，请示开庭。”

审判长：“全体坐下。”

法庭经过再一轮激烈辩论后，审判长当庭宣读审判结果——

被告史诗（原名史小山）明知事实真相，但仍迫于威胁，在造假《设备运行记录》《设备维修记录》上签字，于法不容，但鉴于其投案自首，以及二十六年来，一直有忏悔行为，并在企业生产经营活动中，致力于让产业工人零工伤，获得原告家属谅解，不予追究刑事责任。

被告人秦志远，刻意掩盖事实真相，颠倒黑白，情节恶劣，根据《中华人民共和国刑法》第一百三十四条、第一百三十五条的有关规定，判处有期徒刑二年。

被告人李丽丽，配合事故直接责任人刻意掩盖事实真相，颠倒黑白，情节恶劣，根据《中华人民共和国刑法》第一百三十四条、第一百三十五条之有关规定，判处有期徒刑一年。

审判长："现在，我建议：全体起立，向见义勇为的李凡默哀一分钟！愿逝者安息！"

四

让陈德全这么一位年逾九旬的人来讲述往事，确实有点吃力，但是，患难与共的兄弟情谊给了他力量。为了战友，他都已经跋山涉水从湘西来到粤西了，还有什么比这更困难的呢？

于是，统战部门的同志们看到——老人把颤抖的右手从轮椅的扶手上拿开，抬起，颤颤巍巍地移到自己的胸口上，慢慢地、慢慢地，触碰到了自己的心跳；然后，他又把左手从轮椅的扶手上拿开，抬起，颤颤巍巍地移到自己胸前佩戴着的共和国勋章上，他说："同志们哪！国泰，才能民安！才能发展！民族才能更强大哪！铭记历史，内忧外患的日子才不会重来！这么跟你们说吧，我这枚共和国勋章，有我战友李儒的一半！"

陈德全说："李儒，并不是当年跟红卫兵们反复交代的那样——战乱逃难、失忆、记不起来到榕镇前的所有事情。他原名李锐，一九二三年出生于上海，父母经营着三家纱厂，父母所出姐弟两人，姐姐李洁是复旦大学才女，李洁化名李芳菲，跟着地下党员闹革命，假扮夫妻，最后假戏真做，丈夫被国民党特务暗杀。李锐十七岁那年，满怀科技救国的梦想，跟几位同学一起赴法国求学。两年后，他瞒着家人，和同学们一起满腔热血回国参加抗日战争。他是神枪手，在战场上，他的机关枪干掉了数以百计的侵略者，在常德大会战中，我们所在的那个师几乎全军覆没，我们的战友为了民族的独立而抛头颅洒热血，我们那时候喊出的口号是——成则以忠贞报国，死则以长沙为坟墓……”

“那后来呢？”地方统战部门的同志问。

“后来……后来啊，”老革命沉痛地说，“你们这不是有记录了吗？一九四六年，榕镇来了一个养蜂人。后来啊，他险些儿被造反派打死！”

而同行的何芳洁则是在李儒的坟前长跪不起，泣不成声：“舅公，我们终于找到您了！”然后，她在李凡的坟前伫立，良久，她说：“姑姑，你是我们的骄傲，你是……”

“熊孩子！难道你李儒舅公就不是你的骄傲吗？他可是大英雄哪！”是一个饱含深情的声音。何芳洁猛一回头，发现一个身材高大、头发花白的老妇人正站在她身后。她梳着一丝不苟的髻，穿着一件蓝色左开襟布衫，同色长裤。她手里挎着一只篮子，篮子里盛着供香、蜡烛、冥币等供品，更有一把粉色的毛杜鹃花。

“荷花大姐，您来了！”何芳洁边说边伸手接过老妇人手里的篮子。

荷花拉着何芳洁再次跪下，荷花说：“李儒、毛毛，你们的血亲来了，你们的血亲来了啊！啊……”

荷花说着说着就号啕起来，见着荷花哭，在场的人也都跟着流泪了，这时，晴好的大地母亲景区，突然下起了太阳雨。

第十二章　不速之客

一

涂芳芳静静地躺在上海市某人民医院神经内科病房里，双目紧闭，她的头脑清醒，知道一天前在她身上发生过什么意外，人们围绕着这个意外，又在努力做着什么，她甚至知道，如果现状无法逆转，她将变成植物人！

但是，她就是无论如何努力，也睁不开眼睛，张不开口，动不得四肢！脑子是清醒的，但身体各处都不听脑子使唤！

这种状态什么时候有过呢？对！她想起来了！在深圳的单位“三班倒”时有过！很多时候，丈夫抱着女儿看晚上七点整的《新闻联播》节目，她就在他们父女俩身边，在布艺沙发的贵妃椅旁边睡着了，女儿的小手摸着她的脸，童音呢喃，“妈妈，妈妈……”而她侧身面对着他们，一只手落在女儿肥嘟嘟的小腿上，一只手搭在丈夫膝盖上，好不温馨！等到十一点，女儿睡下了，丈夫喊她起床：该上班了，快点、快点，趁小凡睡下了，我开车送你去上班。她就有那么几分钟，像现在这样，醒着，却睁不开眼，张不开口，抬不起四肢，总之，身体不听大脑的了！

二

似乎是来自宇宙的某种暗示，这天早上，陈瀚出门的时候，险些儿忘记拿车钥匙，于是，在家门口转身，也不脱掉穿好的运动鞋，就“噔噔噔”地跑回屋里拿，钥匙搁在二楼的主卧衣帽间，陈瀚就一阵风似的，上了回旋形楼梯，“噔噔噔”地上了楼，再就是腋下夹个公文包，捏着车钥匙，出门去！

其时，陈太太杨似正在一楼的阳光花房享受早餐。杨似对这个男人的“傻帽”早已见怪不怪。她想：这头犟驴！又是什么事儿心里着了魔？

她这么想着的时候，陈瀚又折回来了！这一次，是忘了拿手机！

杨似在心里跟自己打赌——坏事三连环，保准他又忘了拿什么，还得折回来！

然而，杨似输了——没有第三次！第三次是他这天下午在办公室接到作家何芳洁的电话，因为那个皮肤像玻璃般透亮，笑容像甘蔗汁般甜蜜的女人，他二话没说，挂断电话后便赶赴上海。

在陈瀚折腾拿钥匙拿手机的这个上午。千里之外的上海，涂芳芳，那个皮肤像玻璃般透亮，笑容像甘蔗汁般甜蜜的女人，正在厨房里聚精会神地切着菜。这时，保安领了个不速之客来敲门，敲得很急促那种。她就拎着菜刀去开门，拎着菜刀跟不速之客说话。

涂芳芳的这次“意外”，又或者说是“劫难”，追根溯源，得从古睿欣然接受上级单位外派到上海工作讲起——

股东大会上，四大股东以 2 同意 1 弃权 1 反对的票数，通过了董事会罢免古睿振华科技股份有限公司总经理职务的决议。

免职后的丈夫接到调令后，涂芳芳就不管不顾父母的反对，领导、同事的挽留，任性地向工作了近二十年、旱涝保收的国企单位递交了辞职书。

追随丈夫到上海打拼前，她“约会”了何芳洁，还是在那间咖啡屋，她还是给自己点了一杯柠檬茶，给何作家点了一杯拿铁咖啡，再点了一些两个人都喜欢的点心果品。何作家心中感慨：这是一个愿意把家人朋友放在心上的漂亮女人，她心里到底还有没有那个在她的芳华岁月里走丢了的“林俊”呢？

有好几次，何芳洁面对她，险些儿“供出”了“林俊”。所幸，每次话到嘴边，便猛踩了刹车。她答应过陈瀚——“她”若安好，勿扰；“她”若危难，必呼！何芳洁还真想象不出——生活中到底要出现何种状况，才可以让涂芳芳知道“林俊”神一般的存在？

何芳洁说：“古太太，你伟大！你毅然决然辞去公职，追随丈夫远赴上海，支持丈夫代表集团公司组建混合型企业，为民族工业的再振兴再出发做贡献！”

涂芳芳呷了一小口柠檬水，认真地说：“我有什么伟大？我这是没办法呀！嫁了这么个一条道走到黑的男人！只能迁就他！这些年啊！他的身体日积月累了各种病痛，左手中指麻木，右肩至右手食指尖间，游走着难忍的酸痛。我不跟着他？他行吗？”

三

早上太阳刚好洒进厨房的时候，小区保安领了个不速之客来敲门，敲得很急促那种。而涂芳芳那个时候正在聚精会神地切着菜。她就拎着菜刀去开门，然后，又是拎着菜刀站在门外跟那个不速之客说话。

不速之客是一家传统制造企业一线员工。J 集团是这家传统制造企业的大股东，二股东是香港人，对于这种事实上已经是小王二过年一年不如一年，资不抵债的“工厂”，香港人的经营战略不是如何开拓市场，而是如何让原材料供应商 J 集团以股份抵货款，一步步由供应商变身为股东，大股东，越“大”越好，最后自己可以全身而退。反正他们不缺退路——那些年，粗放经济时代资本为王，他们已经赚够了三代人花的钱，而且全数变成了美、英、加资产或美金、英镑、加刀。

在长三角经济带，类似于这家传统制造业股权更迭奇葩的传统制造企业，J 集团拥有好几家。古睿这次赴沪任职，拟整合这些整企业，这些让昔日的大客户塞过来的“烫手山芋”，讲好听一点是临危受命，讲难听一点就是组织扔给他一份比振华科技前途更迷茫的“事业”，烂摊子！而他，再也不敢在心里骂——这破担子，搁谁搁要。因为任命前，徐总拍拍他的肩，对他说：小古，这是使命！跟当年我力排众议提拔你担任振华科技技术部长那样！

这位五金厂员工是苏北城镇户口，十年前，为了每月到账的工资多那么几十块钱，与厂方签下了自愿放弃购买社保的协议。

古睿到任后，摸底发现这还不是个案，在拟整合的这几间“工厂”中，这种现象普遍存在！于是古睿向“董事会”打了报告，请求拨出专项资金解决“历史遗留问题”，下一步才是整合资产、依法依规与这些企业员工解除劳资关系，实现产业调整与转型。

没有不透风的墙。

报告还在送审的路上，古睿也在去往欧洲为未来的新企业找出路的路上，员工切身利益牵扯出来的“历史遗留问题”竟然如雨后春笋般，一个个冒出尖尖角来了——

譬如说，有一线员工声称耳鸣得了职业病；有管理人员声称弹性加班没有加班费……这些“血汗工厂”的“控诉”，都通过律师，形成函，甚至更正式的文件，摆在了政府有关部门的案头……

不速之客讲明来意。涂芳芳就说：这样啊！很不巧呢，你们古总去了欧洲，等他回来……

“啥时候回来？”不速之客迫不及待地问。

偏就是这个时候，女儿古小凡的电话来了，涂芳芳这个分不清事情轻重缓急的糊涂女人，听到电话里女儿甜甜的声音，竟忘了眼前这位不速之客“烦恼事”，不速之客坚决认为——公司应该承担没给他买社保的全部责任！！

等到涂芳芳挂了女儿电话，告诉不速之客“你们古总计划一周后回来”时。不速之客气狠狠地说：我呸！他以为自己大条！其实就是J集团派来的一条狗！

不速之客这句话一下子就刺痛了涂芳芳，激怒了涂芳芳。她想起在古睿卸任深圳振华科技股份有限公司总经理职务前，有那么一段时间，时常一个人坐在露台的小板凳上，一支接一支地抽着烟，有一次她竟然撞见他把燃着的烟头握在手心，哭着说——妈的，你才是一条狗。

为这事，涂芳芳找了古睿的领导徐总，涂芳芳说：我老公绝望成这样，你们知道吗？是谁招他惹他了？徐总说，还有谁，是外方股东呗……

想到这，涂芳芳扬了扬手中的刀，威胁不速之客：你刚才说什么？你说我老公是J集团派来的一条狗？

不速之客也不示弱：错了吗？错了吗？他一来就要这改革那改革，还要不要人活？他就是J集团派来的一条狗！一条狗！

涂芳芳再扬了扬菜刀，跺着脚说：你再敢多说一句，我剁了你！

不速之客似乎这才注意到她手上握着的菜刀，自卫不当，一拳打过来，她就硬生生地倒在了地上。不速之客和小区保安把她送到医院。

四

现在，她从人们的口中知道——她的父母正从南方的城里赶来，她的女儿正从北方的城里赶来，人们一直联系不到她的老公。人们急得直跳脚——古睿，你怎么做人家老公的！

她想跟人们解释：不能怪我老公，他早上出发去的浦东机场，如果飞机不晚点，此刻他正在“飞行”中，五个小时后，他将抵达洛杉矶机场，微信留言报平安。

但是，她张不开口，她现在是“假植物人”！她悲催地想：急不来，那就想想别的吧，也许，等自己真没意识了，真成植物人了，就再也不能想他们了。

她首先想到的是小凡。小凡出生前，她做了一个梦，梦见了美利坚合众国的某位政治明星。她心里就忐忑不安起来：这宝贝，将来要起什么风浪呢？直至史诗出现了，直至李凡的官司告结了，她才明白，她的女儿，是化解她和丈夫感情信任危机的使者。

转而她想到了两年前仙逝的公公，想到年迈的婆婆。公公和婆婆，简直就是一对欢喜冤家！

公公婆婆青梅竹马，公公两岁丧父，五岁丧母。而婆婆是公公叔父的继女，叔父在公公七岁、婆婆四岁那年也撒手人寰了。于是，婆婆的母亲带着公公、婆婆、婆婆的弟弟，相依成一家。

婆婆说："我生来就是你公公的人。新中国成立前，没田没地没家业，我们一起流浪要饭，有一年端午节，我们站在一大户人家门口要饭，那大户人家放狗咬人，我们那时候饿呀，宁愿被狗咬死，也不要白白饿死。就那样，我们用被狗咬的代价讨来了小半碗白米饭。"

婆婆说："芳芳啊，你进咱古家这个门，妈妈对你没啥要求，唯一的要求是——善待乞丐！"

她转而想到了丈夫，古睿，他那么忙，他有想过歇息吗？她曾跟他认真算过一笔账——如果我不折腾绿本变红本呢？咱们家那套两居室根本贷不到款；如果没贷到款呢？咱买不起第一套商品房；如果也像你这么一心扑在工作上啊，别说房价每平方米破万元前我们会再贷款买第二套房子，我估计，房价每平方米破十万元你都会浑然不觉……

他打断她的话："行了行了，一天到晚惦记着炒房暴富，你还能不能有点别的追求？有点情怀？”

她说：“不是的，家里总得有一个人没情怀，才能托得起另一个人的情怀！你看现在这房价，你那点收入敢追吗？”

他就嘟哝了一句：“实体经济的艰难、制造业的恶性竞争，都是让你们这些哄抬房价的人倒逼的！”

她还想到了林俊。她想：林俊，他在哪儿？他现在干什么呢？

五

天亮的时候，她的宝贝女儿古小凡到了，父母也到了，他们围绕着她，跟她说话。然而，她却只能如此“被动”地与家人“交流”——包括“对话”和“肢体语言”，她只能想、只能听、只能任由着家人触摸到她的温度。

医生说：“要想办法唤醒她，要把更多能触动她的人和事带到她的身边来。如果在四十八小时内无法恢复正常，她就真有可能变成植物人了。”

其时，古小凡已经联系到了古睿。他即将飞越太平洋，回到妻子的身边。古小凡附在她的耳边说：“妈妈、妈妈，爸爸快回来了，爸爸快回来了！”

她想：他几时变得这么顾家了？他几时变得这么怕失去我了？她想起了他们的初相遇——是在当时一家报社组织的联谊活动上。报社把指标给了公司工会，工会把这个社交指标给了她。她喜出望外——笔会？作家？我也许可以在那个圈子里，打听到林俊的消息了。其时，林俊已经失踪了大半年。然而，没有林俊！命运却安排她遇见了另一个人——古睿。古睿也是单位工会派来的。他那时候是一家中外合资企业的中方代表之一，他的职务是技术部部长。无疑，在那种男女比例 1∶15 的制造企业，他是女干部、女职工、女临工们追求的对象。但是，不知道为什么，他始终保持高冷，以至于快三十岁还没有女朋友。

她后来是从他们的“红娘”玲子那里知道——是他单位的工会主席把报社的邀请函放到他桌面上，明确告诉他，这是工作任务，大领导指定的。

他拿着报社的邀请函去找领导，他说：“这都什么时候了？我哪有心情去开这种闲会？”

他说的一点没错，那一年，公司正面临着行业大萧条不说，更要命的是，他的前任，掌握了公司核心技术的前技术部部长，掌握了公司客户资源的前市场部部长，都先后出去单干了，变成了公司的竞争对手，而且，由于私企的体制更灵活、经营成本更低，市场优势凸显。

公司领导瞪了他一眼，“你不去？信不信我直接免了你的职！”

他信！是领导这个伯乐，力排众议，把他从普通工程师直接提拔到技术部部长这个重要岗位上。任命前，领导跟他促膝长谈，领导说：“我调阅了你的档案，也了解了你的基本情况，你父亲是老革命、老党员，红色基因。相信我不会看错人，把技术部部长这么重要的岗位交给你，你不会不高兴了、翅膀硬了，又或者外部诱惑来了，一拍屁股就走！”

那一刻，他想到了父母亲常常跟他们兄弟姐妹们讲起的端午节乞讨被大户人家放狗咬，但宁愿被狗咬死也不愿白白饿死的家族史，想到父亲在新中国成立前积极参加革命，为新中国的建立浴血奋战的往事，想到自己的哥哥在对越自卫反击战中壮烈牺牲，想到侄子正在中越边境线上排雷，他突然意识到，他们这家庭中的每一个成员，都是属于祖国的，他当不辱使命！于是，他毫不扭捏地在领导面前自行宣誓：永远忠于岗位！忠于集体！忠于国家！

他告诉她，有些人，信仰是别无选择的。譬如他们兄弟姐妹五人，别无选择的，必须红！这么多年来，他也不是没有机会另寻高枝，拿比在国企高近十倍的薪酬。但是，他身上的红色基因注定他不可以！讲到小处他必须为单位效力，讲到大处，是必须为民族工业的再振兴、再出发而效力。

他告诉她，有一次，他差点动摇了，动摇的原因还真不是薪酬，而是，单位的人事纷争。他拍了桌子，怒吼：老子就是不尿溜须拍马的人，什么都不懂，还要装×，还要恭维，还要……总之，老子不干了！但是，那晚他做了一个梦，梦见自己被一群狼狗追着咬，他赤脚跑过田野、山地、森林，在海边的岩石上，他歇下步来，回头一看，欣喜若狂——他终于摆脱了狼狗的围堵，而一低头，看见海里漂着一辆撞得稀巴烂的宝马车！他莫名地惶恐，醒了。第二天，他向领导作深刻检讨，但就是不向那位打小报告的同事道歉。

那是怎样不可思议的邂逅——在指定的集合点，主办方对着名单点名，除一个叫玲子的人之外，所有的人都到齐了。主办方说，不等了，都上车吧。于是人们就排队上了泊在集合点旁边的一辆中巴车。

这时，从前方一个路边公交车站上跑过来一对青年男女。女的边跑边喊：等等我们……

“玲子！”领队喜出望外，“玲姐，别急，等着您呢。”

玲子大大方方地把那个青年男子往领队那边一推，介绍说：“古睿，我领导。”领队显然意外，愣了一下，对这随意带人进队的冒失行为内心不悦，毕竟出去活动涉及交通、吃、住等诸多问题，凡事得先有安排先有计划。但嘴上却礼貌地表示欢迎，并说：“玲姐，你领导真年轻啊！”

玲子小声对领队说：“这个，自费，算我的。我领导没女朋友，懂了吧？行不？”

领队恍然大悟，“哈哈，懂了！懂了！哪能不行？”

玲子说：“讲真！我们大领导吩咐了，要联谊到了，算我加班，要没联谊到呢，我跟领导都得以旷工论处。”

他在上车的一刹那间，看到了坐在前排座位上的她。那一天，她身着一条米色蕾丝长裙，一件同色蕾丝小开衫，留着一头披肩的长发，她看上去忧郁而又美丽。

他愣在那里，“你？你！你?!”他连续从嘴里嘟哝出几个“你”。玲子和领队相视一笑，领队说：“古先生，你就坐这位靓女旁边吧。”

于是他就挨着她坐了下来。

可以用肆无忌惮来形容他对她的注视。

她恼了，“我跟你很熟吗？这样肆无忌惮地看着我！”

他终于意识到了自己的失态，连声说：“对不起！对不起！冒失了！”

对于初相遇时他的冒失，他后来给出的解释是：谁让你长得太漂亮呢！

这个“骗局”一直蒙了她二十二年，如果不是他梦呓了，不！准确来说是，如果不是他们的女儿古小凡在珠海永兴邂逅了史诗，他会不会就这样一直“骗”下去？

六

现在，他在奔向她的路上了！何芳洁、胡二胡、史诗、玲子乃至那个在她芳华的岁月里走丢了的“林俊”，也都在奔向她的路上了。

而她，依然静静地躺在上海市某人民医院神经内科病房里，她依然双目紧闭，她依然头脑清醒，知道一天前在她身上发生过什么意外，人们围绕着这个意外，又在努力做着什么。她甚至知道，如果现状无法逆转，她将变成植物人！

但是，她无论如何努力，也睁不开眼睛，张不开口，动不得四肢。脑子是清醒的，身体各处都不听脑子使唤。

大凯站在办公室的落地窗前给胡二胡打电话：“二胡，你听好了！无论如何，你们得想办法叫醒她！我实话跟你说吧，在我心里，一直把她当李凡！”

胡二胡的喉咙似有毛病般“啊啊啊”，良久，憋出一句话：“我要哭了！”

是的，所有的人都关心她，一切，皆因李凡。

而她，却在自己的世界里。她刚才觉得困了，小睡了一会儿，她错过了“偷听”胡二胡跟大凯打电话。她就小睡了那么一会儿，居然做了一个梦——她坐在一方矮桌旁，在撕一本本陈年报纸，这一本本报纸的封面上都印着四个宋体大字——民国日报。

她一本本地撕，每撕完一本，就有一个人不知从何处冒出来，坐到方桌边看她撕报纸，这样，方桌边的人就越聚越多，他们像在议论常德大会战的事，讲死了很多很多人，有一个团，貌似是全军覆没了。这时有一个老者干咳了两声说：其实还剩下三个，从死尸堆中爬出来，一个去了北京、一个去了美国、一个来了咱榕镇。

那后来呢？人们饶有兴趣起来，连她也停止了撕报纸，侧耳倾听。

那老者说：去了北京的那个人，当了大官；去美国的那个人，死了；来了义成村的那个，得道成仙了！

真的吗？真的吗？真的吗？

她醒了！她听到胡二胡说："哥，哥，我跟你一样，从见到她的第一眼起，就没把她当古睿的老婆！在我眼里，她就是我们的李凡同学！"

是胡二胡的手，是胡二胡那双温热的手握紧了她的手，她听到胡二胡说："嫂子，我大哥陈大凯陈书记刚才在电话里叮嘱我，一定要让你醒过来。医生说，如果在四十八小时内你醒不过来的话，就真变成植物人了。你变成植物人了我三哥他怎么办？他是真爱你的呀！我见过的，那一年那一季，就是他，站在栀子花开的池塘边冲李凡傻笑。而我和大哥二哥他们，都是微笑。我们爱得不够深、不够真，所以，我们没有福分遇见你。"

站在旁边的史诗听得一头雾水，心中陡然腾升起妒意，他一把推开胡二胡，"我来！"

七

这时，古睿从海外、从那个她记不全英文名的什么洽谈会上赶回来了，他扔下行囊，推开匍匐在她身上的女儿，“小凡，别急，让爸爸来！”

只见他双手温柔地环绕着妻子的双肩，嘴唇贴着妻子的耳朵，一遍遍低声吟诵一首诗。这首诗古小凡听过，它写在一张明信片上，明信片的正面是两根一大一小的竹子，看不到竹子的头，更看不到竹子的尾，大的那根竹子，在露出的第一个竹节处，伸出活泼泼的一根竹枝来，枝叶蔓延，好不生机勃勃！

那上面印着一行玫瑰红的文字——岁月蹉跎始终有我的绿色潇洒！

背面是古睿潇洒的钢笔字写就的一首诗——

送你一束玫瑰，
是少年的羞怯？
是成年的懒散？
是激情的搁浅？
是……
心之旅已到了一个驿站，
日子在这里驻足，
思绪在这里迎来送往，
人事与是非，
不用再多问，

只要每一个有我们的昨天，
不会有悔，
其实，
我心里早已送了你一束玫瑰。

1996年5月20日

古小凡当时算了算，心里说：嗯呢，那时候他们在谈恋爱，也像我现在的大学舍友们一样，忽冷忽热，反反复复。

爱情，它是什么呢？它长什么样子？那是刚刚步入十九岁的古小凡没有经历过的，她有点迷茫。

古小凡是在家中的密码箱中找户口本时发现这张明信片的，那是她大学生涯中的第一个暑假。

一张明信片，收藏在家中的密码箱内，而且一收藏就是足足二十年！不只是明信片吧？不！它应该是传家宝了！聪明的古小凡由此窥见了父母亲之间曾有过的感情危机。后来，古小凡从父亲那里得到了证实——是的，那时，她怀孕了，妊娠反应特别大，嗅着油烟就想吐，但她什么也吃不下，肚子里空空的，什么也没吐出来。她出不得门，也不让我出门，我能不出门吗？公司那时候正在研发新产品，是在突破的节骨眼上，所以，我不但出门了，而且是早出晚归，有时甚至是踏着晨星归。

在我们技术部，有一位叫玲子的大姐，这个人，你妈妈认识，哎呀！何止是认识呢？她应该算是我和你妈妈的月下老人。你妈妈是在认识我的同时，认识了她。但是，有一天，你妈妈无理取闹，一个人把自己关在屋子里，声称要把肚子里的孩子做掉，跟我一刀两断。

古小凡惊讶地看着父亲，装出委屈到要哭的样子，“什么？你们原来差点做掉了我？什么情况，让我妈这么善良的人，下这狠心？”

古睿不好意思起来，“误会，误会，她以为我和玲子……”

八

她感动得要哭了！她想告诉所有跋山涉水来看她的人们——都各自忙去吧！我没事！我只是太困了，一下子还离不开床、离不开枕。你们嘴上说的、心里想的，我都明白呢！

人们已经把传说中的李凡和现实中的涂芳芳，又或者说是把真实的李凡和概念中的李凡混为一体了。

医生现在提了个建议，让所有从四面八方赶来看她的人统统离开病房，然后，一个个轮流进来跟她“说话”。天哪！这一招太狠了！这不就相当于偷听吗？

她曾“偷听”过玲子对古睿的“表白”。那是一九九六年的夏天。她怀孕了，妊娠反应异常剧烈，她嗅不得任何味，汽车尾气、油烟，甚至洗发水、洗衣液……总之，除花香以外，红尘世俗中所有的味儿在她的嗅觉里都放大了上亿倍！她第一次体会了更深的滚滚红尘，她无力抵挡，只能把自己关在家里，把所有的门窗关严。她出不得门，也不让他出门。

但是，他不仅出门了，而且，早出晚归，更多的时候，是踏着晨星而归。她心生疑惑了——他有那么忙吗？他会不会在外面有了别的女人？

为了解开心中的疑惑，一天，她踏着晨星徒步三公里去了他的公司。一个妊娠反应异常的年轻女子，在凌晨三点突袭查岗。她希望看到的是自己的丈夫率领公司研发团队在车间里，或者在办公室里刻苦攻关的感人场面。那样，也许她就不恶心了、不累了、不苦了、不生气了、不哭了。

然而，她看到的是整个厂区黑灯瞎火，只有写字楼的某个窗户亮着灯。

她对门岗说："不要打内线电话通知，我想给你们古部长一个惊喜。"

她就这么黑灯瞎火地摸到了那个亮着灯的办公室。推开门的一刹那，她看到自己的丈夫和女下属玲子两个人在你推我让地吃一碗面条！

玲子说："部长，吃啊，吃呀，我踩着点，特意送过来给你的。知道早一步，人多，不方便；晚一步呢，你回家了……"

"很好！你们……一个是忙得不能按时下班回家的有妇之夫，一个是家有老小，却半夜三更假借工作的名义与有妇之夫幽会的女人！"她当时是这么想的，也是这么说的。

古小凡急了，"妈——您绕了半天，还没跟我讲明，那晚，不……是那个凌晨，到底是怎么回事啊？"

她不好意思起来，仰仰头，冲书房那边说："这个，你去问你爸。"

九

病房外，闻讯赶来的人越来越多，玲子也来了。多年不见，再见面时，古睿竟忘了早已想好的"对不起"三个字，因为，在见到玲子时，他觉得这三个字对她已经不重要了——玲子风风火火，再也找不出当年那个唯命是从的公司小文员的样子，她在“被小三”那一年辞了职，从代理进口打印机干起，如今是“贸易+工厂”模式，由代理进口打印机变成向海外市场“推送”中国智造。对！玲子不需要他说对不起，玲子也是先声夺人，和他握了握手，然后把手从他湿润的手中抽出来，看着他的眼睛说：“我怕你用了十九年，还讲不清，我来！”

玲子一直是担心，万一涂芳芳在下一刻真听不到了，她就连解释的机会都没有了。

这时，医生跟大家商量谁先进去跟病人“说话”，史诗和玲子几乎是异口同声：“我先来！”

最终，第一个进去的是史诗，第二个进去的是玲子。

史诗不敢直视病床上的涂芳芳，更不敢握她的手，他怕自己一恍惚，一冲动，又错了。

他低着头，强迫自己的眼睛看着自己的脚尖。

她依然安静地躺在那里，她的四肢不能动，眼睛不能张开，她想流泪，但无论如何也流不出来。但是，她听到了，听得很认真，这个男人的声音略显沙哑而充满磁性，她心里想：讲颜值、情商，这个史小山一样不输给古睿！她心中感慨：姐姐呀！你为什么不活在当下、爱在当下？转而她又想：不对！若非如此，有思凡模具吗？有思凡机器人吗？甚至J集团，也没有古睿这种一心为公的企业干部！

轮到玲子进去时，玲子用力握了握老上司的手，“放心，我会跟她讲清楚的。”

玲子进去了。没有人知道玲子到底跟涂芳芳说了什么，大家只听见从屋子里传来玲子婉转动听的歌声——

悠悠岁月，欲说当年好困惑，亦真亦幻难取舍。悲欢离合，都曾经有过，这样执着，究竟为什么？漫漫人生路，上下求索，心中渴望真诚的生活。谁能告诉我，是对还是错，问询南来北往的客，恩怨忘却，留下真情从头过，相伴人间万家灯火，故事不多，宛如平常一首歌，过去未来共斟酌，过去未来共斟酌。

十

病床上的她依然没有动静。医生再一次对围拢在一起想办法的人们说："如果她在四十八小时内醒不过来，她就真变成植物人了。"想了想，医生试探着问，"除你们之外，她还有没有在内心深处，更放不下的人？嗯，或者，她更恨、更爱的人？"

古小凡摇摇头，抢在父亲开口前，坚决地说："绝对没有！我妈最爱的是我爸爸，其次是我！"

这时，何芳洁来了。何芳洁把医生拉到一边，两个人小声讲了一会儿话，然后，人们看到了医生脸上轻松的笑容。医生走过来，对大家说："唤醒病人的办法，有了！"

而何芳洁却是站在原地，她拨通了陈瀚的电话。

千里之外的东莞迅达工业园，陈瀚正在自己的办公室里面试一位叫肖锋昊的天才少年——少年没想到这个坐在大班台后面的前辈，思路和话题比他更跳跃，他这才认真端详起陈瀚来——对！眼前这个陈老板，不是他们"95 后"以为的那种除了钱多什么都缺的"60 后"企业主，不是那种油腻大叔！他魁梧、帅气，墨色玳瑁宽边框眼镜后面那双深邃而又炯炯有神的眼睛，正在似笑非笑地看着他！这目光竟让少年无从招架，于是，少年的目光由玳瑁眼镜一路往上移，少年看到了，这个中年男人浓密的剑眉、饱满的天庭，还有一头浓密的寸长短发！再往上，越过他的头，在大班椅背后的那面墙上，刚刚好，他的头顶，是主席的画像！

于是，少年一激灵，把“球”踢了回去——少年说：“陈总，您果然是如百度词条中介绍的那样，首先是机械专业高级工程师、专家，然后才是老板。佩服！佩服！在探讨8纳米技术、柔性屏等专业话题前，我能提个问题吗？”

陈瀚说：“可以。”

少年就问：“陈总的办公室悬挂主席画像，这让我联想到了中国梦，敢问，陈总您的中国梦是什么？”

陈瀚收起似笑非笑的表情，严肃地直视着对方的眼睛，一字一顿地说：“其实，所谓的企业家，是最辛苦的人之一，做了老板，有了自己的企业，就一定以企业为家，才能称之为企业家。企业就像你自己的孩子，你要慢慢把他培养、教育长大。所以，所谓的情怀，就跟对待自己的子女一样，对他寄托了自己很多很多的希望，也可能把自己很多之前有过的梦想，没有实现的梦想，用在你的企业的发展方向上。全中国有中国梦、大国梦。作为一个企业家，肯定是要有自己企业的企业梦；作为一个老板，给企业带来一种文化，影响企业的员工，才能让这个企业持续稳定、长远地发展下去。”

少年频频颔首。陈瀚觉得，火候差不多了，问：“你，准备好了吗？我是说，以企业为家？对了！还有你刚才说的，你苦恋着的那个姑娘，万一，她不同意呢？你又当如何取舍？”

这下，少年无语了，他犹豫了半天，才小声说：“我首先考虑她，至少现在，我还放不下。”

陈瀚就半开玩笑半认真地说：“美人劫哪！让我看看。”

最后一句，陈瀚其实是随口说说而已，不料少年当真了，只见他从沙发上蹦起身来，举着手机，快步朝陈瀚走过来。陈瀚心里想：果然是燃烧着的爱情哪！恨不能告诉全世界！

然而，少年手机上那个长着一双湖蓝色大眼睛的女孩，一下子让陈瀚愣住了！陈瀚几乎是怒吼：“什么？是她?!”

他想起了二十多年前那个曾经为他誊抄稿件的女孩！想起他还欠着她一百元“人工”费！想起自己当年拿着她让黄老板转交的那张纸条去找她时，在她的单位大院门口，远远地，他看到一个书卷气十足的男人，挽着她娇小的腰肢，从玫瑰花盛开的公司大院深处走来。他忘不了——她那天穿着一件蕾丝镂花紧身衫、一条拼花长裙，那个男人穿着一条米色西裤、一件白底蓝条纹衬衫。他们从玫瑰花盛开的公司大院深处走来，给人的感觉就是这对幸福的恋人正在跟满园的玫瑰比浓烈！

……

少年并没有注意到陈瀚已经瞬间“变脸”，没有注意到陈瀚喉咙里蹦出的“是她”带着问号+感叹号。此刻，他的眼里心里，尽是他捧着的这部手机锁屏界面上的女孩！很多时候，他捧着手机深情凝视着，感觉自己就是把这个女孩捧在了手心里！他自顾自地说：“对！她叫古小凡。我小学四年级的同学！那时候我就爱上她了！不是早熟，是真的！有一次老师布置的作文题目是《我最爱谁》，我就写道——我爱爸爸妈妈，我爱爷爷奶奶，我爱古小凡！老师后来在课堂上不点名批评了我。再后来呢？我的作文本被同桌‘抢’到手了，全班同学都‘抢’到手了！全班同学就都嘲笑我，‘同情’古小凡，古小凡为了证明自己的无辜与清白，当着全班同学的面，踢了我两脚。于是，从那天起，我的运动裤管上就永远留下了古小凡那天穿的回力运动鞋的鞋印！我不得不转学！然后，连续跳级。《圣经》里说：当初上帝造人时，只造了一个，这个人有无穷的智慧、无穷的力量、无穷的创造力。上帝恐慌了，于是把这个人劈成了两半，从此，尘世中的红男绿女，便在茫茫人海中苦苦寻觅自己的另一半，以图再现无穷的智慧、无穷的力量、无穷的创造力。这个传说，用在我对古小凡的感情和悟性上，似乎一点不为过。后来，我在大学校园里与古小凡不期而遇——我已经是硕士研究生在读，而她，大本新生！从那时候起，古小凡之于我，就好比黑夜中划亮的那根火柴，她的一个表情、半句话，总能轻松让我触电，然后，脑洞大开，连接科幻、未来、超智能。于是，就有了我今天跟陈老板您谈合作的发明专利——No. 1 硅智能手表。No. 1 硅智能手表还不够成熟，但我相信，有陈老板您的助力，它必定达到预期，我也希望有一天，亲手把成熟的 No. 1 硅智能手表，戴在我心上人的手腕上……”

这时，陈瀚的手机响了，是作家何芳洁打来的电话。

陈瀚叫道：“什么?!”

又是问号+感叹号的那种语气。

陈瀚耐着性子听对方讲了十来秒钟电话，最后回应了掷地有声的一句：“可以！我马上飞上海虹桥！”

他来了！陈瀚，不！在涂芳芳的记忆里，他叫林俊！那个在涂芳芳的芳华岁月里走丢的人——林俊。

他进病房前，医生反复叮嘱他：专挑能刺痛她的话说，刺得她越痛越好！哪怕，是存心的！陈瀚点了点头，眼睛发涩，嗓音明显沙哑：我一直都是存心的！一直都是！

他进去了，把所有的疑惑的目光关在门外。他霸道地反锁上了病房的门。他把那只从天才少年手上要过来的超智能手表戴在她的手腕上。他对她说：它叫 NO.1 硅，是唯一！你，也曾是我的……

他想起了医生的叮嘱，对！要刺痛她，越痛越好！他不能跟她掏心掏肺，他要跟她使坏，越坏越好。于是，他嬉皮笑脸地说：嗨，芳芳，你知道我当年为什么跟你玩失踪吗？因为我不止你一个女朋友，我到处摘花。

她还是没有动静，她手腕上的 NO.1 硅更没动静。天才少年曾告诉他，不用看她的脸，你只看她手腕上的表，只要待机状态下的表屏幕上闪烁出一点可爱的粉红，极可爱的那种哦，她就是被“叫醒”了！

想到这，他徒然悲伤起来，心里想，我讲了那么多，到底还是没有触动她吗？最近，也不知为什么，夜里，梦里，江昊总是在耳边唱《爱不爱你》。

那粉红，那极可爱的粉红呢？它在哪里？它为什么不闪烁？于是，他又想起他们初恋时，他写给她的诗——

你来了
没有更早
没有更晚

一切都是刚刚好
原来你也在我的梦境里

想到这，他突然激动起来！对！她来了！而他也来了！是何芳洁的电话把他叫来的，是缘分把他叫来的！他来了，她就必须要醒过来！她会为他而醒过来！于是，他附在她耳边，轻轻地，轻轻地哼唱：爱你那一年，我说只是遇见……我不是不爱你……等到那一年那一天，我会告诉你，我多想你……再有一天，我抱紧了你，在永远的梦里（多想再说声爱你）……

这时，他发现她手腕上的 NO. 1 硅闪烁出一点点极可爱的粉红。他想起天才少年讲过——只要 NO. 1 硅闪烁出粉红，极可爱的粉红啊！机、表就同频共振了。于是，他对着手机，为她唱歌——

夜色多么的美，
流萤无声地飞。
这两颗甜蜜的心房里，
孕育着爱情的花蕾。
夜色多么的美，
流萤无声地飞。
有一对恋人的脚步，
把这宁静的夜景踏碎……

这时，她的眼角，滚出了晶莹的泪水！而他的歌声却在继续——

爱你那一年，

我说我只是遇见。

你说你不相信，

还说我很顽皮。

后来那一天，

丢下你留在原地。

你说你在这里，

我在那里，

不相信勇气。

我不是不爱你……

第十三章　剩者为王

一

“JL 智能电子有限公司”终究没能等到脚踩七彩云朵的英雄来救它，被破产管理人全权接手，进入破产清算程序的“JL”已经无力回天，谁也想不到这么快“以品质，立天下”的“JL”就沦落到现在的地步了！真是大厦将倾，独木难支；狂澜既倒，欲壑难填。

陈瀚的第一部语音对话功能手机就是“JL 语音王”。虽然外形是仿摩托罗拉的国产品牌，但是天王级的代言广告和“以品质，立天下”的豪言壮语，加上很适合开车语音拨号的超前功能，十多年前陈瀚花了几千块买了那部手机，感觉还是不错的。而且见证了这个湖南老乡老板的企业一路的辉煌，有一种同乡的自豪。

6 月，“JL”在网上挂出了名下的 300 多件专利，预备在 7 月 24 日进行拍卖，据了解，这些专利的起拍价仅为 5 万元，单次增加幅度为一千元及其整数倍。也就是说平均下来，每件专利简直跟大甩卖一样，一件也才不到200元，难道这年头汇聚广大人民智慧结晶的专利都这么不值钱了？

其实并不是，竞拍者如果竞拍成功，不仅要支付竞拍费用，还要面对相关专利不能恢复的风险，甚至，还需要自行承担这些外观设计的专利欠下的年费、滞纳金、恢复费等费用，根据初步估计，在50万元左右。另外，竞拍者还需要考虑这300多件外观设计专利是否具有足够的价值。

在科技高速发展的现在，手机的更新换代也越来越频繁，哪怕是去年的手机款式，在今年来看或许也已经过时了。手机行业外形款式变化更是迅速，根据资料显示，拍卖的这些专利，申请时间在2010年到2017年，很明显，其中一些专利的价值已经所剩无几。

一个残酷的行业，一个残酷的现实。一个曾经风光一时的行业，风口的猪和旗帜还在一起飘扬，牛已经死在了赌场。

如果死在行业竞争和投资失败的道路上，牛立扬也许会和许多前仆后继在制造业道路上寻找摸索和抗争的企业老板一样，死得光荣，死得悲壮！很可惜，牛立扬死在了赌场上。这场赌博他输掉了在中国大陆的一切。是命中注定吗？最后一部“JL智能手机”的代言明星唱了一首代言的歌曲，竟然是：

《别》

别犹豫/别偶遇/别相遇

别一个人去看喜剧

别继续/别比喻/别治愈

别让人看出你有多委屈
别几句/就离去/别离去
别让他听见你最后一句
别坦白/别让故事精彩
别不安/只是还有习惯
别喜欢/我长期的勇敢
别揭穿/我唯一的遗憾
别揭穿/我唯一的遗憾
别允许/别也许/别参与
别自己和自己过不去
别一句/又一句/别造句
别让人笑话你的遭遇
……

二

“JL”除了拍卖专利，其名下的资产也在陆续变卖，但是目前的拍卖所得距离 200 亿元的债权总额还是显得有些杯水车薪。2018 年，“JL”逾期未能补上拖欠“JS 精密”的应收账款，导致“JS 精密”停止供货。当此消息出现在微信朋友圈瞬间就传遍整个行业。“JL”的官方辟谣和牛立扬的同时失联一起出现，谣言就成了“遥遥领先的真言”。截至 2017 年底，“JL”已涉及数百起民商事诉讼、仲裁和执行案件，“JL”东莞总部离华为只有九公里，当别家的小火车在自己的欧洲小镇欢快地奔跑的时候，作为起步和辉煌更早的“JL”总部门口聚满了追讨货款的人们。

“还我血汗钱!”的红条幅拉满厂大门口，防爆的警察精神已高度紧张。事已至此，牛立扬只能眼睁睁地看着自己的“JL”一步步走向灭亡。

古睿在人群不远的汽车里悄悄地观察着事态的发展。振华公司在古睿被派去上海期间并没有物色到合适的总经理人选。这个世界总是这样 ，一个员工或者管理者在一个企业待久了，也许就很容易让人忽略你的存在和价值，你在的时候大家也许更关心你的失误和错误，而一旦离开了，却会有人念叨你的好！因为涂芳芳发生的意外让徐董很后悔把古睿调离深圳。对，虽说振华公司业绩并没有实质性的发展，但徐总按照国企论资排辈的规律在老董事长退休后顺理成章地做了董事长！他第一件事是召回跟了自己很多年自己一手培养的古睿，并且把总经理的位置给了古睿。

J集团给了振华一条出路，或者说一个方向，也同时是一把尚方宝剑。那就是，寻找一家经营不善的民企上市公司，但它们必须具备一些主要国际公司的供应商资格。通过振华注资或收购他们的资产和所有客户及专利，整合资源，弯道超车，迅速利用国企资金和政策优势，进入智能制造行业。

“JS智能”是陈瀚介绍给古睿的。这家企业曾是“三星”的主力供应商，三星离开后它们又成了“华为”“苹果”包括“DJ”“JL”等国内品牌的零件配套供应商。据说，“JL”欠了“JS精密”一个多亿元。古睿在等待一只待毙的狼何时收场，等那只快要冤死的羊何时才能失去抵抗。

三

事实上，当“JL”公司意识到智能手机时代到来的同时，开始转型做智能手机的时候已经晚了，因为把主要投入投放到明星代言和电视广告上，这笔投入巨大，“JL”一直都处在亏损的状态，表面风光无限，内心苦不堪言。很早牛立扬就开始拖欠供应商货款，但亏损情况不仅没有随着时间的流逝而减轻，反而越来越严重。与其他手机品牌相比，“JL”的创新性明显不足，而且没有把有限的资金投放到研发和生产品质上，盲目地追求广告效应，忽视产品的生命力。当今时代在飞速发展，如果不能抓住发展机遇，很容易就会被淘汰。毕竟，在竞争的路上，不进则退，不想着努力创新改革，是明摆着让竞争对手超越。其中，最有说服力的就是曾经的商业霸主诺基亚，它的淘汰就是因为没有跟上智能手机的节奏，最终落到几经转手被收购的地步。

曾几何时，“JL”也独占鳌头。但让人遗憾的是，似乎在一夜之间就崩溃了，有人说“JL”的破产都怪牛立扬。作为董事长，虽然出身并不算显赫，但是他的商业头脑却极其发达，早就看出来手机市场的广阔前景，于是借钱创办公司。事实证明他这个举动虽然冒险，但还是获得成功了。月销量达到了 20 万余部的时候，“JL”成了国内最顶尖的手机品牌之一，还让牛立扬收获了不菲的财富。俗话说得好，人一有钱就得意忘形，这句话放在牛立扬身上真是一点都不假。他开始无心专业制造，买豪车逛赌场，挪用资金投资房地产甚至数字货币，不肯认输的性格决定他越陷越深。而赌博，彻底葬送了一切。

四

古睿的秘书帮他找到了一张关于“JL”公司的旧报纸。准确地说是关于“JL”公司在深圳前海的资产的消息。上面的新闻报道的是两年前“JL 大厦”喜封金顶的消息。

“JL 大厦”项目位于前海怡海大道，用地面积为 6000 平方米，建筑高度 110 米，包括产品中心、研发中心、营销中心等。投资近 20 亿。

这个地盘属于古睿的总公司“J 集团”势力范围。古睿暗喜。这栋大厦以古睿咨询相关部门得知目前市值已经超过 50 亿元以上。不管“JL”最终如何清算，“振华科技”想要收购的“JS 智能”被“JL”拖欠的一亿多货款应该是有希望收回的。

当然，前提是“JS 智能”同意“振华科技”收购。那么，J 集团自会有办法通过一些途径帮“JS 智能”收回欠款。

陈瀚告诉古睿，“JS 智能”其实早就已经无路可走。这几年，他们也收购一家生产“数控加工中心”的工厂，收购回来的工厂每年为“JS 智能”带来了一定的利润，可是作为主业的手机零件他们一直亏损。加上客户货款追不回，供应商货款又拖欠，“JS 智能”早就名声扫地，濒临关闭。

古睿和陈瀚说，他们“振华科技”想收购“JS 智能”的主要目的是想一起收购他的子公司“数控加工设备工厂”。他们集团自己开发的国产数控系统需要找到搭载的设备。此时“JS 智能”的股票已经跌到 2 元/股，“振华科技”开价 20 亿元收购“JS 智能”51%的股份。“JS 智能”收购的子公司“数控加工设备工厂”老板不同意，“JS 智能”股东会提出要提高价格，古睿很坚决地拒绝了。他知道，待宰的羔羊早就没有了讨价还价的权利。

“收购价格不可能再提高，但 JL 公司欠你们的债务可以转嫁由我们振华承担。你们签一个债权转让协议给我们。”

古睿临走时抛下的这句话已经让“JS 智能”会议室里的股东们吵翻了天。

“再不卖，等死吗？”

五

值得一提的是，2018 年曾在网络上流传，“JL”的资金链断裂问题源自老板牛立扬赌博输掉了 100 亿元。不过后来牛立扬亲口承认了自己赌博，不过没有输掉 100 亿元那么多，在被问到具体数字时，只是用很轻的声音回答：“十几亿元吧”。

坊间很多版本，有人说牛立扬没有输钱，不过是在转移资产。有人说输是输了，真实的金额早就无法确认了，不过可以确定的是牛立扬的财富就这么被挥霍掉了。也有人说牛立扬根本就是假借赌博输钱想让“JL”破产，金蝉脱壳，赖掉所有供应商的货款。

这些声音遭到了许多跟牛立扬做了多年生意的供应商的反驳。“牛董不是那种人！他是输得起的人。”“手机行业走下坡路不好谁不知道，这些年 JL 也带发了很多供应商，不要墙倒众人推，JL 还没倒呢！光是前海‘JL 大厦’就值多少钱？”

前海“JL 大厦”以“立”字的姿态伫立在这片黄金宝地上。

牛立扬花了很多心思也请了很多设计师设计了这栋大楼，具有明显的现代风格和品牌形象价值。很可惜，此刻盯住它的不是它的主人，而是很多“JL”的债主。古睿就是其中之一。因为他已经拿到了“JS 智能”的债权转让书和授权追款文件。

六

香港，马可波罗酒店一酒楼包间里，坐着 20 来个从大陆各地过来的供应商。这些供应商都是牛立扬私下通知到香港来的。而且，大部分都是和牛立扬做了很多年生意的朋友和老乡。

古睿例外，他既不是老乡也不是朋友更不是供应商。但是他知道了这个很秘密的消息就马上赶到了香港。他代表的是“JS 智能”。

作为一个已进入政府清算重组（或拍卖）阶段的公司法人，而且人在香港，他本不需要自己又出来蹚浑水，古睿和过来的人一样，并不很明白牛立扬的意图。

牛立扬抱着拳鞠着躬走进来的时候，一直说着对不起，对不起，连累大家了。房子里有人在叫“牛董好！”但更多的人没有出声，静静地望着他不说话。

“抱歉今天把大家叫到香港来，因为我真的无法在这个时候回大陆。外面传言很多，我也不解释了。越描越黑！”

“你们都是我多年的生意伙伴和朋友，我也不能瞒你们。JL 真是无法经营下去了。是我无能。”

“欠你们大家不等的钱你们要马上去政府登记，也许资产清算了多少还是会有些补偿给你们的。虽说时间可能会很长。有限公司并不需要我直接赔偿，但我还是想补偿一些给大家。”

牛立扬说着从手提包里掏出了快 20 把汽车钥匙，扔在餐桌上，说：“我喜欢买车大家是知道的。我这些车都很少使用。从奔驰到劳斯莱斯，价格不等。我想大家根据所欠货款的多少，你们各自拿走一辆车作为抵偿。”没有人伸手，也没有人说话。牛立扬拿出几张写着欠款明细的纸，说：“既然大家都不主动，那我就分了。”说着，他按照欠款的多少和车子的价值把车钥匙一把一把分到了众人手里。

古睿没有，因为牛立扬不认识他。牛立扬还给每个人开了一张 100 万港币的支票，说，大家可以到香港银行去提现。他的香港私人账号还没有查封。

所有人都拿走了车钥匙，但没有人拿走支票。这点古睿不太明白。于是在所有人都走了后留下来单独和牛立扬一起时首先问了这个问题。

“牛董，这些供应商为什么要车不要你的支票，怕兑付不了吗？”

“他们都是我多年的伙伴，他们知道，车我是用不上了。钱我还用得上。”

说这话的时候，古睿看到牛立扬的眼泪流了下来。

七

“我是 J 集团的古睿，牛董。请你看看我手中的这份文件。”

牛立扬扫扫桌面上的那几页纸，说：“哦！我知道了，你是振华科技的古总。欠‘JS 智能’的货款可能要等等。政府也在帮我们盘活资产，我们也可能会迁移到内地四川，那里的政府答应在资金上支持我们。”

“牛董，我想你应该了解我们 J 集团，我们就在前海。您在前海的资产我们已经查得很清楚了。虽说那不是直接属于东莞 JL 的资产，一定是属于你牛董的资产。”

“不要逼人太甚好吗？”牛立扬的脸色很不好看，但心里知道 J 集团的背景，所以还是强压自己，把桌上一堆支票拨到古睿面前说，“那你就先把这一千多万拿去！”

“牛董，我今天过来受公司委托必须要解决这个货款问题。因为我们马上要收购‘JS 智能’了。这些支票我们不要，你只要和我们签一份文件，保证以 JL 大厦做抵押物担保一年内归还钱款。否则将以该大厦 5% 股份抵偿。”牛立扬很气愤地离开了房间。连桌上的支票也没有弄。

古睿继续坐在包房里。他知道牛立扬清楚“J 集团”只要在前海做一些动作，牛立扬一直想保留住“JL 大厦”的梦想就会落空。所以，牛立扬一定会再回来的。古睿心里也在告诫自己：“不能相信赌徒的眼泪。不能做心软的男人！”

牛立扬在半个小时内回到了包厢里。他拿回来一张写好的承诺书，承诺以个人资产或“JL 大厦”偿还所欠“JS 精密”的一亿四千五百万元货款。

古睿离开马可波罗酒店的时候，想起了当初在振华下岗去上海的时候。那种“风萧萧兮易水寒，壮士一去兮不复还”的感觉对男人来说是一种极大的打击！

古睿回到振华科技了。牛立扬还有机会王者归来吗？

八

“振华科技”顺利完成了对“JS 智能”的收购和整合工作。对于古睿的表现“J 集团”高层给予了很高的评价。并授权古睿大胆整合及开拓进取创新创造，力求打开新的市场大门。

古睿让“JS 智能”本厂进行了一次全面的洗牌。砍掉了一些拖累企业效率的产线和项目及客户。集中 5G 军工及无人机行业的专注发展。

而对于“JS 智能”子公司“数控加工设备工厂”，古睿被“J 集团”投资开发多年的“中华数控”系统装上了该设备工厂的“新一代数控加工钻攻机”，首批 50 台设备交给了陈瀚的工厂。

“设备你尽管用，机器款可以迟一步。条件是你要把装了新的国产系统的钻攻机使用中的问题全部反映出来我们改进提高！这也算对你帮我介绍收购‘JS 智能’的回报。”

古睿是这样对陈瀚说的。陈瀚苦笑了一下说：“我们就是你们国有企业的白老鼠！”

不过陈瀚心里还是很感激的。这些设备的投入也相当于千万元资本的支持。在一个个同行的企业破产倒闭关门亏损的环境下，“迅达”还站着，真是值得庆幸的事。网上有一个数据说，中国的民营企业大部分只有 3 年。平均寿命超过 10 年的不到 5%，“迅达”成立马上就十年了，是金字塔顶的 5%。

剩者为王，胜者为王。我们踏着倒下的企业前行，铸造智造中国的根本！

第十四章　世纪轮替

一

何芳洁接到涂芳芳电话的时候是深秋的下午。她说有一家刚被市里表彰为“坚守先进制造标杆企业”的外资公司宣布解散。这是一件意外的事件，涂芳芳认为这样热点的事情一定具有很好的新闻报道价值，所以何芳洁应该赶紧去了解一下具体的原因和现在的局面。

公开资料显示，这家叫“斯坦得深圳”的美资公司所在区域中现有的79万家商业上市主体和5万家工业企业中，只有18家企业获此殊荣，它们被称为“扎根深圳、坚守实体经济、立高质量发展标杆”。可见企业实力不一般。

讽刺的是这家刚获得奖牌的名牌名企马上就用打脸的行动决定解散公司，撤离中国。他们是撤回了美国？还是去了其他地方？必是一种明智的选择。何芳洁近年已经见过不少外资企业撤离中国，所以她并不意外。特别是那些经营状况一直不错的名企外企，他们关停大陆工厂都是有计划有组织的行为。不是倒闭，据说他们要搬到东南亚去，是在中国赚了多年钱后的“胜利逃亡”。

这是继飞利浦灯饰、三星电子、奥林巴斯、爱普生精工之后第五家跨国巨头离开这里，也许风水轮流转，时代轮替已是历史必然。中国企业的成长是外资企业撤离的主要原因，也是历史的必然。所以，并不能引起多大反响和波澜。

一个城市的产业规划值得每个人仔细研究，它是主航道，偏离这个航道的前景堪忧。我们看深圳的产业布局：支柱产业乃文化创意产业、高新技术产业、现代物流业和金融业；战略新兴产业是生物产业、新能源产业、互联网产业等；而智能装备、机器人等未来产业更是面向未来和辐射华南，辐射中国，辐射全世界的。在这个背景下，有的人离开，有的人留下，何尝不是环境与产业选择的正常结果？

二

何芳洁通过涂芳芳的人事部老乡采访了几个“斯坦得深圳”公司的员工后，还是感到意外。同样的这段时间，朋友圈里传播的一些关门倒闭的内资工厂，供应商堵门要账，员工到政府求助，股东投资商潜逃不归，一副风雨俱来，大厦已倾的惨状。但“斯坦得深圳”解散了，这里的午后静悄悄。没有一个人为“斯坦得深圳”公司解散悲哀。没有吵闹，没有劳资纠纷，没有千人失业的场面，每一个员工都在喜悦中遣散，正如员工所说：没有一个人是悲伤的。

“我工作二十多年了，解散赔偿这么高的我还是第一次见，可以这么说，我们工厂没有一个人是悲伤的。”站在园区门口，一位斯坦得深圳工厂的经理如是说。

工厂突然解散，千余名员工的补偿是首要面对的问题。多位斯坦得员工及园区物业对何芳洁记者表示，工厂给出的补偿方案被广泛接受，并未出现大量员工不满的状况。

“斯坦得深圳”公告称，对于自愿与公司签订劳动合同终止协议的，公司将提供高于法定标准的补偿方案。自 10 月 30 日起，公司将依法对不愿意协商解除劳动合同的剩余人员单方终止劳动合同，并支付法定标准的补偿金。

经理表示，他本人拿到 60 万元左右的补偿，非常满意，可以回老家供一套房子了。

三

虽然头顶深圳市“坚守先进制造标杆企业”的光环，但现实中沉重的经营成本却让这家老牌美资制造企业——斯坦得深圳工厂不得不选择离开。2020 年 10 月 26 日，斯坦得发布公告称，随着市场整体环境的变化和行业内竞争的加剧，集团基于战略发展需求不得不重整业务资源以提升市场竞争力。在经过慎重分析与讨论之后，公司股东和董事会遗憾地决定，自 2020 年 10 月 26 日起全面停止生产经营活动，并提前解散“斯坦得深圳”。

那位经理告诉何芳洁：“深圳工厂的厂房是租的。我们在这里有十年了，明年租期就到了，租金涨得太高，现在要 40 块钱一平方米，根本接受不了。而随着深圳成为超越广州的一线城市，十多年间住房楼价翻了10倍，工资也翻了10倍，但相对楼价是租不起住不起。”

“斯坦得深圳”实际上是众多制造业企业的一个缩影。它们在改革开放初期随着“三来一补”的浪潮扎根深圳，近些年却受到城市发展挤压而迈出外迁的步伐。

1996年，斯坦得公司进入中国的时候，外资“三来一补”是所有地方政府都欢迎和期盼的投资。低廉的劳动力吸引了几乎所有的世界知名公司都进入了中国。满大街的“哈罗！摩托”声带来了电讯和手机行业的飞跃，当山寨的中国手机大音量地播放着“月亮之上”的铃声闯进非洲中东的时候，摩托罗拉竟然消失了。索尼，爱立信，飞利浦，诺基亚纷纷败走市场也败出了中国。成长的民族品牌通过血拼占领了自己国家的市场，也开始走向世界。传音“占领”了非洲，小米“领导”印度，华为享誉欧洲。曾几何时，有路就有丰田车，国产只能造拖拉机。如今，通用，宝马和奔驰，卖车必须到中国去。吉利可以收购北欧沃尔沃，长城可以走向中东伊拉克。真是三十年河东三十年河西。不是我们不再需要外企，是我们成长得太过用力。

四

斯坦得深圳年实现营收20亿元，净利润1.5亿元，不是一个暴利的公司，但绝对是可以持续生存的。

工厂分管生产的经理对工厂目前的经营状况颇有自信，他表示，今年突发新冠肺炎疫情，原本以为订单不好，但实际上是十年以来最好的一年，“现在光是前三季度就做了3.7亿美元的订单，以往全年只有3.2亿美元左右。六月到八月那段时间我都忙死了，自己都上生产线了，那时实在招不到人。”

但是斯坦得美国总部却透露出一丝担忧。在上一年的年报中，他们指出，公司与提供相同或相似产品的公司，以及生产适用于相同用途的不同产品的公司竞争，这些公司或大或小，通常位于中国大陆、中国台湾，东南亚和印度等地，它们的劳动力和其他生产成本远低于美国、加拿大和西欧，也低于现在的中国华南地区。此外，某些大客户也会提供与一些公司产品相竞争的自有品牌，作为较低成本的替代品。

此外，在年报中，贸易保护措施、进出口许可及与之相关的中美关系也成为斯坦得担忧的不确定因素。

这位经理面对未来的竞争也感受到了一些压力，“前段时间我去出差考察，发现竟然连小米都开始做我们的产品了，它们的外形非常时尚，能吸引年轻人。现在基本上是一个电器工厂就可以做我们的竞争对手，所以我们这些老牌企业的处境是相当的尴尬。”

荣誉终究敌不过现实的重量，斯坦得深圳还是决定离开了。一位在园区招工的中介告诉何芳洁记者，像斯坦得深圳这样突然宣布解散的并不多见，但近些年深圳的工厂关停外迁已经成为常态，这种情况不限于外企，“不外乎土地、人工成本这些原因，很多都搬到越南去了。”

企业外迁趋势早几年就已现端倪，其中有众多中小企业，还有如华为、欧菲光、立讯精密等头部公司。2019年年中提交深圳市人大常委会审议的《深圳市2018年中小企业发展情况的专项工作报告》指出，2018年，深圳有91家规模以上工业企业出现外迁情况，约占规上工业企业总数的 1.1%，累计在深工业总产值 600 亿元，占当年全市规模以上工业总产值的 1.95%，企业外迁风险不容忽视。

可是，中国之大，今天的深圳也许就是明天的东莞后天的惠州，企业面对的劳动力，厂房成本只会越来越重，何芳洁在想一个问题，死亡或者重生，企业是否如人一样？适应环境，能够改变，适者生存。树挪死，人挪活。

五

陈瀚大学最好的朋友是一个女生。读书的时候她的父亲就是当地地区市的常委副市长。她毕业后顺理成章地进入设计院做院长，一路升迁到开发区管委会主任。

Y 市毗邻广东，十年前就开始承接“粤港澳”产业转移。这个转移的项目其实就是把一些企业特别是有本省背景的企业招商引资到内地来。Y 市的“电子通讯产业园”规划非常漂亮。已经建好的工业园大道可谓大气奢华。六排 LED 灯照亮了双向六车道的马路和马路边的黄土。已经入驻园区的几家企业也是从深圳过来的，他们配合政府招商局对未来的前景描绘得美丽动人和一片光明。

陈瀚配合女同学也不能表露出丝毫不感兴趣的样子。低价的土地，灵活的政策，资金的扶持，税收的减免都是很吸引人的东西。可是陈瀚权衡了很久，几个自问的问题让他不敢因过去朦胧的同学情谊而擅作决定。

你的客户在哪里？

你的供应链配套在哪里？

你的熟练工人、技术人员在哪里？

在珠三角都找不到的技术人才，会在这个相对偏僻的城市扎根吗？

女同学失望的眼神让陈瀚不敢直接面对。只能在她再一次来到迅达的时候把自己灌醉。

理想很丰满，现实很残酷。这些年过去了，陈瀚好多的同行朋友在地方乡民的敲锣打鼓声中轰轰烈烈地把工厂和设备搬回了老家或内地的某个城市。几年过去了，活着的也是如此艰辛，死寂的不只是机器。

陈瀚的女同学对他说："幸亏当初你没有搬过来，不然我都不知道该如何面对你！"

六

当何芳洁从斯坦得精密制造（深圳）有限公司位于宝安的工业区门口经过时，她发现道路两旁挤满了多个工厂的招工者以及人才中介，他们都是看到工厂解散的消息后，第一时间赶来这里招人。一旦有人拖着行李从工业区走出来，马上被大家团团围住，不过出来的人很少搭理，迅速坐上提前定好的网约车扬长而去。

通过交谈得知，这些招工者来自深圳各区，以及惠州、东莞等地。一位来自东莞的招聘人员向何芳洁介绍，他们工厂是做医疗相关配件的，工厂规模在200人左右，今年以来生意不错，用人需求迫切，今年以来一直在招人，但一直没补上缺口。昨天看到斯坦得深圳解散的消息，今天一早就带了四个人过来厂区门口招聘，但一无所获。

“为什么招不到人？因为没有人嘛，你看路上走的人都少了很多，没有人怎么招人？其实我们厂福利待遇各方面都还可以，普工平均月薪在6000元左右。”上述招聘人员表示。

招人难，成为各位招聘人员的共同心声。现场所见，招工人员远多于找工作人员。但谈及收获，都是无奈苦笑，“一个人都没有招到”。

工业园的保安，则是不断用声音驱逐招聘人员，“你们不要全堵在门口了，去旁边，如果要找工作的自己会过去，你们到这里拉人有什么用。”据保安介绍，昨天来招人的更多，路两边都挤满了，不过收获也不大，宣布解散那天，就有好几个大厂的人，直接进入厂区招人，当场就消化得差不多了。

保安的话也得到了同在一个工业区的某物流公司工作人员的确认。他表示，宣布解散当天，基本上准备继续上班的工人，就都有了合适的去处，他们公司近水楼台先得月，也招了几个。他指着大量的招聘人员说：“今天才来，晚咯。”

何芳洁拿起手机赶紧打了一个电话给陈瀚，因为陈瀚曾和她说过“无人工厂梦想”。现在的场景不是已经完全证明了走智能制造机械化生产才是未来企业的唯一出路吗？否则，就算你有订单也不一定能够有人开工。

七

其实真正触动陈瀚的是十多年前去日本考察的那一次。他们一行属于“香港生产力促进局”的考察团，主要目的就是考察日本著名的大企业的生产流程和管理模式。

1999 年前的日产，由于日本人的人性化管理和日本工人的过度稳定性，缺少变革的日产陷入了长期亏损的囧地。1999 年，日产汽车由法国最大的汽车工业集团雷诺汽车购得 36.8%的股份，组建雷诺-日产汽车联盟。雷诺汽车当年还迅速派出自己的副总裁、素有“成本杀手”和“商业奇才”之称的卡洛斯·戈恩出任日产汽车营业主管。在戈恩的大刀阔斧的改革下，日产砍掉了很多臃肿和繁杂的项目和零件制造厂，把很多工作分包了出去，同时裁掉了很多日产的老臣子，把压缩节省的成本用在了开发上。

2010 年 4 月 7 日，戴姆勒公司与雷诺-日产联盟宣布建立战略联盟。双方将交叉持有各自所在车团股权的 3.1%，按协议交叉持股的锁定期将长达 5 年。根据雷诺日产与戴姆勒的合作协议，双方还将合作开发电动汽车和下一代小型车。合并后形成的戴姆勒雷诺-日产联盟有望节约数十亿欧元的成本，车型平台的共同开发、研发、包括在动力系统技术上的共享，都将实现成本的下降。

陈瀚他们参观的是日产全球十大发动机厂生产 V6 发动机的生产线。整个产线从材料—铸胚—机加工—组装—最终磨合出厂，如此复杂的工艺和技术，整个产线竟然只有几十个工人。那些工人穿着工衣带着工帽像跳街舞的机器人，他们坐在自动运行的工作车上，穿行在产线的各个工位。生产都由机械手和自动产线完成。这些流动的“活人”只做轻松的检测和维护产线工作。工厂里既宽大明亮又干净，从 5S 升级到 7S 的环境真的像空旷的体育馆，在那个中间吧台上，真的有咖啡奶茶给工人品尝。从产线上完全按系统计划排产生产出的发动机不会有库存。这让我想起了我们老家的长丰猎豹工厂生产线，几千人坐在产线等上一个工位流下来产品，慢慢腾腾谁也不能离开岗位就这么熬着别说喝咖啡，尿也得憋着等待下班休息。满厂区堆满卖不出去的汽车，连办公大楼也堵住了。

这个对比让陈瀚终生难忘。中国制造和日本智造的差距何止几十年？

回国后陈瀚做了一件事，发了一个誓。一件事是马上把国产别克换成了日产天籁。因为那里面装了陈瀚在日本看着生产的 V6 发动机。他发誓，如果他没有把自己的企业做成自动化系统化管理的国际标准企业，他永远也不再到日本来！

他彻底明白，靠人多，是成不了大事的。匹夫之勇的时代早就已经过去！

第十五章　星辰大海

一

党的十八大的召开对于中国是一件非常重大的事情。中国未来要向哪里去？过剩的企业产能该要如何消化和转型升级？都是令人头痛的事情。这些年，很多巨无霸的国际制造企业都逃离了正在强大的中国，高成本和国家对国有企业民营企业大力的扶持和支持提升了国内企业的竞争力，也让很多不重视本身企业长远发展和科技进步的国内企业倒闭，规模小的企业也因风险承受能力低而被淘汰出局。国家高瞻远瞩式的指导型发展方向让中国人知道了我们不能只有阿里巴巴，不能只有科技，不能只有工商银行和 B2B、B2C、C2C，我们必须有更多的华为、大疆、比亚迪。这个时候习主席提出了“算大账、算长远账、算整体账、算综合账”。这件事就是生态环境保护。他明确指出，“绝不能以牺牲生态环境为代价换取经济的一时发展”，多次提出“既要金山银山，又要绿水青山”“绿水青山就是金山银山”。这个方向的提出让整个国家进入了一场大规模的环境改造运动。村村镇镇都在挖地重建排污系统，家家企业都在整改升级废水废物回收设备和系统，巨大的压力同时给到了企业和共产党的干部。

2020 年 2 月，受新冠肺炎疫情的影响，企业春节假期一再延长，网络上却出现了消费“疫情”的乱象。而陈瀚，正在申请企业复工的路上奔波，身心疲惫！作家何芳洁却偏在这个时候电话采访他，主题是——复工复产。陈瀚说：“复工容易复产难！你们作家啊记者啊，不要把复工复产混为一谈。比方说，原本一千人的工厂，全员到岗，是复工，只有几个人到岗呢，也叫复工。复产的概念就不一样了，是指全面恢复产能和产量。”何芳洁显然听出了陈瀚心情的不畅快，她半开玩笑半认真地说：“陈总，如果你觉得心里堵得慌，不如把现阶段的想法写出来，发到朋友圈，代表你们企业人发声。”陈瀚说：“该说的都说了，现在是要做！”

这期间，何芳洁给陈瀚的每一条朋友圈点赞，但从不多说什么。她知道，这是一位企业家在疫情期间最真实的心路历程。让他们发泄一下吧，这群人太累太苦了！但是，有两个女人却例外，一个是涂芳芳，另一个是杨似。她们明明是陈瀚的微信“好友”，却几乎没给陈瀚点过赞。陈瀚心里明白，其实，她们比谁都更担心他。

一日，涂芳芳坐在阳台的秋千上刷朋友圈。涂芳芳的手很“滑”，几乎逢读必点赞，但古睿和陈瀚的朋友圈除外。这时她手腕上的表闪烁出一点小小的、极迷人的粉红。那天在医院里，陈瀚把这块表戴在她手腕上之后，就再也没有脱下过。

陈瀚给了那个天才少年股份，让他想干什么干什么去。那天才少年就说："我最想跟古小凡谈恋爱。"陈瀚说："那就去追啊！年轻人，可别错过了。"于是，这个痴情的大男孩，就追到了英伦。那个叫古小凡的女孩在那里读硕士研究生，他呢？博士后。他以为刚刚好。

对于研发超智能手表，陈瀚信心满满。陈瀚认为：只有人们想不到，没有智能制造做不到。既然高科技注定了将日新月异，那么，人们想当然的，也就对所有的可能习以为常！这块戴在涂芳芳手腕上的表，是陈瀚对涂芳芳的一份信任、一份托付——它代表的是迅达公司研发的前沿与方向。此刻，涂芳芳心里感慨："林俊，不，他现在是陈瀚！他还是那么有才华、有激情，浑身有使不完的干劲……"此时，陈瀚的电话来了！陈瀚说："你刚才是不是在感慨你心里的林俊那么有才华、有激情，浑身有使不完的干劲……"涂芳芳惊讶万分，但却不正面回答他，反问："还有呢？"陈瀚说："更早一些时候，你心里想：我跟他们两个男人都不一样！他们眼里心里只有产品、订单，只有他们的客户和工厂；而我，满脑子是杠杆，是房地产投机。他们说房子调控，到头来，我手里的资产变成了金砖，他们的资产就变成了一堆不断贬值的设备机器。又是贸易战，又是行业恶性竞争，眼下，又是疫情蔓延，困难的日子没个尽头！"

涂芳芳终于忍不住了，激动得从秋千上蹦起来，对着手机说："陈瀚，你太坏了，你给我的手表原来是检查思想的！"

陈瀚却严肃认真地说："不是我！是 No. 1 硅，你手腕上的那块表。芳芳，感谢你配合我们迅达公司测试新产品。"

芳芳手上的那块手表叫 No. 1 硅，是一款超智能手表。按照指令，它把从涂芳芳这里读到的心理活动，忠实地转递到那部与之关联的手机上。

“我的任务完成了吗？我是不是可以脱下这块手表了，这叫什么的 No. 1 硅。”涂芳芳有些后怕地说。心想这表要是和古睿的手机联网了，那我不是心灵出轨了？

“再等等。”

“又有新的测试任务？”

“嗯，发现了新问题，它试图自我更新了！这很危险。”

“那怎么办？”

“我们的研发团队在想办法。需要时间。”

涂芳芳听得出，他喘了一口气。良久，他问她：“其实，你的手很‘滑’，给谁都点赞，为什么不给我和古总点赞？”

她答：“天哪！这你都知道？”

陈瀚说：“你今天早上更新了朋友圈，何芳洁点评：芳芳呀，思念谁呢？你回复：那个人欠我一百元。几分钟后，你把这条动态设为非公开。这条动态，你发了九张图片，景点包括烟雨中的太湖湾、阳澄湖上的莲花岛雪景、苏州小桥流水特写、苏州中心东方之门、苏州圆融地标性建筑苏州经贸大厦、拙政园……还有美文一篇。”

涂芳芳举着手机，呆若木鸡，直至陈瀚说：“我讲对了吗？”她才讷讷地说：“对对对！你这是……”陈瀚打断她的话：“这不是我们的指令，它超越了，自我更改程序。开始自练读心术了。我们要设计出它自我销毁的程序来应对。”

“那还要多长时间？”

“最快，三天，最迟，也许三个月，或者更长时间吧。”

“陈瀚，你骗我的吧？”

“不是我！是 No. 1 硅，是你手腕上的那块表。芳芳，感谢配合我们迅达公司测试新产品。”陈瀚心想，我现在想骗你不是易如反掌吗？你又不知道我真正的心思。

二

古睿这段时间对涂芳芳特别关心和照顾，也许是涂芳芳在医院没有醒来的时候让他发现如果失去老婆的问题严重性。他不再和芳芳抢电视看，虽说芳芳最近不再追剧，总在刷着手机，但他一点也不介意。每天尽快回家陪老婆已经成了习惯。连涂芳芳都觉得受宠若惊，还盯住古睿看了很久，说了一句奇怪的话。

“老古，我躺在医院的时候，你没出轨吧？怎么突然对我这么好了？”

古睿要哭了，他气得抱住涂芳芳直摇晃，说：“你胡说八道啥？我失去过你一次，还差点被另外两个男人抢走了你，虽说你不是我叫醒的，但我不想再失去你！”

芳芳这次控制不住自己，哭得很厉害，把古睿慌得以为又说错了什么话。

“你还不相信我吗？”他把涂芳芳抱得很紧。在他抱芳芳的时候，涂芳芳偷偷地取下了手上的那块会读心的智能手表，她不想让自己现在的哭泣和拥有的爱让陈瀚知道。

当涂芳芳把古睿的举动说给何芳洁听的时候，何芳洁用很羡慕的眼光看着涂芳芳。

"你真幸福，古睿是真爱你的，陈瀚他们也是。"她盯着涂芳芳手上空空的，知道她没有再戴那块 No. 1 硅智能手表了。她真想说：

"把那块手表给我戴上吧，我愿意一生被爱监听！"

她没有对涂芳芳说这种话，心里却想到陈瀚再也收不到 No. 1 硅的信息会着急成什么样子。她突然发现，其实她比陈瀚还着急。她匆匆离开涂芳芳家，想出去打个电话给陈瀚。

其实涂芳芳没有再戴上那块 No. 1 硅手表，心里一直是很纠结的。她想收不到信息的陈瀚一定会打电话过来问，她要怎么说呢？

陈瀚的电话一直没有打来，这让涂芳芳很失落。当古睿回到家又抱着过来迎接他的涂芳芳时，涂芳芳忍不住问了一句：

"老公，你不吃陈瀚的醋了？"

古睿哈哈大笑。"陈瀚现在是我的大客户，我不敢吃他的醋。"说着这话，古睿抓住芳芳的双手，抚摩着光光的手臂对芳芳说：

"对我自己的爱人还是有信心的。"

三

涂芳芳还是忍不住打开微信朋友圈搜索起来。她真怕那个人关闭朋友圈，就像她关闭 No. 1 硅一样玩失联。她想从陈瀚的朋友圈里看到他的波澜。

2020年2月8日

与你同在

——2020年元宵感怀

让我们都用口罩蒙上脸，
只为了不让你觉得孤单。
口罩下的我们，
一起承受命运的挑战。
车孤独地留在广场，
人无奈地躲在夜晚。

一边是轻如鸿毛的口罩，
一边是滴水成金的飞天，
如果酒精真可以杀灭新冠，
让我们用茅台把生命点燃。
这个时候的口罩啊，
对友情和爱情都是一种考验。

点燃自我的平凡人很多，
昨夜我们失去一个。
这个元宵夜月亮高悬，
很多亲人却无法团圆。
只能怀念李文亮，
加油中国大武汉，

失去的春天。

（3 月 1 日）

头发长了，盖不住那些发白的发根。在这个特殊的时刻开工会有一种使命感，谁知道复工游戏玩了 10 多天。终于开工了，打开朋友圈才发现，很多人比我要惨。找不到地方批准复工如同我此刻找不到地方理发，虽然太阳出来了！

那场突如其来的大雪降临江汉大地的时候，是因为只有洁净的白雪才能覆盖一切人类的悲伤和大地的恶浊。

春天毕竟来了，该开的花还是要开。

一辈子没有机会相拥这么长时间的爱人，外出以后就没有长时间陪过父母子女的你们，把这个封村封楼封人心的日子当作一种恩赐吧！失去的就失去了，只要生命仍存，你仍可以在未来的日子享受春暖花开的温馨。

不要想着去追回什么，失去了就是失去了，人生没有后悔药。一种经历是一次成长，一种磨难是一次涅槃。浴火重生的中国也许是一个更强大的中国。我们要想好的是未来活个明白。

涂芳芳在掩饰自己的眼泪，因为古睿正坐在沙发中央看新闻。“失去了就是失去了，人生没有后悔药。”这是说给谁听的句子呢？

讯达科技园，经过层层消毒和体温测试，何芳洁走进了陈瀚的办公室。她看到陈瀚的茶几上摆着一只新款的智能手表，她刚想提 No. 1 硅手表的事，陈瀚却自己开口了。

“你是来和我谈涂芳芳的吧？”

被他猜透了一切，何芳洁有些不甘心，说："谁说的？涂芳芳的一切你不是都了如指掌吗？我就是找个借口过来看你，顺便送几箱口罩给你。"

"谢谢！"陈瀚笑得有些勉强。他自言自语地说："新冠是一把试金石，在生死面前你能检验亲情、友情和爱情。No. 1 硅没有得新冠，但是它已经完成了它的使命。我们新一代的'爱安达'No. 3 硅手表可以测体温，可以内置北斗导航，那将是一种永不消逝的爱！"

四

杨似，那个冰雪聪明本来很有事业欲望的女子，她最终做到了一生只为一个人付出，这个人就是她老公。她一直是这么干的——让陈瀚这个对全世界都好的男人成为公司掌门人，撑起了她和他事业的天空。在她眼里，陈瀚永远不会输，不会学坏，不会长大。她不想他世故，却时时提醒他注意社会的残酷和人性的险恶。她不想他辛苦，却全力支持他迎着坎坷闯得头破血流。她其实被陈瀚洗了脑，好男儿志在四方，大男人顶天立地，一次失败又算得了什么呢？其实，虽说她不插手工厂的事情，但她早已经做好了家庭资产与企业资产的风险管理，成了陈瀚坚强的后盾。她这天对准备出门的丈夫说："陈瀚，你过来！你看着我的眼睛，跟我说实话，公司眼下经营是不是特别困难？你还扛得住吗？我能为你做点什么呢？"陈瀚说："老婆，我没事！有事的时候我会告诉你。虽说疫情仍在世界范围蔓延，对很多企业来说都是致命伤害，但很庆幸，我们受到的影响不大！目前订单充足，四五月份的订单都满了。压力肯定是有的，而且不小。要小心做事，低调做人。居安思危，我把大量精力花在维护现有客户和开发新业务方面。如果说现在有困难的话，主要在公司一些策略方面：一是现在环境是保守一点还是扩大生意额？（现在我们有这样的机会，但资金占用会增大）；二是自动化的投入还在延缓中，这同样要投入资金进去。虽然可以取代很多人力，但也必须订单稳定才能很快收回投资。总之一句话，我们现在活得还好。但世界动荡，不敢掉以轻心，且行且珍惜吧！”

杨似点点头，说：“那就好，有问题不能瞒着我啊！”毫不掩饰自己的胸有成竹，更不掩饰自己对陈瀚的信心。“我相信你！一直相信！”

陈瀚说：“谢谢老婆的支持！我走了。”

杨似说：“去吧！不准扎堆喝酒！”

陈瀚说：“禁什么禁？新冠病毒最怕酒！再说，兄弟们都一起喝过几回了！”

“那好吧！你会你的酒肉朋友，我上养生馆……”陈瀚果然中招。“养生馆里有靓仔吗？你敢？”陈瀚出门时仔细一想，不对，洗脚的都没有开门，养生馆敢违反疫情规定开门吗？

五

已成为上市公司科创板明星企业的振华科技经过多年的研究和开发以及大量的企业设备实际生产验证，终于成功开发出属于中国人的数控操作系统——“中华数控”。中华数控的推出虽然还有很多不完善的地方，运行速度和程式处理能力也还存在缺陷，但是在软件行业一直被日本、德国企业垄断的今天，它以低廉的系统价格，相对更快的走刀速度抢占了一片天地。为了更好地推动“中华数控”项目落地，也为了更直接地推动“中华数控”系统的普及，“振华股份”收购了一家东莞市的数控加工中心设备生产厂家，把古睿派到了那家企业做董事长。古睿接手该公司后，迅速推出国产数控系统的多款多行业的数控加工设备，并通过订单扶持和融资支持的模式让很多中小规模的企业用上了从系统软件到硬件都是国产自主的 CNC 设备。

横跨广深东莞惠州及珠三角的“大湾区智能装备协会”成立了，古睿众望所归成为会长。而陈瀚的迅达科技也成了协会会员。为了迅达科技的“智能无人工厂”项目，陈瀚决定放弃采购日本设备的想法。如同他多年前在科技园落成的庆典讲话中说的那样，他还是坚信，只要技术管理到位，我们都可以用国产的设备做出进口机械同样的精度和品质。

这次疫情，加深了陈瀚对推动全自动全智能化工厂的决心。200 台装备“中华数控”系统的数控加工中心，20 组与之配套的工业机器人，不到一年的开发生产周期，这都是一个巨大的挑战。古睿、陈瀚、史诗这三个男人终于为了一个共同的目标坐在了一张桌子上。

六

陈瀚今天特别开心。早晨六点，他没有直接进厂，他把车停在科技园前的那条沿河街，车外的秋风有那么一丝丝凉意，让陈瀚特别惬意。搞雨污分流挖了两年多的河道和道路是陈瀚很多时候心情不好骂娘的主题，今天道路已经全部平整。河道看不到工厂污水的痕迹，都被与河道平行的一条隐藏的排污渠分流了。河堤已植上树木和草皮，还沿河加装了两排路等。像列兵一样一字排列的白色路灯竟然全是智能太阳能的。而间隔一个的灯杆上还挂着 5G 信号发送盒子。那每个盒子里面有 64 个镀银的小腔体，那可是“讯达”的产品。

陈瀚走路的姿态越来越坚挺，好像他当过兵似的。如果不是近视，他的梦想之中真的还有当兵的选项。不过，准确地说，他是想当将军。三十年前，陈瀚做梦也不会想到，他会从一个体制内的重点培养对象成为今天辛苦的民企老板。有后悔过吗？没有！陈瀚骄傲自信的心态一辈子也不会改变。现在的选择，最大的好处也许是没有人会让你下岗逼你退休，除了市场。

今天高兴的事情还很多，陈瀚和史诗合作开发的“智能无人数控加工工厂”终于投入使用了。全新封闭的车间，200 台装上了“中华数控”软件的加工中心真的像秦始皇的兵马俑列阵以待。20 台史诗的“思凡机器人公司”生产的工业智能机器人站立在由每组 10 台加工中心组成的 U 形生产线边，等待陈瀚和史诗共同发出的指令。

市政府非常重视这个紧贴本市产业方向和国家规划的项目亮相。这是一个对于解决目前用工荒和产业转型升级具有标杆性榜样作用的事件。政府邀请了央视“对话”栏目组进行现场采访和直播。直播间就设在了车间，背景就是那 200 台数控加工中心和 20 台机器人。

陈瀚与史诗的手第一次握在一起，两人都有些激动。一同按下了车间办公室的中央程控仪表台上的总开关。车间里红灯闪烁，机器人都扬起了长长的双臂，做出的是一个欢迎的手势。央视记者和政府相关领导早已在转播现场落座。采访位除了主持的记者还留了一个被采访的位置。毋庸置疑，那个位置属于陈瀚。陈瀚搂着史诗的肩一同走进了车间，走进了直播席。陈瀚这么多年也学会了适应环境和收起自己的锋芒。虽说此刻他心潮澎湃，可是他表面异常平静和低调。面对记者的提问，他一直用环境逼人、大家努力、艰苦创新，政府给力等公式化的语言来回答。他知道这种场合，要的是皆大欢喜，不需要大倒苦水。当然，也无须透露商业机密。他回头看看已全部变成工作绿灯的车间，心中的欣慰已经抹平了所有苦累。

“陈总，是什么动力让你坚持要走智能化的道路？这个需要高投入的行业，你们公司既不上市也不融资是怎么做到的？”漂亮的女记者在问。陈瀚心中想起了古睿。这次记者采访发布会本来是邀请了古睿的，没有古睿的振华股份下属企业的设备和国产“中华数控”系统的支持，今天这个智能无人数控车间是无法建立的。但是古睿拒绝了。他对陈瀚和史诗说：“你们去就可以了，我已经抢了你们的‘爱情’，不能再抢你们的事业了。”

陈瀚和史诗一愣，哪儿和哪儿的事？一想也对。芳芳和李凡，不都是被古睿“霸占”了吗？他们两人同时给了古睿一拳。

“民企的生存除了自身的生命力以外，肯定需要资源整合和抱团取暖。迅达不够强大，但我有一帮志同道合的好兄弟。深圳振华科技，苏州思凡机器人，他们帮助迅达迅速达成了梦想。我们都有一个共同的目标，也都经历过改革开放以来的风风雨雨。我们知道该怎样才能把企业做到基业长青，怎样才能做到不再受制于人，特别是受制于洋人。当然，没有政府部门的大力支持，我们民企也是绝对难以真正成功的。还有，还有我的上帝——我的客户的支持是我持续努力的真正动力。感谢你们!”陈瀚在回答记者问题的时候，双手抱拳对着政府和客户连连鞠躬。是发自内心的。

经发局的梁局私下对陈瀚说，如果此次“智能无人数控工厂”项目获得验收，政府那里可以申请到5000万元以上的补贴。那也是一个吸引人的数字。是从200台机到500台再到1000台智能数控设备导入的必需。没有钱，你啥也不是。

“陈总，看到你们的机器人在工厂里不知疲倦地工作，好像他（她）们只有一个表情，那就是开心。你们的机器人有没有一个好听的名字?”女记者突然思维跳跃，问起了这个问题。陈瀚笑了一下，动了玩笑的心态:“我本来想叫它葫芦娃的。”全场哄堂大笑。陈瀚忽然觉得这么严肃的对话栏目不该开这种玩笑，忙求救似的望着和政府官员一起坐在观众席的史诗。“我们的机器人叫‘思凡’”。

陈瀚看见史诗在下面急得指手画脚，又不敢大声说话。但陈瀚听到了，他说的是“FF—01，叫芳芳……”

七

陈瀚的“迅达无人数控工厂”因为“对话”栏目的播出而火了起来。除了祝贺和恭维的人，也有很多同行的人嗤之以鼻。

“又在忽悠政府和客户，郭台铭100万台机器人的大话现在也许是一个笑话。还是得搬去印度找便宜的劳动力。”

“这种把戏很多上市公司都玩过了。演戏呗。客户和政府人走了，劳务工再上线，机器人是摆设。”

“几十万元上百万元的机械手机器人有几个企业投资得起？还有维修成本，升级成本，投资出去要多少年才能收回成本？”

风言风语刮来，陈瀚还没有收到政府的补贴，却收到了一大堆的质疑。

史诗把给陈瀚开发的这款机器人最终命名为“金刚葫芦娃JW-020”，他打电话给陈瀚说：“你放心，思凡出品的葫芦娃是有本事的金刚，不是俄罗斯套娃。我会把你使用的这款工业机器人完善成市场标准化的通用产品，成本压到10万元以内，接近一个时薪25元劳务工一年的工资。这个投资一年就可以收回来。我们思凡还会在全国各地设立自己的推广维修服务培训中心，我们要把开发、销售、推广、培训、改进，革新直接推进到客户现场，我要包卖包用包效率，让思凡智能走向普及。让那些质疑你的人质疑我的人闭嘴和后悔去。”“别吹了，赶紧把我工厂存在的问题解决掉，特别是产品通用性和不良甄别功能的完善。”陈瀚说。史诗很有底气地说：“不怕！你放心！你如果是因为机械手问题拿不到政府项目补贴，我不要机器款！”“屁，你不要机器款，我还要付古睿公司几千万元的设备款呢！这可是只能成功不能失败的事情。失败了也许思凡还在，迅达则无存！”

“陈瀚你别生气，金刚葫芦娃一定可以助迅达成功。但是你的‘FF—01’我准备把她用到办公和服务行业的机器人上去。”史诗严肃地说。

“你还是先给自己造个女朋友吧！”陈瀚没好气地说。

“史诗，和你说个正事，我要入股你的思凡公司。”陈瀚的话让史诗一惊。心想你陈瀚的迅达一不让人入股，二不愿意上市，搞得你好像老干妈一样就怕别人抢夺控制权，影响你的民族品牌之路，怎么突然倒过来要入股我公司了？

“不说话啥意思？不想让我入直接说。我入股不参与你任何管理，但是我要有一个条件。”陈瀚继续说。史诗不能再不开口了，赶紧问：“啥条件？”

“我要你上仿生机器人项目！”

八

深圳振华和DJ合作生产了可以在万米高空自由飞翔、能够像天鹅一样飞上蓝天遨游星海扑捉彩云的“非凡号”无人机试飞成功，据传有可能列装边防部队。古睿又变得忙碌起来。因为自主知识产权的国产“中华数控”系统获得巨大成功，古睿重新得到总公司重用，大部分时间待在华南。无人机的零件生产工作也划归古睿管理。而古睿几乎将所有有关的金属零件都交给了陈瀚的迅达公司负责承担生产。陈瀚的智能无人数控工厂这回发挥了作用。对于DJ苛刻的技术品质要求和低廉的产品单价，那些传统的机加企业根本就无法应变。而自动化工厂的效率和品质稳定优势彻底发挥出来了。陈瀚现在觉得也许苦尽甘来的时候到了，他想必须实现下一步多年的梦想，那就是让自己的“智能无人工厂”再变成“智能有‘人’工厂”！而那些“人”是被植入情感和容貌的“仿生智能机器人”，不再是现在史诗生产的只有一种僵硬表情的“钢铁侠”。她必须是“小凡”，她必须是“小芳”，当然也有“小史”和“小翰”，他们可以开心工作，自由恋爱，不会像人类一样错过今生今世，后悔终生难忘。错过了我们可以修改程式，弥补遗憾，从头再来……

陈瀚把几十年没有摸过的毛笔捡起来，在宣纸上狠狠地写了几个狂草的大字：“智无不成，恋而必胜！”他除了把写的这幅字发在微信朋友圈，还发在了抖音上。他是想昭告天下自己在一条道路上的决心吗？结果朋友圈好多人都在问：“陈总，你生而有恋，到底恋谁？”陈瀚老婆杨似也看到了他这个朋友圈，心里狠狠地骂：“一个大老爷们，对一个早就嫁为人妇的女人念念不忘于心就好了，还要昭示天下恋恋痴迷不悟吗？”她正准备等陈瀚回家时兴师问罪，却看到了陈瀚在朋友圈给所有点赞朋友的回复：“做大爱的事，给有爱的你。恋美好世界，创无限永恒！”杨似一下又被感动了，聪明的女人总会很快想到老公的好，她恍然明白，自己拥有一个属于世界大爱无疆的男人，她也不能再怀疑他对家庭的爱和付出。

陈瀚又拿起电话打给史诗，他觉得这个想法时时折磨自己，如果史诗不干，他就找别人。

“史老板，想好股份开价没有？仿生机器人项目不能再等了。”“陈总，我从来不会让朋友失望！虽说你这个朋友有点特别。”史诗口里说着这个话却拒绝了陈瀚的入股要求，但是答应了陈瀚开发仿生机器人的想法。“我会把你的想法付诸行动的！”史诗很肯定地告诉陈瀚。

有一天史诗发了一张 PS 图片，竟然是一个又像古小凡，又像涂芳芳还依稀像李凡的女孩在海边孤独地流连忘返。

“怎么样？我的仿生机器人原型。”

陈瀚说了句：“有你的，你女朋友吗？”

“也是你女朋友！还是古睿的女朋友！”陈瀚又听到史诗在电

话那头坏坏的笑。

九

“如果我们早一点相遇，我可以看你在球场上英气勃发，随你漫步在校园街边，看尽现代繁华，在你受伤的时候，陪你一起，在你难过的时候，陪你一起，不会伤痛，不必强忘。

“我想，晚一点与你相遇，那时的你，纵横四海，已放下她，那时的我，足够优秀，已适龄婚嫁，去我的家乡，牵手游荡，日间有阳光、晚霞、菜花相随。

“夜里有凉风、星空、和我作陪，想回你故里，年年岁岁，看梨花飘香，落地成霜。”

阳光明媚的午后，在深圳前海海滨公园一隅的草坪上，涂芳芳正在读一本书，《愿世间所有相遇都恰逢其时》。书中那些诗一样的文字又掀起了她虽经昏迷岁月仍然不能忘记的往事。她想：我年轻的时候，总想得到林俊，可林俊还是如风一样消逝。后来，又想牢牢抓住古睿，就怕自己只是李凡的替身，怕古睿不够爱自己。这次的突然昏迷，她感到她是世界上最幸运的女人。她得到了古睿、史诗、陈瀚所有积聚到李凡和涂芳芳身上的双重的爱。而当他们为了家庭和事业在外打拼的时候，作为一个女人是多么的自私。涂芳芳想，也许我关心房价比关心古睿更多。我也没有分担到他们身上的、心上的痛！那块已经没有电了的 No. 1 硅智能手表被涂芳芳当书签夹在书里。她其实也很想知道送表的那个男人此时在做什么？会不会真的彻底忘记了自己？想想就有些伤心失落！

古睿从外地出差回来的时候，涂芳芳去机场接他。这可是几十年都没有的事。古睿很意外也有些受宠若惊，抱着在机场到达口右侧站着的涂芳芳问：“你怎么来了？”

“就只兴你接我，不兴我接你吗？”

古睿还是心里不踏实，心想不会是芳芳有什么大事要求自己吧？坐在驾驶室的涂芳芳突然俏皮地说了一句：“你看我像不像你的女助理兼司机？”古睿双眉紧皱：“芳芳你说啥话？”

“不要叫我芳芳，我叫李凡！”

十

涂芳芳对古睿突然这么女人味了，确实是她多活了一次，想明白了很多事情。她说她叫“李凡”当然是调侃自己老公的。其实她是从史诗那里知道陈瀚要“思凡机器人公司”开发仿生机器人的事情的。而且史诗还把他设计的仿生机器人图片也发给了涂芳芳。芳芳当然知道，那个外形是谁的翻版。

史诗使了一个坏，明明是他自己设计成年轻版的“芳芳”或是“李凡”的模样，但是他却说是陈大总经理陈瀚要求的。

涂芳芳真的感动了，心想那个男人还是那么痴情没有忘记自己。她问史诗：“那个设计很难吧？真的可以做到吗？”

史诗说：“身体和外貌我都可以弄，但心在陈瀚那里哦！他的 No. 3 硅智能手表控制一切。”

涂芳芳知道陈瀚自从成了古睿公司客户后，古睿在华南的时候他们经常在一起。她知道这两个过去都爱过自己，现在也许还爱着的男人在一起的时候会说些什么，会不会聊她这个女人呢？

其实她更想从自己丈夫古睿这里得到陈瀚最近的消息。包括他的事业和家庭，包括他的健康和踪迹。

老古守口如瓶，几十年养成的习惯，他从不和涂芳芳说公司的事。加上他怀疑芳芳突然对自己这么好，一定想从他嘴里掏出点东西，所以更加小心。连睡觉还问涂芳芳："我说梦话了吗？"

"连鼾都不打、屁都不放，从来没有这么安静过，搞得我整晚睡不着。"

2020 年的新冠肺炎疫情没有击垮中国，深圳东莞等城市的房价在半年的时间竟然还上涨了 15%。涂芳芳赶紧抛掉了几套房套现上千万元。她给古睿算了一下账，投资五到十年，回报 300%，做什么生意有投资房地产稳赚钱？我准备转站旧城改造，我坐在家里比你做老总还强。古睿听了这话有些伤自尊地说："什么工作都是要人去做的。我是国企老总，不是私企老板。如果我只盯住钱，现在也许进监狱号子里去了。你行！你有眼光，你继续投吧！当初你还说我是潜力股呢！现在又看不上了？"

"是你看不起我，不要以为我只认钱，我投给你看。"涂芳芳有些赌气地说。

欧洲，英国利兹。因为疫情利兹大学迟迟不能开学，古小凡真是闷坏了。她在网上和天才少年肖峰昊在对唱王菲的《因为爱情》——

给你一张过去的 CD
听听那时我们的爱情

有时会突然忘了/我还在爱着你
再唱不出那样的歌曲
听到都会红着脸躲避
虽然会经常忘了/我依然爱着你……

也许是因为古小凡知道是肖峰昊和救醒她妈妈涂芳芳的 No. 1 硅智能手表的关系，她也听那个很爱她妈妈的陈瀚叔叔多次夸奖这个被他称作天才少年的男孩对她的一往情深，她在国外的这段日子有肖峰昊的陪伴才让她没有崩溃。陈瀚让肖峰昊到欧洲来除了放他过来追自己的心上人以外，其实他给了肖峰昊新的任务，那就是“No. 3 硅智能手表”的芯片方案。而古小凡把这个事情说给妈妈涂芳芳听时，没想到她妈妈涂芳芳做出了一个谁也想不到的决定。

“小凡，妈妈炒楼赚了一些钱，现在你爸爸、史叔叔、陈叔叔都投身在智能制造行业，听说以后 5G、6G、万物互联将是一个超能智慧的未来，我想投资给你和小肖在欧洲成立一个和智能软件或者芯片有关的公司好吗？”古小凡大吃一惊，电话那头叫了起来：“为什么？你怎么不直接投资爸爸他们？我和肖峰昊谁知道有没有未来？”

“你爸爸的公司是国资背景，他们哪里稀罕我的钱？我投给陈叔叔、史叔叔，你爸爸又会怎么想呢？我投资你还有肖峰昊更有未来。你们把智能医疗方面的东西弄好点，不是可以救活更多像我一样昏迷过的人吗？你陈叔叔都给了肖峰昊股份，他们是我的救命恩人，我投资他还有我女儿有错吗？加上现在美国人总是制裁我们中国，卡我们中国人的脖子，你们在欧洲弄一家公司他不就卡不了了吗?”涂芳芳越说越激动。古小凡赶紧说:“好了妈妈,好了妈妈,我和肖峰昊说说,这么大的事你和我爸爸说说吧!”

“他一辈子都看不起我们女人的眼光,等你们做出成绩来了,我要让他给我道歉!”涂芳芳说。古小凡心想,你们又在耍小孩脾气吧!越老越小孩。想得很好,但真的很天真,美国人想卡中国人脖子,全世界他都会封杀你。不过妈妈的热情还是值得肯定的。

十一

因为讯达公司开发的“爱安达 No. 3 硅”北斗导航健康情绪管理智能手表在新年前有一个大型发布会,欧洲“J & O 人工智能和机器学习方案公司”首席技术官(CTO)肖峰昊携着古小凡回到了中国。

冬日的阳光是温暖的,也是风和日丽的。下午,阳光沙滩碧海蓝天椰树小径,彩旗迎风气球飘荡,一艘白色的游艇停泊码头旁边。有七顶赤橙黄绿青蓝紫的帐篷散落在南澳海边的私家会所沙滩上,摆成一个心形的图案。一个美丽的女孩,一袭白裙站在中间。海风吹起裙摆,她在四处顾盼。

在晴朗的天空上面,有几种鸥在飞翔,忽然一只人鹏从天降临下来。来宾们一阵惊呼,以为海鸥危险了,谁料到大鹏一阵盘旋后悬停在七彩帐篷上的天空。洒下了一阵玫瑰花雨和一条红色的彩带。上面写着:“爱安达——永不消逝的爱!”

原来那是振华科技的“非凡号”无人机,它加了一双上面写着“睿”“智”的翅膀，撒完花瓣后飞向私家海滩的七彩帐篷群，寻找它的主人。

“我爸爸曾和李凡阿姨说要生七个小孩，给他（她）们建七栋七彩的房子。”

沙滩上的古小凡对天才少年说。

“可是我爸爸追求我妈妈的时候他又说想做一个大鸟保护自己亲爱的人永远不受伤害。”

大鸟“非凡号”已经降临到那个白衣女孩身边，真像《射雕英雄传》里可以随时拯救黄蓉的大雕匍匐在女孩脚边。古小凡一脸羡慕的神情。

海岸边，一辆单车机器人载着一束鲜花在私家会所的栈道上候命。那是王小涵送给史诗的礼物。物流分拣机器人项目的成功让“思凡机器人公司”声名鹊起，也带来了巨大的财富。王小涵也找到了自己爱的归宿。史诗在自首前的那一天把一份“思凡机器人公司”撤股分为两间公司的协议书签好名放在了王小涵的办公室。然后对王小涵说：“13 年，对不起！我让你失望了。从今以后，‘辰星智能’是你的，思凡还是留给我。我要为这些年的负罪去做一个了结。”

史诗把公司最赚钱的业务资产全部给了王小涵。

王小涵那一次醉在史诗怀里心里是清醒的，她知道了史诗的心结，也知道了神仙姐姐的凄美故事。她花了大价钱从国外采购回一些现成的配件，加上自己团队的全力开发，她完成了两台以史诗为骑手原型的“单车机器人”。一辆送给史诗，一辆留给了自己。

王小涵对史诗说，一部机器人留给我自己，一辈子等你送花不到，以后我随时都可以让我的机器人“史诗”给我送花。而你，你把你那辆单车的后座再加固吧！也许，神仙姐姐再次回到人间，你不能再把她弄丢了哦！

史诗拼命双手抱拳，不断作揖，口中念叨：“谢了！小涵。”他想起了仅有过的一次与李凡单车郊游的情节。他对手上的“爱安达 No. 3 硅智能”手表深情地说：“王子，该是你表现的时候了。”

机器人骑手在颠簸的石头栈道上跳跃起舞，差点栽进了栈道边的沙滩。围在沙滩上的来宾们欢呼起来。

“史诗，史诗！加油！加油！”

原来那个单车骑手完全是史诗的翻版。只是年轻了很多。复制版的史诗从单车上捧起鲜花，慢慢走到白衣少女面前，单膝下跪，举起了鲜花。那女孩缓缓地转过身来，沙滩上惊呼一片。

“涂芳芳？”“李凡？”“小凡？”

“乱了！乱了！”正在主席台操作“No. 3 硅”北斗导航健康情绪管理智能手表云平台的陈瀚叫了起来。今天每个来宾手上都戴了一款 No. 3 硅智能手表，此时发送给云平台的数据是如此混乱，完全超出了情绪控制的设定数值。报警声此起彼伏。

“收下鲜花，收下鲜花！”欢笑起哄声此起彼伏，大家已经发现那个女孩也是一个智能仿生机器人。可是机器人女孩只是微笑，不肯弯下身子接过鲜花。

史诗害了自己，他自己制造的机器人给控制器的时候对陈瀚说：那是你的芳芳。对古睿说：那是你的李凡。可是他自己也藏了一把遥控开关。更要命的是他自己设置了只有三个男人手中的开关同时启动，女孩才会弯下腰来。

翻版的史诗就这么一直跪在沙滩上面。看着所有人笑得灿烂。

突然，一辆山地自行车冲进了沙滩。车上竟然是天才少年肖峰昊。他一把抢过鲜花送给那个白衣少女，对，送给他心中的古小凡。

古睿，陈瀚和史诗竟然不由自主地同时按下了遥控器。白衣少女弯下了腰，接过了那束鲜花。

少年在说：“小凡，我爱你。”

与白衣少女设置了同步情绪管理的涂芳芳和古小凡一起哭了。她们同时收到了爱的传承。有人在问：“这个像真的一样的机器人女孩到底叫什么名字？”

“我叫 X 女孩。”白衣少女向所有来宾举起鲜花，说：“我爱你们！我永远永远爱你们！”

机器人李凡可以感知到奔向她的所有人手上戴的手表感知出来的喜怒哀乐，并把它们记录在她记忆卡的“永恒”文档位置。播放器开始播放歌曲，是一首《爱是永恒》。

“有始不有终/能受百样痛/从没有合约合同/但却跨时空/这滔滔不息的爱/我赠给你用/这一生和下世/有几多全奉送/闭起的眼中/无论重又重/仍是见着你面容/在我心湖中/这份爱永远都存在/共你同在无尽永恒中……”

所有的人都向七彩帐篷走来。包括爱和被爱的人们。

初稿完成于 2020 年 10 月 14 日
谨以此文献给深圳改革开放 40 周年

后记

“我们每天遇到的人，都是别人梦寐以求想见到的人”——在《中国智造》的写作过程中，我时常会想起这句话。这些人是什么样的人？陌生人里的熟悉面孔？平凡人中的不寻常者？这句话，常常让我饱噙热泪，执笔前行。

这部经历了三次推倒重来和六易其稿的长篇小说，最终成稿，荣幸入选全国总工会第一届新时代工业文学资助出版项目，如今，《中国智造》终于与读者见面，我愿意与朋友们分享喜悦，也分享其间的曲折、甘苦。

感谢最初发表《中国智造》并为之专门召开作品研讨会的《中国作家》杂志社，感谢中国工人出版社编辑团队的悉心指导打磨，最终让小说单行本出版面世。

“把小爱写到大爱，把个人梦想、企业梦想写到行业影响和国家理想，这就是作品的主旋律”，从构思到创作，我遵循这个“旋律”，在这个旋律下，从我生活、工作的大本营珠三角，到因工作关系客居十几年的长三角，带着我的写作构想，去寻找素材，去发现精彩，去体验每一份感动。

我告诉自己，你要写的，不仅仅是老板的故事、企业的产品，而且是故事里的人性、人心，是产品背后的灵魂，是企业背后的家国情怀、时代脉动。唯恐以“智造”为名的写作，落后于行业的发展步履，从提笔之始，我不断地给自己寻找“补课”的机会，要求自己走进企业，走进车间，走进实验室，接触穿工装的人，倾听他们的故事。在苏州，我慕名拜访九众九机器人有限公司，得到公司创始人张正峰先生的大力支持，给我了解、体验行业动态和科研生产提供了热情的帮助，公司研发、生产一线的小伙伴们，对我这个“外行”的一次次来访，总是不厌其烦地给予帮助、指导。在写作遇到各种瓶颈之时，苏州迈思德超净科技有限公司董事长叶建平先生、广州日昇科技有限公司董事长袁光有先生以及其他多位热情的企业家朋友，热情、无私地给我打开了行业视窗，让我的书写有了依据，让我的构思有了出处。

我得说，如今伴随着墨香呈现在朋友们面前的一个个书中人物，与我最初的构思有了很大的不同。是的，这些“傲娇”的企业家，叱咤风云的行业精英，也如我们这般，绕不开琐碎的日常和世俗的无奈。为什么不可以呢？他们到底也是平常人，也许刚开始，他们开公司当老板，进入一个个充满冒险和挑战的领域，也仅仅是为了挣钱，挣更多的钱，住更大的房子，但是，最终他们却自觉或不自觉地，肩负起了社会责任，把个人梦想上升到企业梦想和国家理想。在市场竞争、时代潮流中，他们站稳脚跟，迎难而上。

在他们的身上，平凡即伟大，文学的修辞，只是让他们变得更加真实，更加贴近。

值此机会，让我再次感谢他们。

黄秀萍

2021 年 4 月 14 日

图书在版编目（CIP）数据

中国智造 / 黄秀萍著 . —北京：中国工人出版社，2021.6
ISBN 978-7-5008-7674-8

Ⅰ . ①中… Ⅱ . ①黄… Ⅲ . ①长篇小说—中国—当代
Ⅳ . ① I247.5

中国版本图书馆CIP数据核字（2021）第106307号

中国智造

出　版　人	王娇萍
责任编辑	宋　杨　严　春
责任印制	黄　丽
出版发行	中国工人出版社
地　　　址	北京市东城区鼓楼外大街45号　邮编：100120
网　　　址	http://www.wp-china.com
电　　　话	（010）62005043（总编室） （010）62005039（印制管理中心） （010）62379038（社科文艺分社）
发行热线	（010）62005996　82029051
经　　　销	各地书店
印　　　刷	天津嘉恒印务有限公司
开　　　本	880毫米×1230毫米　1/32
印　　　张	10
字　　　数	260千字
版　　　次	2021年7月第1版　2021年7月第1次印刷
定　　　价	48.00元